W0378704

Pas plus tard que l'aurore

Du même auteur :

Le Temps en héritage, Albin Michel, 2002

Le Chemin de Peyreblanque, Albin Michel, 2003

La Vie en plus, Albin Michel, 2005

Le Forgeron de la liberté, Albin Michel, 2006

Un brin d'espérance, Albin Michel, 2007

Le Sentier des pastelliers, Albin Michel, 2008

Le Destin de Marthe Rivière, Albin Michel, 2009

L'Auberge des myrtilles, Albin Michel, 2010

Rue des Hortensias rouges, Albin Michel, 2011

Une nuit en juin, Albin Michel, 2012

La Fille de la fabrique, Calmann-Lévy, 2013

Pas plus tard que l'aurore, Calmann-Lévy, 2014

Le Serment des oliviers, Calmann-Lévy, 2015

Le Vent de la jeunesse, Calmann-Lévy, 2016

Quelques pas dans la neige, Calmann-Lévy, 2017

Les Noisetiers du bout du monde, Éditions Calmann-Lévy, 2018
Éditions poche chez TDO éditions, 2021

Le Crépuscule des Justes, Roman, Éditions Calmann-Lévy, 2019
Éditions poche chez TDO éditions, 2023

Même les pierres ont une histoire, Calmann-Lévy, 2020

La montagne des autres, Calmann-Lévy, 2021

La dernière traque, Calmann-Lévy, 2023

Édition originale Presses de la Cité © Presses de la Cité, 2019

ISBN : 978-2-36652-504-5

Tous droits réservés © TDO éditions

Couverture réalisée par Charlotte Picouilla

Georges-Patrick Gleize

Pas plus tard que l'aurore

Collection Poche

À la mémoire de mes grands-oncles,
Marius Lapasset,
Gabriel Becq,
Morts pour la France,
À celle de Guillaume Planques qui,
sa vie durant, porta les traces de la Grande
Guerre
au plus profond de sa chair.

Ceux qui pieusement sont morts pour la patrie
Ont droit qu'à leur cercueil la foule vienne et prie.
Entre les plus beaux noms leur nom est le plus beau.
Toute gloire près d'eux passe et tombe éphémère,
Et, comme ferait une mère,
La voix d'un peuple entier les berce en leur tombeau.

Victor Hugo

Prologue

La pierre, jetée à bout de bras, se fractionna en deux sous le choc. Marcel Bastide poussa un grognement de satisfaction. Le tombereau était assez chargé. Il avait là bien assez pour surélever le mur du « couderc » dans lequel s'ébattait un petit cochon rose à l'âme fugueuse. Il plongea la main dans la poche de son bleu de travail délavé par les saisons et les jours, à la recherche de son mouchoir. Il en extirpa un carré de tissu douteux qui laissa s'échapper, en se dépliant, quelques brins de tabac gris. Fumeur invétéré comme la plupart des hommes de sa génération, il trimbalait toujours au fond de ses poches les témoignages d'un vice attrapé cinquante ans plus tôt lors de son service militaire à Castres. Marcel épongea la fine sueur qui perlait à son front largement dégarni. Putain ! Il commençait à faire chaud… Pourtant, on n'était encore qu'au début du mois de juin et à regarder le soleil, il n'était pas encore midi ! Décidément, après un hiver froid marqué par des pluies verglaçantes, un printemps tempétueux, l'été 1940 promettait, ici, dans le Nord du Lot, d'être assez torride pour rendre l'herbe précieuse à la dent des brebis. À coup sûr, il faudrait économiser l'eau des citernes !

Quelques sauterelles grises accompagnant ses pas, Marcel Bastide rangea la barre à mine le long de la ridelle du tombereau, puis détacha les rênes de Capucine, l'ânesse qui d'une bouche gourmande taquinait quelques touffes d'herbe fraîche. Il était sur le point de s'asseoir en amazone sur le bord du charreton quand un coup de frein strident accapara son attention. Marcel Bastide, instinctivement, fronça les sourcils et un bandeau de trois rides épaisses plissa son front. L'instant d'après, il vit jaillir à l'orée du petit chemin de terre la masse noire d'une grosse berline qui tel un météore dévalait les lacets de la route vers la vallée du Bave. De surprise, Marcel écarquilla les yeux, guère habitué à une vitesse aussi grande sur cette portion sinueuse de départementale d'ordinaire assez peu fréquentée.

— Macarel ! Voilà un zèbre qui risque bien de finir dans le décor, pensa-t-il avant d'ajouter à haute voix en haussant les épaules : Comme s'il ne s'en tuait pas assez en ce moment !

Marcel Bastide fit le tour du « carretou », jeta un œil à son chargement, histoire de s'assurer qu'il ne perdrait pas en route les cailloux péniblement arrachés au flanc d'un talweg strié des sillons rougeâtres d'une terre ferrugineuse. En s'aidant du marchepied, il posa une fesse sur le bord de la charrette. Saisissant les rênes, d'un léger coup, il donna le signal du départ à l'ânesse, l'arrachant au plaisir de croquer les pousses tendres d'un pied de chiendent qui pointaient aux bords de la « carretière ». Le temps de rentrer à la Borie et il serait presque l'heure de déjeuner, pensa-t-il. Angèle, sa femme, sans être aussi cordon-bleu que les chefs des restaurants de Saint-Céré ou de Rocamadour, n'avait pas son pareil pour préparer ces fricassées et ragoûts qui tiennent le ventre. À la pensée du fricot de pois qui avait mitonné sur la cuisinière toute une partie de la matinée, ses papilles s'éveillèrent et l'eau lui monta à la bouche. Le goût fumé du jambon se mariait si bien avec le caramélisé des carottes et des pommes de terre nouvelles !

Les oreilles dressées, attentive à ne pas se laisser entraîner par le poids de la charge du tombereau, freinant de toute la puissance de ses jarrets pour que ses sabots ferrés ne dérapent pas traîtreusement sur quelque caillou, Capucine parcourut d'un pas prudent la cinquantaine de mètres du chemin en pente qui les séparait de la départementale 807. Dix-huit ans de travail quotidien avec Marcel avaient établi assez de confiance pour que son maître la laisse à la manœuvre ! En arrivant au bord de la petite route, l'ânesse ne put réprimer un braiement de satisfaction. Certes l'asphalte n'était sans doute pas le sol qu'elle préférait mais la déclivité était ici plus douce. Moins de trois kilomètres à parcourir, et elle goûterait aux délices d'une ration de fourrage assorti d'un quart de seau d'orge germé.

Après cette matinée de labeur, Marcel Bastide estima lui aussi avoir droit à une petite récompense. Laissant l'ânesse à son charroi, il sortit tranquillement de la poche de son bleu la petite boîte en fer où il gardait précieusement en réserve trois ou quatre « pipes » préparées d'avance. De ses doigts aux ongles en demi-deuil, il en choisit une et en un geste dont la dextérité trahissait l'expérience quotidienne, il torsada le bout. Puis, les doigts de la main repliés en creux pour se protéger du zéphyr, il alluma la cigarette dans le grésillement empuanti de son briquet à essence. Marcel en tira une longue bouffée et promena son regard sur ce paysage qui le ravissait toujours. En cette fin de matinée du 9 juin 1940, la lumière diaphane qui nappait la vallée d'Autoire contrastait singulièrement avec les événements tragiques que le pays était en train de connaître !

D'après ce que Marcel Bastide avait entendu la veille au soir chez son voisin Antonin Magne qui avait, lui, un poste TSF, les Allemands étaient, paraît-il, aux portes de Paris. La capitale venait même d'être déclarée ville ouverte ! Jamais il n'aurait cru cela possible. « Macarel, on leur avait pourtant foutu une bonne raclée en 14-18 ! » Certes, Marcel n'avait qu'une fille, Yvette, institutrice à Figeac, et fort heureusement, Jeantou, son neveu et unique successeur à la terre, servait comme aide infirmier à Limoges, loin des zones de combat. Mais Marcel n'en était pas moins inquiet. Perdu dans ses pensées, il ne put retenir un juron quand, à la sortie du tournant de Grélou, un virage non pas en épingle à cheveux mais vicieux quand même, il aperçut à une trentaine de mètres devant lui la malle noire d'une grosse voiture qui penchait curieusement…

— Oh putain ! Oh putain… balbutia-t-il.

D'un vigoureux coup de rênes, Marcel stoppa Capucine. Il se précipita vers la voiture en courant de toute la vitesse que lui permettaient ses vieilles jambes. L'automobile avait le nez dans le fossé. À quelques mètres, il perçut le joli ronronnement du moteur huit cylindres de la Delage D8 Limousine qui tournait encore. Il n'y avait pas cinq minutes que l'accident s'était produit. Ses yeux se portèrent alors sur la plaque d'immatriculation : 8756 AZ 9. Un véhicule de l'Ariège… Une fraction de seconde, tournant sur lui-même comme un essaim d'abeilles sur un champ de fleurs sucrées, Marcel Bastide ne sut trop où donner de la tête. En s'approchant de la voiture qui avait la conduite à droite, par la vitre du passager entrouverte, le brave cultivateur distingua la silhouette du conducteur. Une main crispée sur le levier de vitesse, il avait la tête affalée sur le jonc du volant, un filet de sang perlant à son front en fines gouttes.

— Oh putain ! Oh putain… ne cessait-il de répéter en bégayant sous le coup de l'émotion, ce spectacle lui faisant battre le cœur à un rythme contre-indiqué à son âge.

À grand-peine, en s'arc-boutant, pesant de ses sabots ferrés sur le marchepied, Marcel Bastide parvint à ouvrir la lourde portière de la Delage, côté passager. Il plongea le bras jusqu'à toucher le blessé toujours inconscient, de sa main calleuse, fendillée des microcoupures du travail de la terre. « Hé, monsieur ! monsieur ! » murmura-t-il en effleurant son épaule comme s'il avait peur de le réveiller. Sans doute éprouvait-il en cet instant une certaine appréhension due autant à son émotion qu'à un réflexe de classe. À observer en effet la coupe et le tissu de son complet veston, nul doute que cet accidenté appartenait au monde de ceux qui sont privilégiés par la naissance et la fortune, un univers à cent lieues de sa modeste condition de paysan lotois !

Marcel tenta plusieurs fois de le tirer de sa torpeur, en vain, hélas. L'homme, affalé sur son volant, n'avait guère bougé. Tout au plus sa tête avait-elle glissé un peu plus vers le montant de la portière. Pourtant, fort de sa connaissance des bêtes et des choses de la vie, il ne le croyait pas mort. Marcel Bastide était un peu désemparé quand il vit surgir une voiture beige à l'aspect bien plus modeste que la luxueuse berline du blessé. Son regard s'éclaira d'un large sourire d'espérance. C'était la 302 du bon docteur Grimal, un praticien réputé dans tout le pays pour sa compétence et sa serviabilité, un de ces hommes pour qui la médecine tenait du sacerdoce.

Grimal ouvrit la porte à la volée et sortit de sa Peugeot comme un diable de sa boîte. Vêtu d'un complet gris à petits carreaux, d'une chemise grège, arborant une cravate marron, le médecin avait le cheveu rare, rabattu en arrière sur une calvitie naissante. Au-delà de ses yeux bleus toujours en mouvement, de la bonté naturelle qu'ils reflétaient, ce qui frappait était l'énergie communicative qui animait sa silhouette. Malgré l'épaisseur de sa stature, fruit de son goût affirmé pour la bonne chère, le médecin conservait à cinquante-deux ans une grande agilité entretenue par la pratique régulière de la chasse, une passion sportive qui l'amenait au contact des gens simples, souvent ses propres clients.

— Ah docteur ! Vous ne pouviez pas mieux tomber ! jeta Marcel d'une voix hachée en lui serrant la main.

— On dirait en effet que j'arrive à point !

— J'ai entendu un grand coup de frein, et puis…

— Ça vient juste de se produire ?

— Oh oui… Té, il est là…

— Voyons ça, fit Grimal en se glissant à l'intérieur de la Delage.

— C'est grave, docteur ?

— À première vue sûrement un traumatisme crânien, répondit le médecin au bout d'un rapide examen.

— Mon Diou ! Qu'est-ce qu'on va faire ?

— Aidez-moi donc à le charger dans ma voiture. Je le descends d'urgence à Saint-Céré !

— À votre cabinet ?

— Fichtre non… Direction l'hôpital !

— Vous croyez qu'il s'en sortira, docteur ?

— Dieu seul le sait, mon ami…

Dans un réflexe que n'avait pas eu Marcel Bastide, peu familier des mécaniques modernes, lui qui appartenait à une génération hippomobile, Grimal coupa le contact de la voiture. Sans être gros, l'homme était assez bien charpenté et il fallut toute la puissante carcasse du docteur pour extraire l'accidenté de la Delage. Faisant preuve d'une grande douceur qui contrastait avec la robustesse de ses mains velues, le médecin l'installa tant bien que mal sur l'étroite banquette arrière de la 302. Sortant son stéthoscope de sa trousse, Grimal déboutonna le veston du blessé, défit la ceinture du pantalon, le col de la chemise et la cravate. Il écouta longuement les battements réguliers de son cœur, lui prit la tension, lui souleva la paupière avant d'ajouter autant pour lui-même que pour rassurer Marcel Bastide dont il percevait l'inquiétude :

— Le bougre a l'air solide…

— Et pour la voiture, docteur ?

— Ne vous en faites pas ! On ne va pas la laisser dehors, surtout par les temps qui courent… Je demanderai au garage Costes d'envoyer un mécano la chercher.

Laissant Marcel Bastide à ses pensées, Grimal ferma la porte de la Peugeot et démarra rapidement. En dehors de quelques virages qui imposaient une certaine prudence, la route n'était pas mauvaise. Sans doute le pauvre type s'était-il laissé surprendre… De temps à autre, du coin de l'œil, tout en restant attentif au freinage aléatoire des Bendix à câbles, le médecin épiait l'accidenté dans le petit rétroviseur de la 302. Sans trop de surprise, il observa qu'il commençait à présenter certains signes cliniques d'éveil. Sa tête brinquebalait en s'animant de mouvements tantôt lents, tantôt désordonnés. Progressivement, le blessé récupérait des bribes de conscience. Ses lèvres s'entrouvraient, trahissant l'amélioration de son état, des murmures inaudibles devinrent bientôt des mots plus ou moins incohérents. Malgré la médiocre insonorisation permise par le moteur de 1,8 litre, le docteur Grimal l'entendit bredouiller : « Pas plus tard que l'aurore ! Pas plus tard que l'aurore ! Pas plus tard que l'aurore ! » Son patient retrouvait-il ses esprits ?

1

Pas plus tard que l'aurore...

À l'abri d'un verre noirci de la fumée grasse du pétrole lampant, la lumière falote de la petite flamme de la lampe tempête vacilla à peine à l'ouverture de la porte en planches disjointes. Par l'embrasure, médiocrement opacifiée d'une mauvaise toile de sac en jute en guise d'un semblant de coupe-vent, un courant d'air glacé s'engouffra aussitôt sur les pas de deux silhouettes casquées. Le souffle du vent envahit la cagna sommairement creusée à même le flanc de la colline et y apporta l'écho d'une canonnade proche. Depuis les derniers jours de février, cette petite sape étayée de rondins et de plaques de fer que recouvraient quatre bons mètres de terre servait de PC avancé aux officiers du 259e régiment d'infanterie, une unité constituée des réservistes et des rappelés du 59e, un régiment ariégeois engagé dans une guerre qui devait être courte mais, en ce début mars 1916, n'en avait pas moins dix-huit mois d'existence.

Dans l'abri où les bruits de l'extérieur parvenaient quelque peu étouffés, un petit poêle à sciure ronflait benoîtement. À défaut de maintenir une température modeste, il évitait tout juste à ses occupants de geler sur place, donnant un semblant de confort à un univers où le mobilier, réduit à sa plus simple expression, était constitué de caisses en bois à l'usage de tables et de sièges. Face à la porte d'entrée, à côté de trois paillasses médiocrement éclairées par une lanterne Maujardet, deux mousquetons et divers équipements militaires étaient à portée de main. Assis sur un tabouret, les écouteurs d'un casque vissé aux oreilles, un télégraphiste s'activait fébrilement devant une batterie de téléphones de campagne. En face de lui, Authier, un gradé au visage terreux qui faisait office de secrétaire, trempait ses lèvres gercées dans un quart rempli d'un ignoble breuvage d'orge torréfiée au vague goût de café et dont le seul mérite était d'être chaud.

Frileusement engoncé dans une vareuse plutôt défraîchie, ganté des mitaines de laine que sa femme avait jointes au dernier colis, un officier était penché sur une carte d'état-major où les côtes de Meuse dessinaient un réseau complexe de hachures noires. À l'ouverture de la porte, il ne leva même pas la tête. Une paire de lorgnons pincés sur l'arête d'un nez en lame de couteau, le cheveu coupé court, une moustache tombante poivre et sel, l'homme n'avait plus la prestance de l'officier de jadis mais il conservait néanmoins une taille bien faite, longtemps entretenue par la pratique régulière des concours hippiques. Mais depuis deux ans, la guerre avait arraché le lieutenant-colonel Edmond Pélissier à sa paisible garnison tarbaise pour le jeter à cinquante-huit ans dans la fournaise de la bataille, et l'empêchait de sacrifier à cette passion.

De sa même voix basse qu'autrefois au confessionnal pour avouer ses petits péchés d'enfant, son doigt pointant des flèches rouges et bleues tracées au crayon gras, le lieutenant-colonel continua à expliquer à un adjudant aux traits émaciés, miné par une dysenterie récurrente, la manœuvre mise au point avec le général en fin d'après-midi et les ordres le concernant. Le sous-officier l'écoutait en silence, anticipant la mesure du désastre en préparation. La plus massive des deux silhouettes, enveloppée d'une grande pèlerine maculée de boue grasse, s'approcha de la table et esquissa un vague salut en portant les doigts au bord d'un casque en acier orné d'une grenade. À la lumière blafarde de la lampe à pétrole, on pouvait distinguer son visage mangé d'une barbe de trois jours où les yeux s'enfonçaient dans des orbites bleuâtres. Le teint pâle, les yeux clairs sous la paupière tombante, la bouche ornée d'une moustache généreuse, il était marqué par des mois de combat et par des nuits au sommeil précaire. Il était difficile de lui donner un âge précis mais l'homme avait largement dépassé la trentaine et affichait l'air grognon des gens contrariés.

— Mes respects, mon colonel…

— Ah, capitaine Dumont ! Ce n'est pas trop tôt ! Enfin vous arrivez !

— Ça cartonne du côté de Cumières, laissa tomber l'officier d'une voix lasse en guise d'explication.

— Ce n'est pas nouveau !

— Ils tapent fort, à croire qu'ils préparent un nouvel assaut…

— Mon vieux, il y a plus d'une semaine que l'artillerie boche redouble d'intensité dans ce secteur…

— À qui le dites-vous, mon colonel ! Je n'ai plus qu'une demi-compagnie ! J'ai encore eu deux de mes coureurs tués en cette seule après-midi… Vous vouliez me voir ?

— Oui, vous et le capitaine Cayrol, mais lui, impossible de le joindre !

— Pas étonnant ! Les lignes de téléphone ont été coupées en plusieurs endroits avec le 6e bataillon…

— Vers où ?

— Dans le secteur du Ravin des Fontaines…

— Encore !

— Des télégraphistes de ce qu'il reste de ma compagnie s'occupent de les rétablir mais avec ce marmitage, ça va prendre un bon moment. On ne sait même plus où elles sont enterrées !

— Eh bien qu'ils en tirent d'autres !

— Hum, c'est plus facile à dire qu'à faire… On a tout juste assez de câble pour réparer les dégâts !

— Qu'est-ce que vous attendez pour faire une demande en urgence !

— Vous savez bien que plus on en fait, moins vite on est servi, répliqua Dumont en haussant les épaules.

— Ne faites pas preuve de mauvais esprit, Dumont ! répliqua Pélissier qui était un officier de tradition. La situation est grave… Il faut agir vite, très vite ! La grande attaque des boches est imminente. Toutes nos reconnaissances aériennes nous indiquent qu'ils ont regroupé plusieurs divisions prêtes à s'élancer.

— Les aviateurs peuvent se tromper. Ce ne serait pas la première fois qu'ils confondraient nos troupes et celles des boches !

— Hélas non ! De mon poste d'observation, j'ai aperçu moi-même des Allemands portant des passerelles pour franchir le ruisseau des Forges.

— Hum, ça ne prouve rien…

— Nos observateurs ont vu plusieurs corps d'infanterie se préparer à monter à l'assaut baïonnette au canon.

— Lesquels ? demanda Dumont.

— Le 3e, le 18e et une partie du 7e CA de réserve.

— On va encore en prendre plein la gueule, marmonna entre ses dents d'un ton fataliste le caporal resté un peu en retrait, faisant référence aux durs combats livrés depuis le déclenchement de l'offensive du Kronprinz, il y avait presque trois semaines maintenant.

— Pour stopper leur progression, vous et vos hommes, vous allez faire mouvement vers le Bois des Corbeaux pour appuyer le capitaine Juvin, poursuivit le lieutenant-colonel Pélissier.

— Le Bois des Corbeaux ! Dans ce coin, c'est à la mort qu'on va…

— Pas de défaitisme, capitaine !

— Mais mon colonel, la défaite, c'est un privilège des vivants…

— Vous voulez que je vous fasse relever de votre commandement ?

— Mes hommes savent que la mort est leur destin…

— Eh bien si vous voulez qu'ils restent en vie, regardez donc un peu la carte ! Parce que pour le reste, les shrapnels calmeront vos ardeurs philosophiques.

Dumont jeta un bref regard au caporal qui l'avait accompagné et demeurait impassible, légèrement en retrait. Il ouvrit la bouche pour protester de son sentiment patriotique puis se ravisa en pensant dans son for intérieur : « Cette vieille baderne ne comprendra jamais rien ! » Quelques jours auparavant déjà, dans la nuit du 28 février, lorsqu'ils avaient effectué une manœuvre semblable sous le tir continu de l'artillerie ennemie pour avoir reçu l'ordre de se poster dans les tranchées à l'ouest de Chattancourt, la circulation avait bien été difficile. Dans un noir d'encre presque absolu où la silhouette de celui qui vous précédait s'évanouissait au moindre pas de retard, il avait fallu cheminer dans un labyrinthe de boyaux boueux dans le plus grand silence pour ne pas éveiller les soupçons des boches. Aussi, les hommes avaient-ils enveloppé la culasse de leur fusil d'un chiffon pour étouffer tout bruit métallique intempestif. Bien souvent le chemin se perdait dans un dédale lunaire parsemé d'obus non explosés, de débris de toute sorte mélangés de putrides restes humains.

— Et quand dois-je attaquer, mon colonel ?

— À 7 h 30 précises, capitaine !

— On va être à découvert, objecta Dumont qui, pour être issu du cadre des officiers de réserve, n'en était pas moins expérimenté après deux ans de combats ininterrompus.

— Dites-moi Dumont, vous ne m'avez pas compris ou vous le faites exprès ?

— Mais, mon colonel…

— Il n'y a pas de mais ! Je veux vous voir attaquer dès les premières lueurs de l'aube ! C'est d'ailleurs pour cette raison que vous ferez mouvement cette nuit même et dans la plus grande discrétion.

— Et comment allons-nous gagner les polygones de départ dans le noir ?

— Vous emprunterez le boyau P 719 qui conduit au Bois des Corbeaux.

— Encore faudra-t-il l'atteindre, mon colonel ! Par endroits, le chemin se perd dans un vrai dédale de trous d'obus remplis d'eau. On va s'égarer à découvert…

— Comprenez bien, Dumont, que l'important c'est que vous et vos hommes atteigniez le Ravin des Fontaines à l'heure H.

— C'est de la folie…

— La folie, c'est de subir le feu des boches, rétorqua sèchement Pélissier avant d'ajouter : L'offensive, il n'y a que ça de vrai !

— Vous ne venez pas avec nous, mon colonel ?

— Encore une réflexion de ce genre et je vous fais passer en cour martiale. À chacun son travail et pas de mauvais esprit, capitaine Dumont !

— Aux premières lueurs de l'aube, répéta pensivement l'adjudant aux traits émaciés.

— Oui… Pas plus tard que l'aurore ! martela le colonel d'un ton sans réplique.

Guidés par deux coureurs, la compagnie de Dumont et le peloton de reconnaissance commandé par l'adjudant devaient être en place au point du jour. Un feu roulant ouvert par les batteries françaises était censé leur permettre alors de progresser. Quand le lieutenant-colonel Pélissier leur demanda s'ils avaient bien compris, Dumont et l'adjudant esquissèrent un sourire désabusé qui tenait tout autant du rictus nerveux que de la grimace. Deux ans de combats les avaient aguerris à ce type de situation. Au fond, c'était simple. Il suffisait d'aller se faire tuer… Après quoi, le sergent Mirouze, comptable dans le civil à l'agence du Crédit lyonnais de Montauban, pourrait consigner de sa belle écriture appliquée ce glorieux et ultime exploit dans le *Journal de marche des opérations du régiment*. Au sortir de la cagna, un souffle d'air glacé enveloppa les trois hommes. Ils se serrèrent simplement la main avant de se séparer, graves et résignés. Tous trois savaient que la nuit serait courte…

Quelques heures plus tard, le pâle soleil de ce petit matin de mars 1916 qui se levait timidement sur les crêtes dominant le Bois des Corbeaux avait en effet tout du soleil de la mort. Matinal comme d'habitude, le bombardement de la veille s'était intensifié à l'aube, inlassable pilonnage méthodique écrasant tout de la puissance du feu des 420 et des 380. Les explosions se succédaient, faisant trembler le sol. Dans une anfractuosité un peu plus profonde de la tranchée débouchant sur le Ravin des Fontaines, le caporal Mathieu Pujol n'avait même plus le temps de compter le départ des coups d'en face. La tête engoncée dans les épaules, le casque Adrian enfoncé au ras des yeux, la gorge meurtrie par la jugulaire de cuir, la capote maculée d'une boue grasse, il subissait l'orage d'acier qui labourait la marne en faisant jaillir de grandes gerbes de terre qui retombaient, telles des fusées de feux d'artifice un soir de 14 Juillet. L'azur n'existait plus, comme happé par une main invisible à chaque éclatement d'obus qui creusait des trous à ensevelir un cheval et une voiture.

Pas plus tard que l'aurore ! Les mots tournaient dans sa tête avec la force d'un roulement de tambour. Pas plus tard que l'aurore ! Ah bordel, il aurait aimé l'y voir ! Pas plus tard que l'aurore ! Il en avait de bonnes, ce colonel Pélissier ! On voyait bien que ce n'était pas lui qui allait au casse-pipe ! Soldat d'occasion, patriote de tradition, pacifiste de raison, un rien antimilitariste de conviction, le caporal Pujol avait la rage au cœur. De ses mains, il serrait si nerveusement le fût de son Lebel que ses phalanges blanchissaient. Tel un poisson rouge, Mathieu, par moments, cherchait vainement entre deux explosions à retrouver sa respiration et à calmer les battements de son cœur qui cognait dans sa poitrine avec l'énergie du désespoir. À chaque seconde, il s'étonnait d'être encore du monde des vivants. Dans la fumée mélangée de terre, sa vie et celle de ses copains qui se serraient autour de lui pour partager dans un réflexe d'animal apeuré l'éternité du temps suspendu ne tenaient qu'à un fil. L'intelligence avait disparu. La mort pouvait les prendre à tout instant. D'ailleurs ce coup-ci, c'était sûrement pour eux ! Pshuitttt… Et puis non, le pélot avait fusé pour tomber cinq mètres plus à droite…

Comme ses compagnons d'infortune, il avait dépassé le stade de la peur pour atteindre celui de la survie. Ah si son pauvre corps, recru de fatigue et d'épreuves par deux ans de guerre, avait pu se confondre en cet instant avec la gadoue épaisse où il pataugeait depuis deux jours déjà ! Les trois hommes qui se serraient autour de lui, faisaient preuve du même courage résigné. Ils fermaient les yeux à chaque coup, s'étonnant d'être encore de ce monde à l'instant suivant. Dans cette aube humide qui collait à la peau, à voir remuer imperceptiblement les lèvres de son copain Auguste Grauby, un ancien séminariste originaire du même village que lui, Mathieu Pujol comprit qu'il devait sans doute prier. Comme tant d'autres, il attendait la grande faucheuse, cette mort qui depuis deux ans était si avide de la jeunesse d'Europe. Ah mon Dieu ! Si Jeanne le voyait… Il n'avait que vingt-trois ans mais, automate dans un conflit où les hommes étaient réduits à l'état de matériel humain, avec la barbe épaisse qui lui mangeait le visage, on ne pouvait plus lui donner d'âge.

L'estomac tordu d'une crainte nauséeuse qui lui portait le cœur au bord des lèvres, la gorge encore brûlée du coup d'une ignoble gniole avalée au goulot d'une fiole infecte pour calmer la peur, Mathieu Pujol encaissait stoïquement chaque coup, les mains fiévreusement agrippées sur le bord de son casque. Dans leur abri précaire, la régularité mécanique du marmitage donnait à Pujol et à ses quelques compagnons d'infortune la sinistre impression que ça ne finirait jamais. À en juger par leurs yeux hagards, engloutis au fond d'orbites soulignées d'un cerne bleuâtre, marque d'une indicible fatigue, on voyait bien qu'ils étaient tous réduits à l'état de ces débris ballotés par les vagues les jours d'équinoxe où la mer arrache à la terre ce que les grandes marées lui ont encore laissé. Pour tous ces sursitaires d'une mort imminente, le jus matinal, arrivé froid comme la plupart du temps, n'était plus qu'un souvenir lointain.

Durant ces minutes, aussi longues que des heures, Mathieu Pujol cherchait désespérément à se raccrocher à quelque chose d'agréable. Sans ce maudit bombardement, pensa-t-il, entre la retombée de deux geysers de terre, ça aurait pu être une journée presque idyllique. Depuis quelques jours en effet, le froid des petits matins était moins vif. L'arrivée des deux compagnies du 6e bataillon, la 22e et la 24e, venues renforcer les défenses, lui avait permis de revoir quelques gars du pays et d'échanger des nouvelles. Grâce au petit détachement commandé par le lieutenant Cazals qui s'était porté en avant-poste dans le secteur du moulin de Raffecourt, les tirs de contrebatterie des 75 français, plus précis, avaient même, un temps, calmé les ardeurs des boches, permettant ainsi de mieux tenir le terrain. Mais sans doute, avec le brouillard qui nappait tout le fond de la vallée d'une masse d'ouate où le moindre relief prenait une dimension féerique, le commandement ne pouvait-il plus juger maintenant de la dégradation de la situation.

Aussi égaré qu'un troupeau de tarasconnaises perdues sur la pente d'une estive pyrénéenne en plein brouillard, Mathieu Pujol essayait désespérément d'oublier où il était quand l'obus tomba à côté d'eux dans un sifflement court. « Une grosse marmite… », eut-il juste le temps de penser en fermant les yeux. Inattentifs à un départ qui se confondait avec les autres, assourdis par le bruit continu des explosions, les trois hommes terrés comme des bêtes dans l'anfractuosité de leur abri n'avaient pas eu le temps de le voir arriver. Dans le fracas d'une explosion gigantesque, le projectile en éclatant les recouvrit d'une pluie de terre mêlée de graviers bonne à les ensevelir tout vivant. Émergeant du chaos où le ciel et la terre ne faisaient plus qu'un, les yeux fous de terreur, à côté de lui, Adrien Sentenac se dressa soudain comme un ressort, inconscient du danger qu'il leur faisait courir.

— Putain ! On va tous se faire tuer ! hurla-t-il, le visage ruisselant de sang, lacéré d'une multitude de minuscules éclats de pierres aussi tranchants que des tessons de bouteille brisés.

— Mais couche-toi ! Macarel, couche-toi… glapit Auguste Grauby en le tirant par le bas de la capote avec l'énergie du désespoir.

— Ah non ! Non… Maman… Maman… Je suis blessé, gémit Sentenac passant ses mains sales sur son visage rouge de son propre sang.

— Ta gueule, bordel ! Couche-toi…

À cet instant précis une pluie de shrapnels, ces billettes de plomb vicieusement délivrées par les obus à balles, rasèrent le casque de Sentenac dans un sifflement sinistre. Sans la poigne de fer de Grauby qui le plaqua vigoureusement à terre, il eut été mortellement touché par ces multiples projectiles. Rendu fou par le martellement ininterrompu des obus, Adrien Sentenac éclata en de longs sanglots nerveux que rien ne semblait pouvoir arrêter. Mathieu ouvrit les yeux et le découvrit, à demi hagard, effondré sur lui-même comme un tas de chiffons, semblable à ces vieilles hardes, repaires des araignées et de la gale, qu'on laisse pourrir dans les coins obscurs des caves humides. De grosses larmes coulaient en traînées noirâtres sur son visage fatigué d'enfant perdu. Brisé, plus démoli que par toutes les dures journées de labeur jamais accomplies à la forge, Adrien Sentenac était parvenu en cet instant au bout de lui-même.

— Adrien ! hurla Mathieu dans le fracas des 380 qui soulevaient d'immondes gerbes de terre.

D'un naturel enjoué et boute-en-train, l'homme qui était d'ordinaire aussi solide qu'un roc demeurait hébété. Doté d'une puissante musculature que le travail physique du fer avait contribué à développer, il n'était pas peureux. Ce n'était pas un géant mais sa robuste stature inspirait le respect et nul n'avait envie de lui chercher spontanément des noises. Tout comme Auguste Grauby, natif de cette basse Ariège qui s'étale en coteaux riants entre la vallée de la Lèze et celle de l'Arize, Adrien Sentenac était aussi un gars du pays pour Mathieu Pujol. Charron de son métier, il était en effet originaire du village du Carla-Bayle, un paisible bourg fortifié de mille deux cents habitants, trônant au milieu des collines, ainsi nommé depuis 1879 en l'honneur de l'illustre naissance dans ses murs en 1647 du philosophe Pierre Bayle, apôtre de la tolérance et pionnier de la philosophie des Lumières.

Placide et tolérant, Adrien Sentenac était à l'image des gens de son village, siège d'une importante communauté de parpaillots qui se retrouvaient chaque dimanche au temple tandis que les autres habitants, catholiques bon teint, fréquentaient assidûment l'église construite sur l'emplacement du château féodal : telle une citadelle des passions apaisées, trois siècles après les guerres de religion, Sentenac dominait tout son environnement d'une bonne tête. Marié quelques semaines à peine avant l'éclatement du conflit, juste au début de ce tragique été 1914 quand le soleil de juillet dorait les blés d'une tiède caresse, il n'avait pas eu le temps de voir la taille de sa femme Emma s'arrondir : l'intendance militaire l'avait généreusement affublé d'un pantalon rouge garance, doté d'un havresac et d'une capote gris fer bleuté fermée par deux rangées de boutons dorés.

Les yeux écarquillés, assommé par la répétition des explosions, Mathieu Pujol fixait Adrien quand l'obus suivant manqua de les culbuter pour de bon. Mâchoires serrées, muscles tétanisés, il fit face à la mort avec l'énergie du désespoir. En ces instants, le temps d'avant envahissait les têtes. Au milieu de ce maelström qui mêlait le ciel et la terre à ne plus distinguer les vivants des morts, Mathieu Pujol ferma les yeux, submergé par le trop-plein des images de cette vie d'antan. Ah, les doux coteaux du village de son enfance ! Combien aurait-il aimé revoir les bucoliques paysages de ses vertes années ! Les molles ondulations de l'Arize qui gargouillait dans un chuchotis sur un lit de galets ronds arrachés aux pentes des Pyrénées ! Et ces goujons au dos noir qui paressaient au soleil de juillet au bord des criques de sable blond ! Et ces courses folles au mois de juin dans les prés au milieu des nuages de sauterelles grises et vertes qui jaillissaient sous ses pas... Que tout cela lui semblait loin dans le monde déshumanisé où les combats féroces l'avaient plongé !

À ces souvenirs d'hier, dans les pensées de Mathieu Pujol, se superposait le visage de Jeanne. Sa Jeanne ! Son unique amour devenu sa femme devant les hommes à défaut de l'être devant Dieu, athée qu'il était depuis toujours, déchristianisé par une tradition familiale remontant aux heures exaltées de la Terreur. Mon Dieu ! La reverrait-il jamais, sa Jeanne ? Les yeux mi-clos, Mathieu revoyait sa silhouette gracile danser dans les chaumes fraîchement moissonnés du mois d'août, sa robe toute simple voletant au gré du vent fripon... Mathieu et Jeanne se connaissaient depuis toujours. Ils étaient tous deux originaires du même hameau situé à une encablure de Daumazan qui, à leurs yeux d'enfants, avait longtemps fait figure de capitale. Descendants de ces multiples et fécondes lignées de paysans pauvres, brassiers et manouvriers attachés devant l'éternel à la glèbe comme des forçats à leur chaîne, race maudite que seule la Révolution française avait rendus propriétaires au début du siècle précédent, ils étaient tous deux les enfants de la terre.

Affectés dès leur plus jeune âge au désherbage des carottes ou à la cueillette des haricots, parce que « le travail n'a jamais tué personne » comme l'affirmait la sagesse populaire, Mathieu et Jeanne avaient connu une enfance paysanne qui leur avait trop bien agrémenté les mains de douloureuses ampoules pour leur donner envie de travailler à l'école. Ainsi, avec la bouille tout aussi sale que les autres gamins des fermes avoisinantes, avaient-ils couru ensemble le pays, tantôt pour garder les vaches ou la gazaille de moutons, tantôt requis dès le chant du coq pour la corvée du ramassage des doryphores, ces sales bêtes gluantes qui envahissaient les feuilles des pommes de terre. Passé l'âge où comme les autres garnements du hameau, naturellement, il avait cru les filles plus bêtes, les premiers émois de l'adolescence les avaient rapprochés pour les blottir dans les bras l'un de l'autre à l'ombre d'un orme vénérable qui avait accueilli sous ses frondaisons des générations d'amoureux transis.

— Je t'ai attendu…

— Hier, c'était jour de lessive à la maison… et ce matin ma mère m'a retenue pour plier les draps.

— C'est pour ça que tu arrives si tard ?

— Ah, pour me voler un baiser, toi, tu n'es jamais en retard !

— C'est parce que tes lèvres sont aussi sucrées que du miel…

Parce qu'ils avaient l'œil vif et qu'ils comprenaient vite, parce qu'ils étaient aussi peut-être plus studieux que les autres drôles du pays qui pensaient davantage à dénicher les pies au lance-pierres qu'à apprendre leurs tables de multiplication, Jules Lagarrigue et son épouse, les instituteurs du village, les avaient pris sous leurs ailes. Avec son front dégarni, sa tête droite, le vieux maître était le prototype de ces hussards des premiers temps de la République triomphante. Il n'avait pas hésité à plaider leur cause, pesant de toute l'autorité que lui donnait aussi son poste de secrétaire de mairie pour que leurs parents respectifs, au prix d'importants sacrifices financiers, leur permettent de poursuivre leurs études. Ainsi cornaqués, les deux jeunes gens, après les bancs de la communale, avaient découvert l'École normale à Foix, temple du savoir républicain, chacun dans la sienne bien sûr. Ils étaient sortis tous deux instituteurs en juin 1910.

Marié en 1911, au moment où les relations entre la France et l'Allemagne se dégradaient pour donner lieu à la crise d'Agadir, le jeune couple avait eu la chance d'être affecté sur un poste double à deux pas de chez lui, à Campagne-sur-Arize. L'école, installée dans le même bâtiment que la mairie, accueillait une troupe de garnements rieurs à la frimousse malicieuse qui ressemblait à la bande de chenapans des héros de Louis Pergaud dans *La Guerre des boutons*. Plus aptes à braconner les truites à la main qu'à maîtriser l'imparfait du subjonctif, ces drôles étaient toujours en quête de pitreries, d'une bonne blague ou d'une de ces farces que les adultes qualifient de « tour de con » et qui valent en général une bonne rouste à leur auteur. Ah, ce n'était pas l'imagination qui manquait à ces polissons, espiègles adeptes des « tustets » et autres chahuts !

La dernière image que Mathieu gardait de Jeanne était celle de sa silhouette élégante flottant dans une robe de cotonnade aux caprices du vent tiède qui baignait les collines de l'Arize d'une douceur sucrée. En cette fin d'après-midi du 4 août 1914, dans l'allégresse grave que les mobilisés affichaient sur leurs visages juvéniles, Jeanne l'avait accompagné jusqu'au tramway qui, via Sabarat et Pailhès, en longeant la route, gagnait Pamiers où était cantonné le 259e RI, un régiment de réserve qui appartenait à la 134e brigade et à la 67e division. Pour les quelques dizaines de rappelés présents, la fanfare du village jouait des marches militaires, histoire de donner du cœur à l'ouvrage à ceux qui allaient botter le cul du Kaiser comme l'écrivaient les journaux. Mathieu n'arrivait pas à s'arracher à ses bras. Le tramway, en prenant de la vitesse, les avait séparés, et il lui avait tendu les mains avec le désespoir d'un noyé s'enfonçant dans des eaux noires et glauques.

— Jeanne... Jeanne ! Avait-il psalmodié comme une incantation, le cœur brisé par la séparation.

Quelques minutes plus tard, sa silhouette avait disparu au tournant d'un bosquet d'acacias, le plongeant dans un état d'apathie profonde qui l'avait jeté sur la banquette de bois, l'esprit plein de doutes. Pourquoi allait-il donc se battre ? Contre des gens qui avaient le seul défaut de parler une autre langue que la sienne ? Pour tuer des soldats qui portaient un uniforme différent ? Lui qui était internationaliste de cœur et de raison, convaincu que la fraternité des peuples était bien supérieure aux intérêts des marchands de canons.

quelle gloire avait-il à retirer de cette guerre que l'on promettait « courte, fraîche et joyeuse » ? Dans l'enthousiasme officiel de l'union sacrée, n'avait-il pas manqué de courage en n'osant pas déserter ? Sans doute fiché au carnet B pour ses opinions politiques révolutionnaires, les gendarmes n'avaient pas eu à venir le chercher. Il avait rejoint le troupeau des nationalistes bêlants, fervents adeptes de la ligue des Patriotes de Déroulède.

En ces instants d'apocalypse où l'homme est nu devant son Créateur, Mathieu Pujol se sentait proche de Louis Pergaud, cet écrivain prix Goncourt 1910. N'était-il pas instituteur, comme lui, plongé dans la tourmente d'un conflit qui le dépassait ? N'était-il pas aussi socialiste et athée que lui, fervent admirateur de Jean Jaurès, tombé sous les balles de Raoul Vilain au Café du Croissant pour devenir ainsi le premier mort de cette guerre civile européenne où les marchands de canons faisaient massacrer les enfants du peuple ? N'allait-il pas partager le même destin que son mentor qui avait écrit, le 3 avril 1915 : « Quand cela finira-t-il ? Reverrons-nous les champs reverdir et les fleurs pousser ? », prémonitoires pensées, avant de disparaître quelques jours plus tard dans l'attaque suicidaire de la côte 233 à Marcheville, dans la Woëvre ?

Dans une poignée de secondes, tout serait peut-être fini… Alors Mathieu Pujol laissait gambader ses dernières pensées. Et le temps d'avant pour lui, c'était le bonheur des jours heureux passés auprès de Jeanne. Dans cette petite bastide médiévale du XIIIe siècle forte de cinq cent cinquante-neuf habitants, jadis ancienne résidence d'été du comte de Pailhès où le jeune couple s'était installé, la vie avait la douceur de la Toscane. Qu'il lui était agréable en sa compagnie de flâner les soirs de mai ou de juin dans les vieilles ruelles de la « ville haute », de parcourir ces « carreteras » bordées de jardins fleuris qui embaumaient de mille fleurs ! Niché au cœur du Piémont pyrénéen, sur le versant nord du Plantaurel, là où les grés du crétacé rencontrent les poudingues de l'éocène, le village baigné de la paisible Arize avait tout pour faire goûter les joies du bonheur tranquille au jeune couple.

Un peu plus de neuf mois après leur installation, en plein cœur de ce mois de Marie où les cortèges des pèlerinages serpentent vers les calvaires et les croix de mission, une petite Louise était née. Aujourd'hui, elle allait sur ses quatre ans… À cette pensée, un spasme horrible lui contracta le cœur. Mâchoires serrées, muscles tétanisés, tout le corps de Mathieu tremblait comme secoué par la fièvre. Le visage de l'enfant aux grands yeux noirs se superposait à celui de Jeanne dont elle était le portrait tout craché, une ressemblance étonnante qui la lui rendait encore plus chère. L'image d'une enfant rieuse courant gauchement derrière un cerceau presque aussi grand qu'elle lui revint en mémoire. Reverrait-il jamais sa petite fille adorée ? Ah maudite soit cette guerre qui lui avait volé les joies de partager son enfance ! Toute l'ardeur patriotique des premiers jours était à présent oubliée, hachée par les obus qui pulvérisaient les hommes pour les passer à la moulinette sanglante de l'Histoire.

Ah mon Dieu… Quelle folie avait donc saisi les hommes ! Était-ce bien la peine d'être au XXe siècle pour se battre ainsi comme des bêtes dans des tranchées où la pelle avait bien souvent remplacé le fusil ? Depuis presque deux ans, on se faisait massacrer dans de grandes offensives inutiles pour gagner quelques centaines de mètres que l'on perdait quelques jours plus tard… Les maigres gains obtenus avaient le goût du sang généreusement versé et il ne fallait pas être grand stratège pour comprendre que toutes ces attaques ne changeraient pas le cours d'une guerre qui s'enlisait lamentablement. Cette boucherie n'aurait-elle jamais de fin ? L'enfer que l'abbé Blazy, curé de Daumazan depuis 1905, promettait généreusement en chaire à ses ouailles mécréantes pour leur inspirer la crainte salutaire de Dieu ne devait pas être pire que ce qu'il subissait, pensa Mathieu Pujol.

Il fixait toujours le visage d'Adrien Sentenac où le sang, les larmes et la terre se mêlaient pour composer un masque mortuaire quand l'obus suivant arriva. Il n'entendit même pas le sifflement, lugubre signe annonciateur de la marmite, noyé dans le fracas ininterrompu de l'orage d'acier qui, dans une rage folle, labourait méthodiquement le sol pour n'en épargner aucun centimètre. Mathieu cherchait encore à se raccrocher désespérément aux souvenirs des jours heureux, au temps béni où le chant des grillons remplissait de sa lancinante mélodie ces prairies de l'Arize où il aimait tant flâner avec Jeanne, les soirs de juillet, quand la chaleur commence à baisser.

Soudain, il eut la sensation d'être happé par une poigne gigantesque et brutalement, le sol se déroba sous ses pieds. Dans un ultime réflexe, Mathieu Pujol serra nerveusement le fût de son Lebel, ouvrit la bouche pour crier mais aucun son n'en sortit. Une giclée de terre putride lui remplit la gorge d'un goût abominable. L'odeur de la mélinite contenue dans les shrapnels s'y mélangeait à celle des morts des bombardements précédents, cadavres sommairement enfouis que la pluie d'obus venait d'exhumer. Plongé dans un abîme vertigineux où les repères d'espace et de temps étaient abolis, Mathieu perdit conscience du monde qui l'entourait. L'instant d'après, tel un vulgaire fétu de paille, son corps s'abîma dans un trou immonde rempli d'eau boueuse.

Inlassablement les obus des 380 et des 420 allemands continuaient de retourner le sol, mêlant en une subtile alchimie la terre grasse de Verdun et les corps martyrisés des malheureux soldats du 259e RI. L'escouade de Mathieu Pujol avait disparu dans ce maelström de feu. Elle avait laissé la place à une gerbe caillouteuse qui retomba en une pluie gluante de débris humains et d'équipements militaires disparates, rapidement ensevelis par l'explosion de l'obus suivant dans l'apocalypse des vivants et des morts. Mais qui pouvait se soucier de ce petit groupe d'hommes ? Happés comme des centaines et des milliers d'autres par la grande faucheuse de l'Histoire à la vitesse de quatre-vingts morts à la minute, la petite escouade n'était que la victime expiatoire des objectifs de Falkenhayn et du Kronprinz : saigner à blanc l'armée française pour obtenir son effondrement matériel et moral. Et quand les canons tairaient leur voix, seul le pâle soleil de ce mois de mars resterait l'unique témoin du drame !

À une quarantaine de mètres de là, aux portes du Ravin des Fontaines, dans un appendice du boyau menant au sinistre Bois des Corbeaux, une poignée d'hommes s'était regroupée tant bien que mal autour du capitaine Dumont et de l'adjudant aux traits émaciés. Semblables aux naufragés du *Radeau de la Méduse*, la célèbre toile peinte par Géricault en 1818, le petit groupe pétri de peur s'accrochait à l'abri dérisoire d'un léger repli de terrain qui les protégeait des mortels éclats. Et ces obus qui tombaient tantôt à droite, tantôt à gauche, devant ou derrière, sur « le juste et l'injuste » comme l'écrirait quelques années plus tard André Maurois dans *Les Discours du docteur O'Grady*, avaient la vertu d'un feu égalisateur. Autour d'eux la muraille d'acier broyait la chair des hommes de toute extraction sociale avec autant de patiente minutie que le chirurgien major mettait à les recoudre dans la grande ferme à cour carrée qui, à trois kilomètres de là, servait d'hôpital de campagne. Entre deux fusants, Dumont releva vivement la tête, essayant d'évaluer la précarité de leur situation présente.

— Faut retourner, mon capitaine ! On ne passera jamais ! lui glissa Antoine Blazy, un sergent aux yeux tristes, modeste commis aux écritures à l'agence de la Société générale de Foix dans le civil, emploi qui à l'évidence ne devait pas prédestiner aux « gaietés de l'escadron », à voir son teint cireux.

— Ta gueule, putain !

— Faut retourner, insista Blazy qui avait appris la veille la naissance de son premier fils, conçu au cours d'une rare et bien trop courte permission.

— Encore une remarque et je te colle une balle dans la tête, glapit Dumont en le saisissant violemment par le revers de son uniforme au risque de lui arracher la patte de col où figurait le numéro du régiment.

— Il n'a pas tort, mon capitaine. La compagnie ne peut plus progresser. À continuer, on va juste se faire hacher menu. On ne passera pas !

— Il suffit d'attendre une accalmie, avança Dumont d'un ton peu convaincu.

— Mon capitaine, vous savez bien que dès que le feu va s'arrêter, les boches vont attaquer en masse.

— Alors, autant bien se préparer à les recevoir ! glissa un caporal, fraîchement nommé au feu pour son courage, en ajustant sa baïonnette au canon de son fusil.

— Vous voulez que Pélissier me fasse fusiller !

— De toute façon, on est déjà presque tous morts ! laissa tomber, un rien fataliste, le caporal.

— Et puis merde, ce n'est pas parce que sa femme l'a quitté pour un commis voyageur que ce con a le droit de faire buter tout le monde, ajouta un soldat en faisant allusion aux déboires conjugaux du colonel qui avaient fait les délices de toutes les popotes.

— Mon capitaine, ces hommes ne sont pas des lâches, plaida l'adjudant alors que le feu redoublait d'intensité.

Dumont le regarda, perplexe sur la conduite à tenir. Il hésitait à ordonner le repli. Blasé par les grandes offensives inutiles qui se succédaient depuis presque deux ans, l'adjudant avait les yeux tristes de ceux qui en ont trop vu. Fébrilement accrochée à l'irréel prestige des trois ficelles qui ornaient le revers de sa manche, la volonté du capitaine de réserve qu'il était vacillait. Dans le regard gris de l'adjudant, miroir de l'ordre qu'il devait donner, le capitaine Dumont put juste discerner l'écrasante responsabilité qui était la sienne en cet instant. Le choix était simple : faire tuer les derniers survivants de sa défunte compagnie pour suivre à la lettre les ordres du colonel ou sauver cette poignée de malheureux d'un désastre inéluctable. Le 380 qui tomba à quelques mètres d'eux en soulevant une monstrueuse gerbe de terre acheva de balayer ses dernières hésitations. Tant pis si Pélissier le collait devant un peloton d'exécution ! De toute façon, la compagnie était déjà aux quatre cinquièmes anéantie !

— Alors mon capitaine, on reste là ou quoi ? demanda le soldat.

— Allez… Allez… En arrière… En arrière ! cria furieusement Dumont en brandissant de sa main droite son revolver d'ordonnance, modèle 1892.

— Et en ordre, les gars ! jeta l'adjudant, soulagé par la sage décision.

— Et pourquoi pas au pas cadencé aussi ? grogna un poilu, désabusé.

— Aaahh bordel de merde ! je suis touché, brailla Dumont l'instant suivant en repliant douloureusement un avant-bras méchamment éraflé d'un éclat d'obus aussi tranchant qu'un rasoir de sûreté.

— Vous avez de la chance, mon capitaine ! Voilà une bien bonne blessure, railla l'adjudant en lui saisissant la manche de son uniforme bleu horizon qui pissait le sang pour lui poser un garrot.

De cratère en cratère, risquant à chaque instant leur vie comme à la roulette russe, le petit groupe d'hommes se replia en rampant, jouant les vers de terre dans un paysage lunaire où toute trace d'humanité avait à jamais disparu. Dans ce dédale de trous remplis d'eau putride où la terre était empoisonnée de gaz, le retour vers les lignes arrière était aussi pénible et périlleux que l'aller. Des débris de toutes sortes jonchaient leur cheminement. Il leur fallut plus d'une heure pour fuir cette zone que les obus de tous calibres criblaient méthodiquement. Mètre par mètre, ils s'éloignèrent de la zone dangereuse, s'écartant du souffle dévastateur des obus allemands. À la vue des pans de murs de ce qui restait de la ferme de Grande Borne, les hommes se sentirent assez en sécurité pour enfin pouvoir se redresser.

À l'abri précaire et dérisoire de ces ruines aussi tragiques et poignantes que la prière des hommes pour le retour de la paix, la poignée de survivants s'arrêta pour souffler un peu. Accroupi derrière un moignon de mur noirci, Dumont laissa pendre son pistolet d'ordonnance par la dragonne en cuir pour déboutonner nerveusement sa capote de son bras valide. Il plongea sa main dans l'échancrure et en extirpa une petite paire de jumelles en laiton cabossées par deux années de combat. Repoussant d'un coup de pouce la visière d'acier de son casque à la peinture défraîchie, Dumont régla patiemment la mise au point avec la molette centrale avant de balayer l'horizon. Il avait beau laisser errer son regard en tous sens, scruter le vallonnement des trous que les obus creusaient, les illusions qu'il aurait pu nourrir ne résistaient pas au visage cruel de la réalité. Aucun autre type ne les avait suivis : ce qui restait la veille au soir de sa compagnie venait donc de se faire massacrer.

Bien qu'il fût endurci par plus de dix-neuf mois d'une guerre de tranchées où les combats au corps-à-corps n'étaient pas rares, Dumont en aurait pleuré. Sur la troupe des cent neuf poilus qui s'étaient enfoncés dans la nuit vers le Ravin des Fontaines avec lui, il ramenait six types… Cinq pour cent de l'effectif de départ ! Dumont regarda les survivants. À défaut de pouvoir allumer une pipe, un bidon de vin circulait fraternellement de main en main. Chacun en buvait une lampée, sans même prendre le soin d'en essuyer le goulot, mêlant sans vergogne sa salive à celle du précédent. Dumont savait qu'en ces instants où le stress s'évacue parfois par les voies naturelles, le médiocre « jajar » fourni par l'intendance militaire était autant apprécié qu'un vieux bourgogne. Adossés aux pierres aussi meurtries que leurs corps, le Lebel appuyé au mur, les hommes se laissaient aller à échanger quelques paroles. Tous étaient désabusés après l'éprouvante épreuve qu'ils venaient de traverser.

— Pour sûr qu'ils vont encore publier un communiqué de victoire…
— Ah tu parles d'une victoire, toi !
— T'en es revenu entier, non ?
— Ouais, et les copains tu les oublies ?
— Paraît que les balles allemandes ne tuent pas ! répliqua l'autre en faisant allusion à un article paru dans *L'Intransigeant*, quelques semaines plutôt.

— Pffft ! Tu sais bien que tout ça, c'est du bourrage de crâne !

— N'empêche qu'y a des reporters pour l'écrire !

— Ouais, eh bien ces cons de journalistes, ils ont qu'à venir ici. Ils ne resteraient pas deux minutes en ligne sans chier dans leur froc, grogna un petit première classe au poil aussi noir que ces pruneaux de l'Agenais dont il était natif.

— On sait tous qu'ils nous enfument ! Alors, inutile mon pote d'en rajouter une louche !

— Vos gueules, bordel ! brailla sèchement l'adjudant, exaspéré par ce bavardage. Ça ne vous suffit pas d'avoir assez des boches à allumer ?

— Oh, si on peut plus causer maintenant !

— Blazy, installe donc tes hommes en hérisson ici, commanda Dumont en désignant les pierres que le feu avait léchées. Vous avez tous des grenades ?

— Une pleine musette, mon capitaine !

— Quand les boches attaqueront, tu leur interdiras le passage…

— Et s'ils sont trop nombreux, mon capitaine ?

— Je m'en fous ! Je ne veux pas voir un seul frisé franchir ce point !

— Quitte à nous faire tuer sur place ?

— Oui, exactement ! répondit rudement Dumont avant d'ajouter : Et le premier qui abandonne son poste, je lui brûle la cervelle ! Tu as compris ?

— Oui mon capitaine, murmura le sergent aux yeux tristes, presque résigné sur le sort qui attendait la poignée de rescapés de cette manœuvre insensée, jugée par avance par beaucoup comme vouée à l'échec.

— Alors, vous ne restez pas avec nous mon capitaine, demanda d'un ton narquois un soldat à la manche ornée d'un galon de première classe.

— Non… Non mon vieux, balbutia Dumont d'une voix gênée. Je… Je… Je dois aller rendre compte au PC, murmura-t-il tout au regret d'abandonner ainsi ses hommes.

— Moi je reste avec eux, décida brusquement l'adjudant saisi d'un sursaut d'honneur. Allez mon capitaine et faites-vous vite soigner au poste de secours pour que cette connerie ne s'infecte pas !

— Hum… Vous en faites pas, les gars… Je… Je… Je vais revenir marmonna entre ses dents Dumont, conscient qu'il abandonnait ses hommes à un sort peu enviable.

Au moment où le capitaine Dumont s'apprêtait à quitter l'abri fragile des murs de la ferme de la Grande Borne, un obus allemand tomba à une encablure du petit groupe d'hommes. Il fut suivi rapidement d'un deuxième, puis bientôt d'un troisième… L'officier leva la tête, observa le bombardement en écoutant les départs. À l'évidence, le déluge se rapprochait de la ferme. Tel un rouleau compresseur, le feu déroulait son mortel tapis d'acier en direction des restes du bâtiment. En quelques minutes, il avait progressé d'une centaine de mètres. Dumont avait trop d'expérience de cette guerre de taupes pour se tromper : les boches allongeaient volontairement leur tir. L'usage du feu roulant signifiait que leur attaque était à coup sûr imminente. Aucun réseau de barbelés, aussi dense soit-il, ne pourrait stopper la furia des vagues d'assaut allemandes. Dumont le savait bien pour être souvent lui-même parti à la tête de ses hommes, baïonnette au canon, à la conquête des tranchées ennemies. La seule solution pour les Français était de procéder à un tir de contre-batterie avec l'espoir de faire taire les canons allemands pour contrecarrer les plans de l'adversaire.

Pour ne pas donner l'impression de fuir, le capitaine alluma une cigarette et rengaina de sa seule main valide son pistolet dans son étui de cuir fauve. Puis, comme si de rien n'était, il consulta sa montre-bracelet, un modèle acquis à prix d'or mais bien plus commode que les antiques goussets fournis par l'horlogerie militaire. Portant les doigts à la hauteur de son casque, Dumont esquissa alors un bref geste de salut et s'éloigna d'un pas qu'il voulait calme à défaut d'être serein. Le PC du colonel Pélissier, soigneusement dissimulé à l'abri des regards ennemis, était à moins d'un kilomètre. D'ordinaire, en un quart d'heure, il l'aurait atteint d'un pas de sénateur. Mais une telle distance, rythmée par les coups sourds des canons de gros calibres de ceux d'en face, lui parut aussi longue que ces marches d'aguerrissement que l'on avait coutume de faire effectuer aux pioupious, barda complet au dos, les premiers jours de leur arrivée à la caserne, histoire de les endurcir en agrémentant leurs pieds d'une belle collection d'ampoules, censée leur forger un caractère fantassin.

Midi n'était pas loin et le soleil de mars commençait timidement à darder ses plus chauds rayons quand Dumont arriva en vue du poste. Que la guerre paraissait loin ! À l'entrée du goulet menant à la sape confortablement aménagée au regard de la gadoue des tranchées, une sentinelle montait la garde, une pipe à demi éteinte serrée entre ses dents, au mépris du règlement. Le soldat, à la vue de l'officier, la retira précipitamment de sa bouche avant de rectifier sa position. Dumont esquissa par réflexe un vague grognement qui tenait plus du borborygme que de la parole humaine. En passant devant lui, il fit comme s'il n'avait rien vu. De là d'où il revenait, les hommes qu'il avait laissés, protégés de l'illusoire abri d'un pan de mur noirci, ne fumaient peut-être plus la pipe…

Dumont poussa la porte de planches disjointes, écarta la toile de sac qui faisait office de coupe-vent et entra, le pas lourd, fourbu après la sanglante escapade. Il lui fallut quelques secondes, le temps que ses yeux s'habituent à la médiocre luminosité diffusée par la lanterne Maujardet, pour distinguer l'intérieur de la sape qui servait de PC. Une ambiance paisible, d'une sérénité quasi monacale, régnait dans l'abri. Ici, le bruit de la canonnade arrivait étouffé, semblable à ces orages lointains qui grondent les soirs d'août aux confins de l'horizon. Le télégraphiste et le sergent au teint terreux étaient toujours à leur poste. Le dos tourné, ils jouaient aux dés, histoire de tromper l'ennui à défaut de trouver la paix. Débonnaire, le petit poêle à sciure ronflait, diffusant une agréable tiédeur qui contrastait avec l'humidité pénétrante de l'extérieur.

Assis devant une grande caisse en bois qui servait de table, une bouteille de vin bouché à portée de la main, le lieutenant-colonel Edmond Pélissier déjeunait en compagnie d'un officier de la division. Pour l'occasion, délaissant le quart et la gamelle en fer-blanc des jours ordinaires, il avait sorti de sa mallette pique-nique en osier un cadeau de sa belle-sœur, deux assiettes en porcelaine de Limoges assorties de deux gobelets en argent, gravés à son monogramme. À humer le délicat fumet qui s'en exhalait et remplissait la sape, ce n'était ni les traditionnels fayots tarbais dont l'intendance nourrissait la troupe, ni l'immuable singe, cette viande gélatineuse de bas étage, cuite dans son jus et conditionnée en boîte, peu appréciée des poilus. Mu par un réflexe mécanique, Dumont se mit au garde-à-vous et salua les deux officiers.

— Ah Dumont ! Enfin, vous voilà !

— Mes respects, mon colonel, marmonna à voix basse le capitaine, brusquement saisi d'une sourde rage à voir ainsi les deux officiers banqueter sans vergogne.

— J'ai attendu de vos nouvelles toute la matinée… Vous auriez pu m'envoyer un coureur ! Mais où étiez-vous donc passé ? continua Pélissier, la bouche pleine, affectant un ton presque mondain pour masquer le reproche sous-jacent, en voyant apparaître l'officier aussi crotté que ces va-nu-pieds de Normandie qui s'étaient révoltés en 1639 contre la gabelle.

— Je rentre d'où on ne revient pas, mon colonel !

— Nous savons tous que c'est dur, mon vieux… Avez-vous au moins atteint le Bois des Corbeaux ?

— Le Bois des Corbeaux !

— Vous avez donc échoué ?

— Nous avons été cloués sur place !

— Comment ça, cloués sur place ?

— Les obus tombent là-bas aussi serrés que des gouttes de pluie, mon colonel.

— Il fallait passer quand même ! L'offensive, il n'y a que ça de vrai…

— Hum… Je voudrais vous y voir ! J'ai perdu quatre-vingt-dix pour cent de mes hommes dans le Ravin des Fontaines…

— Fichtre ! J'avais escompté trente pour cent de pertes… Vous allez m'alourdir le bilan prévisionnel que j'ai envoyé à l'état-major !

— Les hommes sont plus que des chiffres…

— Bien sûr… Bien sûr ! fit Pélissier un peu absent, avant d'ajouter d'un air faussement badin : Voulez-vous un doigt de madiran pour vous remettre ?

— Non merci, mon colonel, je vais faire mon rapport…

— Eh bien, faites… Mais ne vous inquiétez pas pour votre compagnie. Un message de la Division m'a informé en fin de matinée que vos effectifs seront complétés. Vous allez recevoir deux sections, une de territoriaux, une de Marie-Louise… À vous de faire l'amalgame !

Dumont ne répondit pas. Dégoûté par l'indifférence de Pélissier et l'installation inique de son abri confortable, le capitaine hocha pensivement la tête, puis, se contentant d'un symbolique salut, tourna les talons et alla s'asseoir à côté d'Émile

Authier, le sergent qui faisait fonction de secrétaire. À ce grand garçon au physique souffreteux qui dans le civil exerçait avec sérieux la profession de clerc de notaire, Dumont commença de dicter à voix basse le récit circonstancié de ses matinales pérégrinations. Sortant de sa vareuse le calepin noir qui ne le quittait jamais, il compléta son rapport par l'état nominatif de ce qu'il restait de sa compagnie, ventilant son effectif entre les vivants, les morts et les supposés disparus. Il n'ignorait rien de l'importance de cette macabre comptabilité. Grâce à elle, l'administration militaire, en bonne fille efficace, télégraphierait sous huitaine l'avis de décès aux maires des communes, à charge pour les premiers magistrats d'apprendre la mauvaise nouvelle aux familles concernées.

2

L'inconnu du Ravin des Fontaines

Dumont dictait laborieusement son rapport au sergent Émile Authier, s'éclaircissant de temps à autre la gorge d'un coup de vin quand subitement, le feu monstrueux qui ravageait les premières lignes décrut. La voix des canons cessa presque aussi brusquement qu'elle avait commencé. En quelques instants à peine, le vent de mars qui balayait les crêtes eut tôt fait de clarifier le ciel des milliers de flocons noirs qui l'obscurcissaient. Pendant les quelques minutes qui suivirent, un curieux silence s'établit. C'était le silence des morts. Il nappait le paysage d'une chape d'acier qui figeait le présent en une éternité tragique pour donner au temps une dimension irréelle, celle du néant. Nul ne pouvait prédire si ce silence était fragile, provisoire ou définitif… Combien de fois en effet l'artillerie allemande s'était tue de la sorte, laissant espérer aux poilus englués dans la terre grasse une trêve de quelques jours, espoir vite déçu par la reprise des bombardements et l'écrasement des survivants quelques heures plus tard.

Et puis soudain, un étrange bruissement monta à l'est pour gagner toute la ligne du front. C'était une clameur sourde, tout à la fois puissante et barbare. Comme un roulement de tambour, on la sentait croître au fil des secondes. Ce son avait quelque chose de si irréel que le capitaine Dumont arrêta net son monologue et tendit l'oreille. Malgré l'épaisseur protectrice des sacs de sable et les mètres cubes de terre au-dessus d'eux, il percevait clairement la rumeur. Le bruit venait de loin. Sans qu'on puisse en distinguer l'origine précise, telle une vague monstrueuse, elle s'apprêtait à déferler sur les lignes françaises pour les emporter dans une furia dévastatrice à l'image des tsunamis ravageant les côtes. Taïaut ! Taïaut ! Taïaut ! Le cri, venu de profondeurs insondables, repris par des milliers de poitrines juvéniles, résonnait dans la fraîcheur matinale du mois de mars pour remplir l'azur de la même fureur antique que les hoplites d'Alexandre face aux troupes de Darius à la bataille de Gaugamèles.

Quelques minutes plus tard, une marée de *feldgrau* en jaillit comme un diable de sa boîte du lacis des polygones de départ où, en unités disciplinées, elle mijotait depuis plusieurs heures, stoïque, dans l'attente du fatidique signal d'une curée, prometteuses prémices d'un succès longtemps espéré. Dans le cliquetis des Mauser brillant de l'éclat des baïonnettes qui prolongeaient leur canon, la troupe se rua à l'assaut, officiers en tête, le Luger au poing. Le Kaiser ne leur avait-il pas promis la victoire ? Il suffisait d'aller la chercher pour faire rendre gorge à ces cochons de Français de leur insupportable vanité ! Les *Feldwebel* qui menaient la danse avaient tout lieu d'être satisfaits de la préparation. Cet instant sacré allait entrer dans les annales patriotiques. Renouant avec l'enthousiasme perdu de l'été 1914, les hommes n'avaient-ils pas l'éphémère illusion de se battre pour une cause juste ?

Des tranchées allemandes, le moral gonflé par une gorgée de schnaps avalé au goulot d'une gourde qui avait circulé de main en main, les sections d'assaut s'élancèrent pour culbuter les lignes françaises d'un élan irrésistible. Comme à l'accoutumée, derrière les grenadiers et les voltigeurs venaient les sinistres nettoyeurs de tranchées, chargés de parachever l'élan victorieux en effectuant la liquidation d'éventuelles poches de résistance au couteau et à la grenade, souvent au corps-à-corps. Ce sale boulot maculait leurs vareuses de la terre grasse des auréoles brunâtres de leur sanglante équipée, porteuses d'un légitime dégoût pour tous ceux en qui subsistait encore une parcelle d'humanité après deux ans d'une guerre totale.

— Vous avez entendu ? lâcha brusquement Dumont en s'interrompant au beau milieu d'une phrase.

— Non, répondit Authier qui était concentré sur la calligraphie de sa page d'écriture.

— Écoutez… Écoutez bien ! Et là ? Vous entendez maintenant ?

— Oui… Oui, mon capitaine.

— Bordel, on dirait que ça vient du…

— Le Bois des Corbeaux ?

Dans la petite sape, à l'abri des rondins et de quelques mètres de terre, Dumont resta interdit quelques fractions de secondes. Mais deux années passées à jouer les termites avaient émoussé sa capacité à se laisser surprendre. Bousculant un tabouret en bois, il se précipita dehors les jumelles à la main, devançant Pélissier qui réajustait fiévreusement ses lorgnons sur l'arête saillante de son nez. Jugeant vite de l'urgence de la situation, il se rua vers le premier poste de téléphone de campagne qu'il trouva dans la cagna pour en actionner fébrilement la petite manivelle. La voix hachée, le souffle court, il égrena dans le combiné une série de chiffres et de coordonnées pour demander aux batteries d'artillerie les plus proches de raccourcir leurs tirs afin d'écraser la horde barbare qui submergeait le Ravin des Fontaines comme une vague déferlante.

Mais dans l'attente de la riposte salvatrice, seules quelques brèves rafales de mitrailleuses Saint-Étienne ponctuées de coups de fusils isolés tentaient vainement, à deux kilomètres à peine, de répliquer à la clameur qui montait avec la puissance d'un mascaret furieux. Les silhouettes vêtues de *feldgrau* jaillissaient à flots continus et tels des diables sortis de leur boîte, couraient à demi courbées en paquets plus ou moins lâches ou serrés. Aucune d'entre elles ne semblait manifester d'appréhension face aux balles françaises qui miaulaient tout autour comme des abeilles meurtrières. Pas question d'avoir des états d'âme pour tous ceux qui faisaient partie des groupes d'assaut ! Il fallait rapidement culbuter ces *Franzosen* dans un élan puissant, seul capable d'assurer la victoire décisive.

Aussi, quand le soldat de première classe Franz Goëner déboucha, baïonnette au canon, à une centaine de mètres des lignes françaises, dans une cuvette un peu plus grande que les autres, il épaula instinctivement son Mauser 98 en apercevant la silhouette qui à moins de trois mètres, lui tournait le dos. Elle remplissait déjà tout le cran noir de la hausse de son fusil. En bon soldat, aguerri par dix-sept mois d'âpres combats, Franz, qui était originaire de Dillingen, une petite ville à la frontière de la Lorraine, allait tirer lorsque dans une infime suspension du fracas des armes, il perçut la musicalité familière d'un chant qu'il identifia sans difficultés comme *O Tannenbaum*, l'un des plus célèbres *Lieder* de Noël écrit en 1824 par l'organiste Ernst Anschütz.

Franz Goëner marqua un imperceptible temps d'arrêt. Comme à demi hébété, la chemise en lambeaux, couvert de sang et de boue, tête nue, arborant un caleçon gris déchiré en de multiples endroits par de petits éclats d'obus qui lui avaient incisé la peau de mille et une coupures, l'homme était assis en tailleur au milieu d'un immonde trou d'obus tapissé de restes humains et de débris d'équipements. Il levait les mains vers le ciel comme pour prendre Dieu à témoin, dans la position des prêtres au moment de l'offertoire. C'est peut-être cette posture biblique qui retint le Sarrois dans son mouvement. Son doigt se crispa et il s'en fallut alors d'une fraction de seconde à peine pour qu'il enfonce la détente. Un doute lui traversa fugitivement l'esprit : et si cette forme humaine était l'un des leurs ?

Le souffle court, il s'approcha à l'effleurer de la pointe de sa baïonnette et jeta un bref « *Wer bist du ?* » qui resta sans réponse. D'une voix puissante où l'on ne pouvait distinguer aucune trace d'accent, l'homme continuait de chanter dans la langue de Goethe comme si de rien n'était. Il semblait insensible au danger et, témoignant de la sérénité inébranlable des justes face à l'inéluctable loi du destin, il ne manifestait ni peur, ni crainte. Face à ce comportement déroutant, Franz Goëner se hasarda à répéter sa question dans le français aléatoire qu'il bafouillait avec difficulté : « Qui es-tu ? » Son interrogation demeurant tout autant sans réponse, craignant une ruse quelconque de celui qu'il pensait malgré tout être français, il lui toucha l'épaule du plat de son arme tranchante, toujours prêt à tirer à la moindre trace d'hostilité.

Mais l'homme resta de marbre, poursuivant son *Lied* avec la même ferveur sans faille qui tenait de l'inconscience. Décontenancé par cette absence totale de réaction qui ébranlait ses certitudes, les mains saisies d'un tremblement nerveux, Franz Goëner baissa la garde et releva légèrement le canon de son Mauser 98. Ce qui restait d'humanité dans ce modeste employé aux écritures de la Stahlwerksverband AG, l'un des plus puissants cartels sidérurgiques de la Sarre, était plus fort en cet instant que la haine de ceux d'en face, savamment entretenue par les services de la propagande. Assez en tout cas pour l'empêcher de tuer de sang-froid un type qui n'arborait même plus l'uniforme traditionnel des ennemis héréditaires. Goëner s'approcha un peu plus près. Il observa alors que sa prise n'avait même plus la traditionnelle plaque d'identité que les hommes des deux camps portaient tous autour du cou. Devant le caractère inoffensif de ce prisonnier insolite, il lui mit la main sur l'épaule et demanda d'une voix presque affable :

— *Bist du idiotisch ?* Tu es idiot, c'est ça ? répéta-t-il en détachant chaque mot dans ce mauvais français que nombre de frontaliers baragouinaient peu ou prou en Sarre.

Imperturbable, comme refugié dans un monde abstrait où rien ne pouvait l'atteindre, l'autre continuait à psalmodier les paroles que tout écolier du Reich avait appris par cœur sous la férule d'acier des *Schulmeister* qui n'avait rien à envier à celle de leurs collègues d'outre-Rhin, les hussards de la République. Franz Goëner regarda tout autour de lui. Emportés par leur élan victorieux, ses camarades avaient tous disparu. Au loin, les Français lançaient quelques fusées rouges, signe que leur artillerie devait tirer trop court. Il était seul dans le chaos laissé par la puissance de l'artillerie. Il hésita pendant quelques secondes sur la conduite à tenir. Poursuivre de l'avant, c'était risquer de passer pour un lâche en arrivant à la fin du combat… Ramener un prisonnier n'était-il pas un bon moyen de se faire pardonner les hésitations de sa conduite ? Peut-être celui-ci livrerait-il quelques renseignements lorsqu'il aurait retrouvé ses esprits ? Peut-être même lui décernerait-on la

Croix de fer ? Son choix fut vite fait…

D'autorité, Franz Goëner lui saisit le poignet et lui lia symboliquement les mains derrière le dos d'un méchant bout de ficelle trouvé au fond de la poche droite de sa vareuse. Surpris de ce traitement, les derniers mots de *O Tannenbaum* moururent alors doucement sur les lèvres de l'inconnu. Faisant preuve d'un calme étrange dans un univers exempt de toute humanité, le captif promenait autour de lui un regard détaché, comme s'il contemplait un monde qui ne le concernait pas. Fort de l'absence totale d'hostilité du prisonnier, le première classe Goëner écouta quelques instants le bruit de la canonnade. Les Français avaient raccourci leur tir pour tenter d'enrayer l'attaque allemande. La fureur des combats s'éloignait vers l'ouest. C'était le bon moment pour se mettre en route.

— *Kommen ! Kommen !* ordonna-t-il.

— *Kommen ?* fit l'homme en ouvrant de grands yeux d'enfant surpris.

— Allez, viens ! répéta le Sarrois en français.

Franz Goëner força sa prise de guerre à se mettre debout et de la crosse de son fusil, il le poussa de l'avant pour le conduire vers les lignes allemandes. Un *Feldwebel* ou un officier saurait bien le faire parler, pensa-t-il. Le captif semblait si résigné que Goëner mit alors son fusil à l'épaule. Dépourvu de chaussures, les pieds enveloppés d'une bande de tissu malodorant en guise de chaussettes, les mains derrière le dos, le prisonnier trébuchait sur les débris de toutes sortes qui jonchaient le sol. Aussi leur équipage progressait-il lentement sur un terrain chaotique que les obus allemands et français avaient transformé depuis des jours en no man's land lunaire. De temps à autre, Goëner l'encourageait d'un « *schnell* » qui, dépourvu de la rage de l'assaut, prenait presque un caractère compréhensif.

À cette allure et à ce pas hésitant, il leur fallut quinze bonnes minutes pour atteindre le réseau de barbelés qui protégeaient les lignes allemandes de toute attaque française. Pas question de se lancer tout droit au travers de ce hérisson d'acier : aux piquets de fer et de bois était suspendu tout un assortiment de grenades, de fusées éclairantes et de boîtes de conserve vides qui servaient de sonnettes en cas d'attaque nocturne. Pour traverser cette toile d'araignée métallique, il fallait emprunter une double chicane qui passait sous le feu d'un nid de redoutables mitrailleuses Maxim MG 08 montées sur affût. Positionnées sur une petite butte, légèrement en retrait, les six cents coups-minute de leur cadence de feu interdisaient toute intrusion ennemie. Goëner connaissait bien le passage à emprunter qui en plein jour et par front calme ne présentait aucune difficulté d'accès.

Poussant le captif d'une vigoureuse bourrade dans le dos, le première classe Goëner sauta résolument derrière lui dans la tranchée amie. Tandis que son prisonnier, les mains toujours liées, se relevait avec peine, le jeune Sarrois, adossé à une claie tressée de baliveaux de hêtre refendus, put laisser échapper un soupir de soulagement. Ici au moins, il était en sécurité ! Solidement renforcée d'une ossature de madriers et d'un empilement de sacs de terre, rendue presque confortable grâce aux caillebotis de bois qui isolaient son cheminement de la boue gluante, la tranchée était encombrée d'un amoncellement de caisses de munitions aux couvercles bâillant, de barbelés bien serrés en couronne, d'effets personnels délaissés. Abandonnée par les groupes d'assaut, elle était naturellement tout aussi déserte qu'Unter den Linden pouvait être animée. Ignorant ce vide, Goëner emprunta le premier passage qui à une trentaine de mètres à droite conduisait vers les lignes arrière.

À plusieurs reprises, tout au long de son interminable cheminement dans l'entrelacs des boyaux et malgré le grondement lointain du combat qui se poursuivait, il crut entendre le captif fredonner. Ah le pauvre bougre ! La guerre produisait d'étranges situations, songeat-il. Nombre de ceux d'en face étaient morts aujourd'hui pour défendre quelques centaines de mètres de leur pays. Lui demeurait vivant et ce type dont il ne saurait jamais rien lui sembla tout aussi proche de lui-même que des siens. Quand l'arme à la bretelle, Franz Goëner arriva au poste de commandement avancé, un sourire de triomphe lui monta naturellement aux lèvres. Il était enfin arrivé ! Mais son enthousiasme fut vite douché : le lieutenant auquel il se présenta l'engueula copieusement. Traité de chien galeux, il écopa prestement de huit jours d'arrêts pour ne pas avoir suivi ses camarades. Pour un peu, l'officier prussien l'aurait accusé de désertion ! Sans demander son reste, l'employé aux écritures se hâta de rejoindre les premières lignes tandis que deux soldats emmenaient le captif vers le poste médical avancé pour soigner les multiples coupures de ses pieds et la blessure de sa main. Pauvre garçon, pensa Goëner en le voyant s'éloigner. Sans doute ne retrouverait-il jamais sa tête ! Enfin pour lui la guerre était bien terminée…

Après quelques rapides pansements posés par des infirmiers en *feldgrau*, les pieds sommairement désinfectés, on l'avait gratifié d'une cigarette à bout doré, d'un coup de schnaps, d'une paire de souliers trop grands pour lui et d'une vareuse crasseuse, dépourvue de boutons mais ornée d'un trou en pleine poitrine qui ne laissait guère d'illusion sur le destin de son précédent propriétaire. Ainsi nippé, le prisonnier du première classe Franz Goëner avait rejoint la pitoyable cohorte des blessés conduite à six kilomètres à l'arrière des premières lignes, au lazaret 3/612, l'hôpital de campagne qui traitait indistinctement les nombreux estropiés de ce secteur du front. Au loin, tel un furieux orage d'acier, le canon roulait ses funestes échos. Mais curieusement, comme beaucoup de ses compagnons d'infortune, recrus de fatigue, plus assommés du découragement de leur capture que des souffrances de leurs blessures superficielles, l'inconnu du Ravin des Fontaines ne semblait pas l'entendre. À croire que cette guerre ne le concernait plus, qu'elle était devenue la guerre des autres.

Quand le lamentable troupeau arriva clopin-clopant au lazaret, en ce début d'après-midi de mars 1916, les blessés étaient épuisés par cette marche éprouvante. Le ventre vide, beaucoup avaient l'air hagard. Parqué comme du bétail dans un enclos sommairement ceint de barbelés, l'inconnu du Ravin des Fontaines avait attendu une bonne heure encore avant que deux prisonniers, un peu plus valides que d'autres, ne lui mettent d'autorité entre les mains un morceau de pain noir aussi dur qu'une pierre. Puis on leur avait distribué une gamelle de soupe claire où flottaient quelques vagues trognons de choux. Dans un réflexe presque animal, le KG sans identité s'était dépêché de tout engloutir, peut-être de peur qu'on le lui vole. Un peu plus tard, sous la surveillance d'un placide territorial du nom de Gustav Hofnar, un quinquagénaire originaire du pays de Hohenlohe, dans le Bade-Wurtemberg, le captif, toujours aussi étranger au monde qui l'entourait, avait été conduit devant un jeune médecin militaire pour un bref examen clinique de son cas.

Né à Metz, cette ville de garnison du Reichsland Elsaß-Lothringen, le docteur Walther Albrecht parlait assez bien le français. Ce célibataire, amateur de jolies femmes, diplômé de l'Académie Empereur Kaiser Wilhelm à Berlin, avait obtenu son doctorat en médecine en 1914, juste quelques semaines avant la déclaration de guerre. Frais émoulu de l'université, les deux années passées au *Kriegs lazaret* avaient enrichi la formation du jeune médecin d'une solide expérience pratique. Vêtu d'une blouse blanche maculée de taches de sang encore frais, avec autant de professionnalisme qu'un marchand négrier pratiquant le commerce triangulaire aux plus belles heures de l'esclavage, il lui avait soulevé la paupière, ouvert la bouche, fait saillir les dents, introduit une spatule dans la gorge puis examiné les oreilles avant de lui demander négligemment :

— *Franzose ?* Vous êtes français ? crut bon de répéter Albrecht devant le mutisme que le captif manifestait.

— Euh…

— Soldat, je vous parle ! Vous m'entendez ? fit le médecin allemand en lui secouant gentiment l'épaule pour tenter de dissiper la léthargie qui donnait au soldat un air absent.

— Hein…

— Vous n'avez plus de plaque d'identité ? Quel est votre nom, soldat ?

— Moi ?

— Oui, co-mmment-tu-t'a-ppelles ? articula lentement le médecin en détachant chaque syllabe dans l'espoir de se faire comprendre.

— Comment je m'appelle ? fit le prisonnier en cherchant la signification des termes qu'il entendait.

— Tu ne sais pas ton nom ?

— Mon nom ? Mon nom ? répéta le soldat avec l'air ahuri de ceux qui sont définitivement ailleurs.

— On l'a trouvé quand, celui-là ? demanda le toubib désabusé au brave territorial.

— Ce matin, à quelques kilomètres d'ici, fit le quinquagénaire rondouillard en remontant un ceinturon qu'il avait du mal à boucler.

— Où ça ?

— D'après ce qu'on m'a dit, près du village de Marre, *Herr Hauptmann* !

Face à l'expression de ce regard où les mots semblaient ricocher dans le vide pour perdre tout sens, le jeune médecin hocha la tête. Bien qu'il fût passablement blasé par la fréquentation quotidienne des horreurs de la guerre, une brève expression de tristesse voila ses yeux quelques secondes. Le jeune médecin était sans illusion : celui-là n'était pas près de reprendre une vie normale ! D'où était-il ? Il lui semblait distinguer des intonations méridionales dans son français… Avait-il femme ou enfants ? Il n'y avait nulle trace d'alliance à son doigt… Sans doute ne saurait-il jamais rien de lui… Qu'importe ! Par-delà l'uniforme des uns et des autres, tous ceux qu'on lui amenait n'en demeuraient pas moins des hommes. Débordé par l'afflux permanent de patients, éprouvé par le spectacle pitoyable des gueules cassées qu'on lui présentait tous les jours, pour chasser cet apitoiement, témoignage d'un reste d'humanité, le capitaine Walther Albrecht prit machinalement une fiche d'identité en carton marron et en détacha le coupon du bas.

Pré-imprimé, le carton portait en gras en haut à droite le numéro AB 45 ZD 122978. Se saisissant d'une plume d'acier qu'il trempa dans un encrier noir, le médecin militaire, après avoir brièvement réfléchi, se souvint du nom du village près duquel on l'avait trouvé. Il esquissa un pâle sourire et inscrivit d'autorité MARRE sur la ligne « *Familienname* ». Il hésita quelques secondes pour le prénom, puis se souvenant que la veille, c'était la fête de son père Carl, il écrivit d'une écriture tout aussi appliquée Charles. Il n'ignorait pas que l'administration militaire, ici comme ailleurs, avait horreur du vide et ce qui aurait pu passer de prime abord pour une facétie de carabin était avant tout destiné à satisfaire les ronds-de-cuir qui traiteraient son cas. Ainsi, songea-t-il, on foutrait au moins la paix à ce pauvre type ! Méthodiquement, le docteur Walther Albrecht compléta la fiche de ses observations cliniques. Puis il appela le placide territorial pour lui confier le prisonnier auquel il dit :

— Tu t'appelles Marre !

— Marre ?

— Oui, Charles Marre ! Tu as compris ?

— Charles Marre… répéta lentement le captif comme s'il cherchait à se pénétrer d'une vérité première.

— *Baracke 18 !* ordonna alors le médecin en lui attachant au poignet une étiquette de carton marron où en lettres gothiques il avait écrit à l'encre noire la mention « *KG Hirnverletzung* », Prisonnier Traumatisme Cérébral, pour indiquer son état présent.

— *Ja wohl, Herr Hauptmann !* répondit le territorial en rectifiant sa position, tentant de rentrer son ventre qui débordait de son ceinturon avant d'intimer au captif : *Komm… Komm !*

— Moi ? fit l'inconnu.

— *Ja ! Ja*... Toi... Venir !

Le docteur Walther Albrecht le regarda s'éloigner, un rien fataliste. Même doté d'une identité, l'homme n'en demeurait pas moins l'inconnu du Ravin des Fontaines. Cornaqué par le débonnaire territorial, le Mauser à la bretelle, le désormais dénommé Charles Marre traversa, l'air absent, le dédale de baraquements sinistres qui constituaient le lazaret 3/612. Construit dès l'hiver 1914 par les prisonniers soumis au travail forcé, chaque bâtiment était long d'une vingtaine de mètres, normalement éclairé de quatre fenêtres de chaque côté. Selon une rigueur toute germanique, les tristes cantonnements en bois s'organisaient en rangées monotones autour de la place d'appel. Seule tache de couleur, l'immense drap blanc orné d'une croix rouge qui couvrait la toile bitumée du toit du bâtiment central.

Parvenu à l'orée d'un alignement de baraques, le brave territorial allemand s'arrêta, le souffle court. Il essuya son front nimbé d'un voile de sueur aigre, fruit de son embonpoint. Puis il grimpa pesamment les deux marches d'un caillebotis de bois et poussa la porte de la baraque. Dans la médiocre clarté du jour qui déclinait, il y avait là une dizaine d'hommes. Au milieu de ce troupeau semblable à des épaves échouées un soir de grande tempête, trônait un poêle rond dont le tuyau, suspendu par des fils de fer, traversait la pièce et contribuait ainsi à apporter une température plus décente, plus humaine à de pauvres bougres qui y avaient trouvé refuge. Le Mauser toujours à la bretelle, Gustav Hofnar traversa le bâtiment et lui désigna un lit vide parmi les couchages disponibles. Dessus, bien rangé selon une logique toute soldatesque, il y avait le paquetage ordinaire dévolu par l'administration militaire aux gens de son état : une couverture de drap grossier, une mince serviette de toilette nid-d'abeilles, une petite pierre de savon, une assiette en fer-blanc, un quart métallique cabossé et une cuillère assez usée pour remonter à Guillaume Ier.

Charles Marre s'assit sur le bord du bat-flanc, les yeux remplis d'une curiosité presque enfantine, promenant tout autour un regard étonné sur l'alignement géométrique des paillasses. « *Gut ! Gut...* », fit le territorial allemand en lui tapotant l'épaule d'un geste presque amical. Charles Marre cherchait en vain des repères à ce monde bizarre qui l'entourait. Où était-il ? Était-ce un hôpital ? Quel était donc ce lieu ? Qui étaient ces hommes arborant pour la plupart d'horribles pansements cachant sans nul doute de hideuses blessures ? Un instant, l'idée d'un asile de fous lui effleura la pensée mais dans ce genre d'établissement, on trouve d'ordinaire tous les âges de la vie. Ici tous lui paraissaient si jeunes…

Tiens, observa-t-il, il n'y a pas de femmes ! Plus il cherchait de réponses et plus ses idées s'embrouillaient. Elles ricochaient les unes sur les autres pour former une cacophonie de mots sans cohérence que le souvenir des explosions et des cris mêlés de râles venaient troubler.

— Tu es d'où, toi ? lâcha son voisin, un certain Farjot, dès que le soldat allemand se fut éclipsé.

— Moi ?

— Ben oui tézigue ! fit l'autre qui avait un accent berrichon à couper au couteau et la tête méchamment enrubannée d'un bandage douteux qui laissait effleurer le lobe de l'oreille.

— Je… je ne sais pas, répondit le nouvel arrivant.

— Comment ça ? Tu ne sais même pas si t'es parigot, breton ou auvergnat ?

— Eh bien… Non…

— Ben mon ami, si tu connais plus ton pays, c'est grave !

— C'est sûrement un gars du Sud, rétorqua d'une voix rocailleuse un géant bonasse qui avait l'œil gauche totalement bandé.

— Qu'est-ce-qui te fait dire ça, Bénazet ? demanda Farjot d'un ton rogue.

— Oh, son accent… Écoute !

— Les accents… les accents… ça ne veut pas dire…

— Et puis nous savons tous ici qu'ils ont

envoyé beaucoup de gars du Midi en première ligne, expliqua Bénazet.

— Taratata…

— Ce n'est pas de la légende !

— Et tu le crois ?

— Rapport aux mutineries de 1907, expliqua Bénazet, natif des Corbières. Tu sais, quand les vignerons du Midi se sont révoltés et que les pioupious du 17e RI ont mis la crosse en l'air, le père Clemenceau, il n'a pas aimé…

— Et tu sais au moins comment tu t'appelles ? reprit le Berrichon en s'adressant au nouvel arrivé.

— Le major, il m'a dit que c'était Marre, Charles Marre.

— C'est le nom qu'il y a écrit sur ta plaque d'identité ?

— Ma plaque d'identité ?

— Ben oui, t'en as bien une autour du cou ?

— Une plaque pour quoi faire ? fit Charles Marre, l'air ahuri.

— Ma parole, ce con-là, y se fout de ma gueule, beugla Farjot.

— Je ne sais pas de quoi vous voulez parler…

— Laisse tomber, Farjot ! Tu vois bien que ce type-là, il a un pet au casque, coupa une voix bourrue.

— On cause, quoi !

— Fous-lui la paix, on te dit !

— Tu vois bien qu'il est sonné, tempéra Guillaume Macheix, un Corrézien amputé d'un bras.

— Tu verras s'il est aussi dingue que tu crois quand il s'agira de bouffer, rétorqua le Berrichon.

— Ta pomme non plus, elle ne crache pas dessus à ce que je sache !

— Moi ce que je vois, les gars, c'est qu'un de plus ici, ça fait moins dans la gamelle de chacun…

— Peuchère ! Comme ça au moins tu digéreras mieux leurs « *Kartoffel* » au lard, plaisanta un KG à l'accent provençal.

— Digérer… Digérer… Tu rigoles ! Avec ce que nous filent les schleus, tout juste si on ne crève pas de faim !

— Tu as vu leurs rations ? Ils n'en ont guère plus que nous…

— Ben dans ce cas, je vais te dire… Ils ont qu'à arrêter de nous faire la guerre, glapit le Berrichon.

— C'est vrai… La charrue nourrit plus que le fusil et puis, paraît qu'on est tous des « *Kameraden* » comme ils disent !

— Ouais ! Ils ont qu'à nous renvoyer chez nous dans ce cas, commenta Farjot en haussant les épaules.

— La semaine dernière, il y en a bien quelques-uns du bloc 5 qui ont été libérés, remarqua Bénazet.

— T'as vu dans quel état ils étaient, les pauvres ! Des épaves…

— S'ils les ont élargis, c'est justement que c'étaient des poids morts…

— N'empêche qu'eux, ils sont rentrés au pays !

— Arrête de râler, tiens-toi bien et peut-être que tu seras du prochain voyage…

— Ouais, facile à dire, maugréa Farjot en se levant pour couper court à une conversation dans laquelle il n'avait plus la main.

Les semaines qui s'écoulèrent ne laissèrent qu'un vague et mince souvenir dans l'esprit du matricule AB 45 ZD 122978. Les éclopés du bloc 18 avaient fini peu ou prou par adopter le nouveau venu qui demeurait prostré de longues heures, assis sur le rebord de son châlit, perdu dans un monde où il n'avait aucun repère. Fraternellement, la plupart des internés partageaient avec lui la gamelle de soupe aigre où traînaient quelques pommes de terre, le rata insipide où les morceaux de viande étaient aussi fantomatiques que le monstre du Loch Ness, l'ignoble ersatz qui voulait passer pour du café et les rares colis que la Croix-Rouge envoyait où le paquet de tabac était chichement attribué, allongeant les jours à la limite de l'insupportable. Cette sympathie d'internement n'empêchait pas les suspicions de certains irréductibles de continuer à son égard.

— Et si des fois c'était un boche qu'ils nous avaient envoyé ? susurrait Farjot en aparté.

— Un boche ? Mais pour quoi faire ?

— La cinquième colonne, mon vieux…

— Qu'est-ce qui te fait croire ?

— Pour un gars du Sud, tu ne trouves pas bizarre qu'il cause l'allemand…

— Fous-lui la paix, macarel ! beuglait Bénazet de sa chaude voix de stentor.

Sous la bienveillante protection de ce gars des Corbières qui veillait à une répartition équitable du bouteillon de soupe, Charles Marre s'était construit jour après jour des habitudes de vie qui lui tenaient désormais lieu de mémoire à défaut de passé. Comme les autres détenus du lazaret 3/612, il ignorait qu'à l'issue de cette sanglante bataille de Verdun où les morts se comptaient par centaines de milliers, aucun des deux camps n'avait remporté la victoire. Les journaux, en France, en Angleterre comme en Allemagne, pouvaient bien aguicher le lecteur avec des titres racoleurs et optimistes, une immense lassitude gagnait insensiblement tous les fronts jour après jour. Leurs propos mensongers, fruits de l'optimisme officiel, occultaient mal la réalité d'un conflit qui s'éternisait. Et le Kaiser Guillaume II qui deux ans auparavant avait cru partir pour une guerre courte, fraîche et joyeuse ! Quelques jours après son arrivée, en avril 1916, le 259e RI, le régiment de réserve de l'Ariège, déjà si durement éprouvé depuis des mois, étrillé par les combats du Bois des Corbeaux, avait été dissous. Les débris de cette unité défunte, le capitaine Dumont en tête, rejoignirent les 283e et 288e RI pour former le 3e bataillon.

Mal informés par les rares nouvelles de la guerre qui, à la façon du téléphone arabe, émanaient du front, sans pouvoir disposer de ces journaux qui faisaient le bonheur des arrière-salles des bistrots, les captifs du lazaret 3/612 étaient quelque peu coupés du monde, prêtant attention aux rumeurs les plus folles. Levés dès l'aube pour un appel qui n'avait rien à envier aux casernes de la République française, l'ennui et l'attente étaient pour eux les deux mamelles des jours ordinaires qui, monotones, se succédaient à eux-mêmes. Comme tous les autres, Charles Marre était condamné à une hygiène sommaire qui se résumait par quinzaine à une douche glacée. Certains, par désœuvrement, en venaient même à cultiver les poux, familièrement nommés « totos », sur un bout de coton au fond d'un cul de bouteille, faisant preuve d'autant de perverse obstination que les poilus en première ligne.

Jour après jour, les prisonniers du lazaret s'enfonçaient pour la plupart dans la désespérance de leur condition de détenus. Au printemps pluvieux de cette année 1916 avait succédé la lourde canicule d'un été continental qui avait transformé les baraquements de bois du lazaret en étuves. Beaucoup de détenus écrasés par la chaleur scrutaient le ciel dans l'attente hypothétique d'un orage bienfaiteur de fin d'après-midi. Allongés sur les mauvaises paillasses remplies de cette paille de seigle qui leur servait de couchage, les captifs tuaient le temps comme ils pouvaient. Certains tapaient mollement le carton, d'autres écrivaient, recopiaient des recettes de cuisine ou le plus souvent somnolaient, physiquement trop éprouvés pour se livrer à d'autres occupations. Faute de matière première et d'un minimum d'outillage à leur disposition, la confection d'objets artisanaux, pratique courante pour les poilus dans les tranchées, leur était interdite.

Chaque mercredi, avec une ponctualité toute germanique, le docteur Walther Albrecht, la blouse blanche largement ouverte sur son uniforme de *Hauptmann*, inspectait les blocs. L'intérêt suscité chez les prisonniers par les formes féminines des deux infirmières militaires qui l'accompagnaient lui servait-il de thermomètre pour mesurer le chemin de la guérison de ses patients ? Toujours est-il qu'au gré de ses visites, les baraques se vidaient des prisonniers qui partaient pour les camps de prisonniers pour se remplir d'arrivants en mauvais état. Ainsi

Farjot, le Berrichon, puis quelques semaines plus tard Bénazet avaient quitté la baraque. Il y avait maintenant presque six mois que Charles Marre avait échoué là et il faisait figure d'ancien au milieu des quarante occupants de la « Baracke 18 ». Incapable de se rappeler le moindre souvenir de son passé récent, mais capable de réciter des strophes entières de Victor Hugo, ses compagnons d'infortune le considéraient comme un grand enfant.

L'arrivée des premiers frimas de novembre avait été vécue pour beaucoup comme une nouvelle désespérance. Même si on était ici infiniment mieux traité que dans bien des camps de prisonniers, c'était un hiver de plus à passer loin des siens… Leurs gardiens pouvaient dormir tranquilles. Le morne abattement qui telle une chape de plomb assommait la majorité des captifs n'était-il pas la meilleure assurance contre les envies d'évasion ? Même l'arrivée à l'improviste d'un gardien ne suscitait plus d'émoi. Aussi en ce milieu d'après-midi du 30 novembre 1916, la silhouette massive de Gustav Hofnar, familièrement surnommé « la Bedaine » en raison de ses difficultés à boucler son ceinturon, ne fit guère se lever les têtes des captifs en se découpant dans l'encadrement de la porte. Un courant d'air glacé accompagna le déplacement de son corps rondouillard de brave teuton. Le Mauser comme de coutume à l'épaule, le calot posé en biais sur un crâne guetté par la calvitie, le paisible Hofnar se glissa entre les rangées de châlits et s'approcha de Charles Marre qui déchiffrait un journal allemand.

— *Komm !*

— Moi ?

— *Ja wohl !* Oui, toi venir...

— Pourquoi ?

— *Warum ? Herr Hauptmann* Albrecht... veut te voir !

En prisonnier obéissant, Charles Marre se leva dans l'indifférence générale des autres malades pour suivre Gustav Hofnar. À deux ou trois reprises déjà, il avait été convoqué de la même façon par l'administration du lazaret pour un motif futile. Que le médecin major l'appelât était certes plus surprenant... Toutefois, imprégné comme tous les détenus d'une bonne dose de ce fatalisme ambiant cultivé par la privation de liberté, il n'y prêta pas plus d'attention. En passant la porte de la baraque 18, une rafale de bise glacée lui fit baisser la tête. Il ne put réprimer un frisson malgré l'épaisse capote de drap de laine bleu horizon, ornée des lettres KG tracées à la peinture blanche, qu'il avait reçue quelques semaines auparavant. L'infirmerie, siège du bureau du *Herr Doktor*, était à quelques blocs de là. En arpentant les allées boueuses du lazaret sous la conduite de « la Bedaine », Charles ne put s'empêcher de songer qu'aux dires de ses camarades, faute de s'en souvenir lui-même, il y avait près de neuf mois qu'il était ici…

Sur les pas du brave Gustav Hofnar, Charles Marre grimpa tranquillement les trois marches d'accès à l'infirmerie. Une agréable bouffée de chaleur lui sauta au visage en poussant la porte. Dans un réflexe naturel d'obéissance, Charles ôta son calot. Derrière un petit bureau en bois blond, trônait un soldat allemand, la blouse blanche entrouverte sur son uniforme *feldgrau* orné du ruban noir et blanc d'une Croix de fer. Gustav Hofnar se présenta et expliqua brièvement les motifs de sa venue. Sans daigner lever la tête, l'infirmier, désinvolte, continua de remplir consciencieusement un grand registre d'un graphisme appliqué. Un peu en retrait, Charles Marre l'observa. La plume, maniée d'une main qui trahissait une pratique régulière de l'écriture, glissait avec aisance, traçant en pleins et déliés et en lettres gothiques noires le nom des patients du jour.

De son regard perpétuellement étonné de grand enfant découvrant le monde, Charles parcourut l'endroit où il se trouvait. Assez bien éclairé par une ampoule électrique qui pendait par un fil du plafond, la pièce était occupée par une rangée de bancs en fer, laqués de peinture blanche. À gauche, contre le mur, une petite armoire vitrée laissait apercevoir tout un assortiment de fioles, de paquets de compresses de gaze, de boîtes de coton. Sur une table basse, raviers, brucelles et bistouris semblaient attendre le patient. Au centre de la pièce, un poêle en fonte ventru ronflait paisiblement, diffusant une tiédeur câline qui contrastait avec la bise de dehors. Le tuyau, suspendu par des fils de fer, traversait toute la salle pour aboutir à une fenêtre où une plaque en tôle remplaçait un carreau et lui servait d'exutoire. Sur le dessus du poêle, un faitout en fonte exhalait une odeur appétissante de choux et de pommes de terre. Lassés des ragoûts de l'ordinaire, les infirmiers faisaient eux-mêmes leur tambouille, faisant preuve de débrouillardise, les soins dispensés arrangeant les choses. De toute évidence, ceux-là ne manquaient pas de combustible comme ceux des baraques des prisonniers. En marge de tout règlement, le *Hauptmann* Albrecht laissait faire, sans doute parce qu'il trouvait lui aussi quelques avantages à savourer au quotidien une pitance plus agréable que la roborative nourriture de l'intendance militaire.

Sans se départir de sa placidité naturelle, Gustav Hofnar répéta mollement la question. L'infirmier, toujours aussi peu loquace, esquissa un geste vague de la main pour leur désigner un banc, les invitant à patienter. En faisant preuve d'un fatalisme rôdé par vingt et un mois de service, le brave territorial allemand expliqua alors au KG français dans un sabir pittoresque qu'il fallait attendre le bon vouloir du Hauptmann. Hofnar cala son Mauser 98 dans l'angle du mur, ôta son calot et épongea son front nimbé de sueur d'un mouchoir douteux. Pour prendre son mal en patience, le vieux soldat exhuma de sa poche un court brûle-gueule qu'il bourra consciencieusement d'un tabac noir. D'un coup de pouce trahissant une dextérité certaine, il alluma un briquet à essence qui, en grésillant, empuantit la pièce d'une odeur nauséabonde de pétrole gras.

Tout aussi désabusé que son bonasse gardien, Marre laissa errer son regard. Il ne put s'empêcher de penser que toutes les infirmeries militaires du monde devaient sans doute se ressembler. Sur le banc, juste à côté de lui, traînait un exemplaire du *Berliner Tageblatt*, ce grand quotidien berlinois né en 1872 et qui tirait avec ses deux éditions du matin et du soir à près de 250 000 exemplaires. Charles s'en empara pour le feuilleter. Imprimé sur un papier de médiocre qualité, restriction de la guerre oblige, il était daté du mardi 21 novembre 1916. À la une, s'étalait le portrait de François-Joseph Ier, empereur d'Autriche et roi de Hongrie. Charles comprit que le vieil empereur venait de s'éteindre à Vienne au terme d'un des règnes les plus longs de l'histoire. La dynastie des Habsbourg était en deuil et ainsi, l'un des protagonistes de cet effroyable engrenage des alliances qui, en juillet 1914, avait précipité l'Europe dans la guerre était mort dans son lit ! Mais tous ces noms ne lui disaient absolument rien… Où était d'ailleurs cet empire d'Autriche-Hongrie ? Il n'en avait aucun souvenir…

Charles Marre essayait toujours tant bien que mal de déchiffrer quelques mots du long article quand brusquement la porte s'ouvrit, laissant apparaître le visage du docteur Albrecht. Le praticien, dont la silhouette était familière à beaucoup de KG au lazaret, avait l'air fatigué. Sans doute sa charge de travail s'était-elle intensifiée en ce mois de novembre avec la perte du fort de Vaux que les Allemands avaient conquis le 7 juin et reperdu une quinzaine de jours auparavant. Hofnar, dans un réflexe militaire, enfouit son brûle-gueule dans la poche, se leva comme un ressort et rectifia sa position sans parvenir à faire rentrer ce ventre qui débordait de son ceinturon. Le docteur eut un court dialogue avec l'infirmier. Sans bien comprendre ce qu'ils se disaient, Charles nota que ce dernier lui répondait avec une aimable déférence qui dépassait la différence de grade. Sans doute, à côtoyer ensemble la misère humaine, avait-il de l'estime pour cet homme. L'infirmier fit un geste de la main dans leur direction. Le praticien hocha la tête et leur jeta :

— *Komm !*

Sur son injonction, le territorial poussa le KG pour le faire entrer dans son bureau. Charles détailla la pièce avec la curiosité d'un entomologiste. Elle était encombrée d'un fatras à faire fuir une fée du logis. Le désordre qui régnait ici avait de quoi calmer les ardeurs des fanatiques du plumeau. Au milieu de l'amoncellement des paperasseries, un encrier hérissé de ses deux porte-plumes essayait de survivre à côté d'un cendrier débordant de mégots et d'un stéthoscope. Contre le mur, à un portemanteau, pendait un ceinturon lesté de l'étui d'un revolver d'ordonnance. Un peu en retrait, Hofnar vit le médecin militaire fouiller un classeur à trois tiroirs, extirper d'une série de dossiers suspendus, classés par ordre alphabétique, une fiche cartonnée couverte d'une fine écriture noire. Il en vérifia le numéro, la parcourut rapidement et hocha la tête. C'était bien son client…

Tel ces maquignons vêtus de leurs grandes et amples blouses noires sur les foirails, avec cette économie de gestes qui traduit un professionnalisme confirmé, le docteur Walther Albrecht se livra alors en silence à un bref examen clinique du prisonnier. Se saisissant de son stéthoscope sur le bureau, il lui ordonna de poser sa vareuse et sa chemise puis l'ausculta avant de lui tapoter les genoux avec un petit marteau. Même si au premier coup d'œil, l'homme ne lui paraissait pas en mauvaise santé, rien qu'à voir ses joues creuses, on devinait que ce KG avait notablement maigri pendant son séjour au lazaret… Rien de surprenant ! Le médecin savait parfaitement qu'en ces temps de guerre et de restrictions, les rations alimentaires étaient bien insuffisantes, surtout pour les captifs.

Toujours sans prononcer un mot, Albrecht saisit la main droite du prisonnier et observa la rigidité des phalanges de l'index et du majeur. À l'évidence, ce type ne pourrait jamais plus plier correctement les doigts. Sans doute avait-il eu un tendon ou quelques nerfs du métacarpe sectionnés par un minuscule éclat d'obus… Albrecht prit une fine aiguille pour tester la sensibilité de ses doigts. C'est à peine si Charles Marre réagit à la piqûre. Sa réceptivité lui sembla notoirement diminuée… Le docteur Albrecht avait désormais une certitude : si cette gêne, totalement rédhibitoire pour un pianiste, ne constituait qu'un handicap léger dans une vie ordinaire, il n'en demeurait pas moins vrai que faute d'élasticité, ce KG avait perdu toute capacité pratique à faire usage d'un fusil au combat ! Glisser une à une les huit cartouches dans le magasin tubulaire d'un Lebel 1886 M 93 ou même garnir le clip d'un fusil Berthier relèverait de l'exploit pour un homme comme lui.

Mais ce qui frappait le plus le praticien, c'était le comportement de ce soldat. Le type devant lui avait l'air totalement absent, comme étranger à son destin. Pourtant, à première vue il n'était pas un de ces faibles d'esprit que la psychiatrie qualifiait d'imbécile au regard de leur arriération congénitale. Ne souffrant d'aucune étiologie, ce n'était pas un de ces idiots de villages comme la consanguinité et le schnaps frelaté en fabriquent sous toutes les latitudes, que ce fût dans les campagnes profondes ou dans les taudis ouvriers. Écartant tout autant l'hypothèse d'un manipulateur simulant l'amnésie pour en tirer quelques avantages, sans doute fallait-il imputer à une lésion encéphalique la perte d'une bonne partie de ses facultés cognitives. Par expérience, le docteur Albrecht savait combien le terrifiant fracas des obus pouvait faire perdre la tête aux plus courageux. Ce type-là n'était pas le premier à perdre la raison, victime de la fureur des bombardements.

— *Wer bist du ?* murmura le médecin, d'un air lassé.

— Hein ?

— Tu-es-qui ? répéta avec un fort accent le médecin en détachant laborieusement chaque mot.

— Moi ?

— *Ja !*

— Charles Marre.

— Tu en es sûr ?

— C'est ce qu'on m'a dit…

— Que faisais-tu avant la guerre ?

— Je ne sais pas, monsieur.

— Comment ça, tu ne sais pas ! Tu avais bien un métier, non ?

— Oui, probablement…

— Tu ne te rappelles pas ?

— Me rappeler quoi ?

— Ne fais pas l'idiot ! Quelle était ta profession ?

— Ma profession ?

— Oui, tu étais quoi ? Ouvrier, cultivateur, employé ?

— Je… je…

— Avais-tu une famille ? Où vivais-tu ?

— Je… je n'en sais rien, avoua Marre, brusquement submergé d'une vague d'indicible angoisse.

— Tu as tout oublié ?

— Je ne sais pas de quoi vous voulez parler, monsieur…

Le médecin lui tapa sur l'épaule pour lui faire signe de se rhabiller. Marre lui avait répondu avec un air si navré de petit garçon pris en défaut qu'Albrecht, malgré le port d'un uniforme différent, eut pitié de lui un bref instant. Même si les facultés physiques et intellectuelles de cet homme semblaient normales, de toute évidence, son monde à lui n'était plus celui des gens normaux parce qu'il n'avait plus conscience de sa propre personnalité. Faute de repères dans le présent, dépossédé de toute contexture situationnelle, il n'était plus lui-même, il était juste une coquille vide. Dès lors, quelles espérances ce soldat pouvait-il nourrir ? Sans passé, il n'avait plus d'avenir… Handicapé de surcroît il était devenu désormais aussi inoffensif qu'un mouton ! Sûr de son diagnostic, le docteur Albrecht s'assit à son bureau et nota de sa fine écriture les observations cliniques qu'il venait d'effectuer sur la fiche du KG Charles Marre.

Le garder ici, au lazaret, ne servait à rien… On ne pouvait soigner efficacement son amnésie ! Ce type-là relevait de l'asile… Albrecht savait par avance que sa convalescence serait longue et encore, il y avait bien peu d'espoir qu'il ne retrouve jamais la mémoire ! Des mois, des années seraient nécessaires pour qu'il se reconstruise… L'Allemagne faisait la guerre, une guerre terrible, une guerre d'usure qu'elle menait sur ses forces intérieures, faute d'avoir comme les Alliés le bénéfice de l'immense réservoir d'un empire colonial que la *Weltpolitik* de Guillaume II n'avait su créer. Le docteur Albrecht savait que le Reich économisait ses ressources et que la multiplication de ces internés coûtait cher à une nation qui peinait déjà à nourrir les siens. Son pays n'avait donc pas vocation à devenir un hôpital pour tous les blessés ! Quant à le transférer dans un camp de prisonniers au fin fond de la Poméranie, c'était encore plus stupide. Plus d'un million six cent mille hommes y pourrissaient déjà, entassés dans une promiscuité pouilleuse, victimes de la dénutrition. L'inaptitude au combat de ce KG en faisait un poids mort, un innocent à tout jamais incapable de servir sous l'uniforme. Autant s'en débarrasser !

— Tu as de la chance… Pour toi, la guerre est finie ! lui lança le médecin en reposant son porte-plume avant de sécher la fiche cartonnée d'un coup de tampon buvard.

— Finie ?

— Oui, bientôt tu vas peut-être pouvoir rentrer chez toi…

— Chez moi ? C'est où ?

— *Frankreich !*

— Je suis donc libre ?

— Non, pas tout à fait ! Tu vas d'abord passer devant une commission médicale… C'est eux qui décideront.

— Quand ?

— Tu partiras en fin de semaine avec les autres.

En rentrant dans sa baraque sous la garde du

placide Hofnar, Charles Marre était partagé entre incertitude et déception. Surpris par la décision du médecin, il éprouvait une certaine appréhension à quitter le lazaret qui constituait pour lui le seul espace familier connu. Qu'allait-on faire de lui ? Où allait-on l'envoyer ? Certains prisonniers avaient été expédiés en Suisse… Les conditions de détention n'y étaient guère meilleures, d'après les rumeurs qui couraient comme une lèpre rampante dans les baraquements. Certains parlaient de travail forcé… Charles s'assit sur son lit, abattu, presque anéanti, la tête basse. Son apathie était telle qu'Antoine Villeroux, un gars du 88e RI, originaire de Gaudiès, un petit bourg à la limite de la basse Ariège et de l'Aude, vint aux nouvelles. Blessé quelques semaines plus tôt, il était atteint d'une cécité à l'œil droit causée par l'ypérite. Aussi regardait-il ses camarades d'infortune du coin de l'œil gauche en relevant un sourcil broussailleux.

— *Quicom que va pas ?* lui demanda-t-il en patois.

— *Res…* lui répondit machinalement en secouant la tête Charles Marre, en proie à ses lugubres pensées.

— Alors, t'as la cagasse ?

— Non… Paraît que je rentre !

— En France, au pays ?

— Pas en Germanie, on y est déjà !

— Et c'est ça qui te rend triste ?

— Oui…

— Ben dis donc, qu'est-ce que je serais content, moi, de retrouver Pauline !

— Pauline ?

— Oui, ma poule, une petite brune toute en rondeurs, fit-il avant d'ajouter avec un tremolo dans la voix : Ah, si tu voyais ses miches !

— T'es marié avec elle ?

— Non, mais c'est tout comme…

— Moi, personne ne m'attend… Enfin, je ne crois pas.

Charles Marre quitta la baraque no 18 cinq jours plus tard, de bon matin. Il serra rapidement quelques mains, accepta de se charger d'un paquet de lettres ainsi soustraites à la censure militaire. Après avoir poireauté en plein vent devant l'infirmerie pendant plus d'une heure, il rejoignit le misérable troupeau d'une demi-douzaine d'éclopés qui, sous la conduite d'un *Feldwebel* bourru, grimpa dans un camion sans capote à destination de la gare distante de douze kilomètres. L'air glacé de décembre lui fouettait le visage et pour lutter contre l'onglée qui le gagnait, il releva le col de sa mauvaise capote, histoire de ne pas finir dans un de ces sanatoriums, antichambres du cimetière. Toujours sous la garde du *Feldwebel*, dans un nuage de vapeur qui enveloppait le quai de la gare, il embarqua dans un wagon sanitaire arborant une immense croix rouge sur le toit. Le train s'arrêta à plusieurs reprises, complétant sa collection de gueules cassées. Après cinq heures d'un interminable voyage, le ventre creux, Charles Marre arriva finalement à Wiesbaden, cette station thermale véritable Nice du Nord qui, sur la rive droite du Rhin, fait face à Mayence.

Tel du bétail, rudement poussé par un sous-officier aussi braillard que veule, longeant des zones d'habitation où s'alignaient de belles demeures, la pitoyable cohorte gagna clopin-clopant un casernement en planches, clôturé d'une triple rangée de barbelés, à la périphérie. Deux territoriaux à l'air bonasse, le Mauser à la bretelle, faisaient les cent pas devant la guitoune qui marquait l'entrée du camp. Un grand laisser-aller régnait dans le cantonnement. La crasse la plus noire y contrastait avec le charme bon chic bon genre de la ville d'eau. La légendaire propreté germanique était bien loin ! À voir les paillasses pourries qui leur étaient réservées, on eût pu croire que le lieu avait abrité la soldatesque la plus pouilleuse de toutes les guerres. Heureusement que leur séjour serait de courte durée, ne put-il s'empêcher de penser.

Nourri d'un rata de légumes avariés au goût nauséabond, Charles dût attendre néanmoins trois jours avant d'affronter un aréopage de médecins et de gradés. Dans une grande pièce aux dimensions d'amphithéâtre, on lui ordonna de se dévêtir. Docilement, il se laissa examiner sous toutes les coutures. Sans bien saisir tout ce qui se disait, Charles comprit que dans la discussion qui s'engagea sur son cas, deux points de vue semblaient s'affronter. Les uns penchaient pour le camp de prisonniers, les autres pour une libération avec retour au pays. Ces perspectives le laissaient perplexe l'une autant que l'autre. Quel avenir aurait-il dans ce pays sans souvenirs ? Un infirmier blasé, préposé aux fonctions de secrétaire, conclut le débat par un coup de tampon sonore qui retentit avec autant de force qu'un verdict de cour d'assises !

— Tu as de la chance, lui glissa-t-il avec un sourire crispé dans un mauvais français.

L'air hébété, Charles Marre le regarda de ses grands yeux remplis d'une sourde inquiétude. Son « innocence » allait le faire bénéficier de la mansuétude de Sa Majesté Guillaume II ! Mais cette libération lui rendrait-elle jamais son passé et sa mémoire ?

3

En route pour la liberté...

L'inquiétude aux lèvres, Charles Marre regagna son cantonnement crasseux sous la rugueuse férule d'un autre caporal qui prenait un malin plaisir à faire avancer ce misérable troupeau d'éclopés en poussant les traînards du bout du canon de son Mauser. Le boche avait-il peur qu'ils s'évadent ? Était-il pressé de se débarrasser d'eux ou bien était-il aveuglé à ce point par la haine de l'ennemi ? À l'inverse du placide Hofnar du lazaret, ce fridolin-là manifestait bien peu d'aménité envers des hommes qui seraient bientôt libres ! À voir ses yeux gris et durs, il n'y avait de toute évidence pas grand-chose à attendre de ce type. De temps à autre ce bel exemplaire de la dureté teutonique leur lançait un méchant « *Mehr schnell !* » tonitruant pour accélérer leur marche, ce qui provoquait aussitôt une vague de protestations dans les rangs des prisonniers physiquement diminués. Être libérable pour raisons médicales ne signifiait pas pour autant un meilleur traitement dans l'heure qui suivait. La soupe, parcimonieusement distribuée, avait toujours le goût fade de la soupe à cochons.

Avec les lenteurs propres à toute administration militaire, Charles Marre n'embarqua dans un train sanitaire à destination de Bâle que dix jours plus tard. Avec une petite centaine d'autres poilus, dont beaucoup avaient recours aux services des brancardiers ou avançaient péniblement sur des béquilles de fortune, l'estomac juste lesté d'un mauvais ersatz de café, Charles grimpa de bon matin dans un wagon de troisième classe aux banquettes de bois usées. Peinte en vert forêt, la voiture avait dépassé depuis longtemps l'âge de la retraite. L'odeur tenace et âcre de crasse et d'urine qui en imprégnait les boiseries portait le cœur aux lèvres. Le confort y était sommaire mais là au moins, on était assis, pensa-t-il. À tout prendre, c'était déjà mieux que les wagons à bestiaux qui servaient d'ordinaire aux transports militaires et la rusticité des sièges valait largement la jonchée de paille dont on gratifiait généralement la troupe.

Charles Marre avait la tête remplie d'interrogations. En ce vendredi 15 décembre 1916, jour où à Paris le prix Goncourt était attribué à Henri Barbusse pour *Le Feu*, son célèbre roman sur cette guerre que l'on avait crue courte et qui n'en finissait pas, qu'est-ce que le destin allait lui réserver ? Allait-on le démobiliser et le rendre à la vie civile ? Il n'avait nulle part où aller ! Quel métier pouvait-il bien exercer pour gagner sa vie ? Aucun savoir-faire ne lui revenait en mémoire ! Allait-il atterrir pour une longue convalescence dans un de ces hôpitaux bénévoles où l'on s'efforçait de rééduquer les mutilés que cette guerre totale fabriquait de façon industrielle ? Un flot de questions tournaient dans sa tête, toutes sans réponses. Aussi son front plissé de rides d'une sourde inquiétude contrastait-il avec les visages hilares et les larges sourires des autres KG libérés.

Quatre heures plus tard, après trois cents kilomètres passés à être brinquebalés comme de vulgaires paquets dans un wagon sans chauffage, Charles fut accueilli avec ses compagnons d'infortune, tous invalides et mutilés, par un bol de soupe chaude et deux sandwiches généreusement distribués par la Croix-Rouge suisse sur le quai de la gare de Bâle, un édifice construit en 1860. Un troupeau de jeunes infirmières en robe bleue, la tête enserrée de cornettes blanches, empressées telles des abeilles butinant un champ de mille-fleurs, les saisirent par le bras au passage des formalités de la douane. Charles, avec sa musette en bandoulière pour tout baluchon, se sentait quelque peu perdu au milieu de cette cohorte d'estropiés, héroïques combattants rescapés d'un conflit où ils n'étaient bien souvent que de la chair à canon. Il cherchait des repères, tournant vainement la tête de droite à gauche. Sur le quai d'en face, un train de voyageurs à destination de Lausanne attendait que la voie fût libre. De temps à autre, la locomotive jetait un jet de vapeur blanche. La tête à la portière, le mécanicien guettait le signal du départ. À travers les vitres du wagon-restaurant en bois vernis des premières classes, dans un environnement luxueux presque indécent au regard des banquettes de bois de leur voiture, des femmes, toutes chapeautées, les épaules couvertes de fourrures, conversaient gracieusement avec des messieurs en costume cravate.

— Eh… T'as vu les poules ? lui susurra à l'oreille un grand type en uniforme de chasseur, la tête bandée découvrant seulement un œil au sourcil broussailleux.

— Oui, je les vois, répondit Charles qui apercevait à travers la vitre du wagon-restaurant une jeune femme au sourire enjôleur.

— T'es comme moi, hein ? T'avais oublié que ça existait…

— Qu'elles sont belles ! laissa tomber Charles, admiratif.

— Ouais… En Bôchie, ils n'ont pas les mêmes, jeta le chasseur de son œil valide.

— Pour sûr ! fit Charles le regard aimanté par la jeune femme qui lui souriait toujours.

— Sinon on y serait tous restés ! poursuivit d'une voix gouailleuse le chasseur salement amoché. Pas vrai, les copains ?

— Ah macarel ! Moi, ils m'ont coupé le pied, mais vous pouvez me croire, les gars, je ne suis pas invalide pour tout, brailla d'un air égrillard un tringlot au parler chantant.

Charles observa ces passagers quelques instants. À voir la qualité des toilettes de ces gens-là, il eut la certitude que la guerre ne faisait pas que des malheureux ! Il était perdu dans ses pensées quand d'autorité, une matrone au visage sévère, taillée comme une armoire normande, lui fourra dans les mains un exemplaire de *La Tribune de Genève*, le grand quotidien francophone suisse. Sans doute était-ce autant pour le distraire que pour le réinsérer progressivement dans le cours de la vie normale, le temps d'un voyage plus confortable vers cette ville frontalière au bord du lac Léman qui deux ans plus tard allait s'imposer comme le symbole de la paix retrouvée. Un membre de la Croix-Rouge leur expliqua que là, le service de santé des armées françaises viendrait les récupérer. Tous ces héros souvent disgraciés allaient devoir affronter un autre combat, un combat tout aussi difficile que l'assaut des tranchées boches où ils avaient laissé, à l'aube de leurs vingt ans, une partie d'eux-mêmes : celui du pénible retour à la vie civile.

Dans ce train qui le conduisait à toute vapeur vers Genève, assis dans le sens de la marche, Charles scrutait le paysage des yeux, le nez collé à une vitre sale, grassement opacifiée d'un voile jaunâtre dû aux torrents de fumée et d'escarbilles que crachait la cheminée de la locomotive. Installé sur la banquette de moleskine en face de lui, son voisin avait la tête tout enrubannée d'une bande Velpeau qui le faisait ressembler à l'homme invisible, le célèbre héros du roman de H. G. Wells, publié en 1897. Seul, le trait noir d'un regard intense, filtrant entre deux bandages, animait d'une lueur de vie son visage de poupée de chiffon. Gravement blessé aux combats de Maurepas en août 1916, le type qui, à voir les pattes du col de son uniforme, appartenait au 201e RI, semblait ignorer superbement le paysage. Était-il à tout jamais aveugle ? Charles Marre se garda bien de lui poser la question. À ses côtés, un première classe manchot du 126e RI de Brive, le visage à moitié emporté par un éclat d'obus, s'usait les yeux à dévorer *La Tribune de Genève* avec une telle avidité que Charles Marre lui demanda :

— C'est intéressant ce qu'ils racontent ?

— Bof ! Paraît que Nivelle va remplacer Joffre comme commandant en chef des armées du Nord-Ouest…

— Ah, et pourquoi ?

— L'échec de l'offensive sur la Somme, à ce qu'ils disent…

— Ça ne va pas changer grand-chose !

— Détrompe-toi ! C'est un partisan des attaques frontales massives… Avec lui, on est sûr d'avoir de bonnes « zigouillades » ce printemps !

— Qu'est-ce que t'en sais ?

— Figure-toi que ce Nivelle, il est né comme moi à Tulle et la même année que mon père, en 1856 !

— Tu le connais ?

— Oh non, mon vieux ! Lui et moi, on est pas du même monde… On n'a que le pays en commun ! Il a fait la grande école, une pol… technique ou quelque chose comme ça…

— Et toi ?

— Tu rigoles ? Moi, je n'ai même pas eu le certif ! Mais tu sais, pour conduire une bonne paire de bœufs de l'Aubrac, j'en avais pas bien besoin !

— Pour aller se faire tuer non plus, lâcha d'un ton monocorde le soldat à la tête bandée.

— Ouais ! Maintenant, c'est sûr que ça sera plus difficile, soupira le Corrézien.

— On peut toujours tenir le mancheron d'une charrue d'une seule main, tandis que pour moi, c'est foutu, murmura tristement le gars du 201e RI.

— Peut-être qu'ils te mettront une prothèse ? ajouta Marre.

— Ça ne me rendra pas l'agilité de mes doigts ! Comment je vais faire pour piquer ma faux sur mon enclumette ? Tu y penses à ça ?

Face à cette évidence, Charles Marre resta silencieux, sans doute peut-être autant parce qu'en fait, il ne savait pas quoi répondre à cette remarque de bon sens que par respect du drame humain qu'il sentait se nouer dans l'âme de ce cultivateur. Était-il lui-même capable de piquer une faux pour lui donner ce tranchant redoutable qui couchait allègrement les graminées sur les pentes herbeuses des prairies ? Avait-il seulement déjà fauché une fois dans sa vie ? Cette question demeurait sans réponse face au vide sidéral de son cerveau. Il n'avait pas souvenir d'avoir effectué ce style de travaux agricoles dans une vie antérieure. Le bruit si caractéristique de l'outil, ce « tsitt-tsitt » au cadencement métronomique des faucheurs ne déclencha aucune réminiscence. Tout cet apprentissage des choses de la nature s'enracinait dans une somme d'expériences, d'observations patiemment assimilées qu'il ne possédait pas. On ne s'improvisait pas plus paysan que forgeron ou tailleur d'habits. Distinguer, à la simple musicalité des deux notes du marteau frappant l'acier, l'amincissement correct du métal que l'on vérifiait ensuite d'un bref coup de pouce n'était pas à la portée du premier venu. Aussi se garda-t-il bien de répliquer et pour éviter toute entrée dans un conflit stérile, il s'abîma dans la contemplation du paysage.

Trois heures plus tard, tiré par une loco-tender à deux cylindres et six roues accouplées, le train 8456 s'arrêtait en fin d'après-midi dans un panache de vapeur sur le quai no 7 en gare de Genève-Cornavin. Charles, toujours un peu inquiet de découvrir son avenir faute d'avoir un passé connu, regarda par la vitre sale du compartiment. Le bâtiment principal, ravagé par un incendie le 11 février 1909, dressait encore ses murs noircis dans le ciel gris. Terminus de nombreux trains suisses, porte d'entrée vers la France, cette gare avait d'éminentes fonctions internationales. Sur la voie d'en face, un autre train attendait. Un peu ahuris, tous fatigués par cette interminable journée de voyage, toujours cornaqués par des bénévoles de la Croix-Rouge suisse, la pitoyable cohorte des libérés descendit sur le quai balayé d'un petit vent glacé pour être alors confiée aux bons soins d'un médecin militaire français, flanqué de trois infirmiers, de quatre brancardiers et accompagné d'un petit gradé à la gueule de bouledogue.

— En colonne par deux ! aboya sèchement le petit gradé qui faisait office de caporal de discipline pour remettre un peu d'ordre dans ce troupeau hétéroclite.

— Hé… Laisse-nous le temps d'arriver !

— Ma parole, quelques mois passés derrière les barbelés et vous avez déjà oublié comment se mettre en rang !

— Oh, ça va… ça va ! protestèrent en sourdine plusieurs voix.

— Allez et plus vite que ça !

— Hé tézigue, pas la peine de gueuler comme un putois !

— C'est vrai, quoi… ricana un soldat qui se déplaçait laborieusement sur deux béquilles. On va presque finir par regretter les boches !

— Ben, retournes-y donc en Germanie, si c'est mieux chez eux ! glapit le petit caporal, l'air plus teigneux que jamais.

— Pour comparer, faut connaître, môssieur !

— Sûr que toi, le planqué, t'as jamais dû voir les fridolins d'aussi près que nous !

— Quand vous aurez gagné celle-là, on causera, répliqua le caporal en montrant fièrement du doigt le ruban d'une Croix de guerre qui ornait sa poitrine.

— Moi, je n'ai pas la Croix mais t'as vu ma tronche ! lui lança un type au visage défiguré d'une longue balafre.

— Ouais… Même sa mère ne va pas le reconnaître !

— Alors tu sais ce qu'elle te dit, ma gueule ? Va te faire foutre !

Avant de les rapatrier en France, l'officier qui arborait par-dessus son uniforme bleu horizon une blouse blanche négligemment ouverte laissant apparaître les rubans d'une rangée de décorations voulait procéder au triage rapide du troupeau d'éclopés qu'il venait d'accueillir. Prenant place derrière une petite table en bois blanc, il les fit rapidement défiler un à un devant lui, s'enquérant à tour de rôle de leur identité avant de vérifier sommairement l'état de leurs blessures. Parfois l'officier posait une ou deux questions complémentaires, hochait la tête, puis inscrivait leur nom et quelques mots sur une fiche cartonnée de couleur différente qu'il leur donnait pour suspendre par un lacet autour du cou. Aucun de ces rescapés de cette grande boucherie européenne ne savait que le vert était pour les gazés, le jaune pour les aveugles, le marron pour les amputés d'un membre, le rouge pour les polytraumatisés…

Ainsi nanti d'un véritable passeport sanitaire, Charles Marre fut rageusement invité, par le caporal de discipline, à remonter comme les autres dans le train qui stationnait sur la voie opposée. Le wagon français était sans confort, presque aussi crasseux que le convoi allemand. La voiture sentait le fauve. Sans doute était-elle ordinairement destinée au transport de troupes car elle était imprégnée d'un mélange putride de sueur âcre et d'urine. Se laissant tomber sur la banquette branlante, par la fenêtre sale, Charles jeta un bref coup d'œil à l'extérieur : le quai se vidait progressivement de sa foule bigarrée de civils et de militaires. Au cadran opaque d'une grosse horloge enchâssée dans un volumineux coffre en bois verni, les aiguilles indiquaient 5 h 30. Déjà le soleil était tombé et les prémices d'une nuit froide se faisaient sentir. Dans un torrent de fumée lâché par la cheminée, un flot d'escarbilles brûlantes monta vers le ciel. Un long frisson parcourut l'ossature du wagon et le train s'ébranla dans le grincement des boggies.

— Hé, toi, tu sais où ils nous mènent ? l'interpella en face de lui un artilleur amputé des deux jambes qui installait tant bien que mal ses béquilles.

— Non, fit Charles un peu décontenancé par toute cette agitation.

— Moi, j'ai entendu le major causer. Paraît les gars qu'on va à Paris ! lança à la cantonade en grimaçant un grand gaillard maigre au visage horriblement déformé par un éclat d'obus qui lui avait emporté la moitié de la mâchoire.

— Paris ? lui répondit Charles incrédule.

— Oh ! On le saura vite, répliqua un type à qui il manquait le bras gauche. Paris, c'est via Bourg-en-Bresse et Dijon…

— Tu connais le chemin ?

— Je l'ai fait plus d'une fois !

— Comment ça ?

— Je suis de Montrouge ! J'étais chauffeur sur une 230 au PLM. Même que j'allais passer conducteur quand cette putain de guerre a éclaté ! Dijon-Paris, c'était ma ligne…

— Ah Paris ! Les Folies-Bergères, le Moulin-Rouge, psalmodia l'artilleur, un brin d'émotion dans la voix.

— Chouette alors ! On va pouvoir se faire dorloter par les petites femmes, renchérit un Aveyronnais au parler rocailleux.

— Hum ! Ils vont te foutre dans un hôpital auxiliaire plutôt…

— Moi, l'infirmier, il m'a parlé de Vichy tout à l'heure…

— Ouais… C'est vrai que là-bas aussi, ce n'est pas les hôtels et les maisons de cure qui manquent !

— Et on bouffe quand dans tout ça ?

— Paraît qu'on ravitaille à Mâcon…

— Mâcon ? On n'y est pas avant une bonne paire d'heures !

— Avant-guerre, c'était le cantonnement des gars du 134e RI… J'ai croisé ces pauvres types dans le secteur de Verdun. Ils s'étaient fait méchamment étriller…

— Ils ne sont pas les seuls !

Charles Marre écoutait d'une oreille distraite le bavardage des hommes. Il cala sa musette contre le montant de la fenêtre pour y appuyer sa tête. Bercé par les cahots du wagon qui tressautait à chaque aiguillage, il ne tarda pas à somnoler dans la pénombre naissante que la lampe à pétrole cherchait à trouer d'une lueur blafarde. L'arrêt brutal du train, qui faillit le projeter sur l'artilleur invalide, le réveilla en sursaut. Charles jeta un coup d'œil par la glace sale du compartiment. D'un revers de main, il effaça la buée pour se rendre compte que la nuit de décembre nimbait le convoi d'une bise glacée. D'un coup de gueule, comme aux beaux jours des classes, le caporal de discipline, tel un bon chien de garde, les fit descendre du wagon pendant que la loco-tender faisait eau et charbon, enveloppée d'un nuage de vapeur tiède. Un territorial sans âge, à l'abri d'un auvent de mauvaises planches, débitait à profusion une pitance roborative. Dans le courant d'air froid qui balayait l'obscurité glauque du quai de la gare, Charles avala une gamelle d'une ignoble soupe de haricots au lard qui avait le mérite d'être chaude et assez épaisse pour tenir le ventre.

Tous savourèrent le breuvage généreusement

distribué par le territorial rougeaud au poil grisonnant. Après plusieurs mois de nourriture germanique à base de choux et de pommes de terre, la popote des cantines militaires françaises avait le bon goût retrouvé des choses du pays. Puis on leur distribua à chacun une petite boule de pain noir et un bout de fromage sec qui ressemblait vaguement à du cantal. Le pain était rassis à souhait. Faute de couteaux à leur disposition pour le tailler en tranches, la plupart des anciens KG en étaient réduits à le déchiqueter, de leurs ongles noirs, en morceaux difformes qu'ils avalaient goulûment. Ils avaient à peine eu le temps de se rincer le gosier d'un quart de pinard que le petit gradé, toujours aussi gueulard, les fit remonter dare-dare dans le train.

En milieu de soirée, après maints arrêts impromptus, leur convoi parvint en gare de Dijon. Là, sans savoir pourquoi, dans un grand jet de vapeur tiède, le train s'immobilisa plusieurs heures durant sur une voie de garage, à l'écart de tout trafic. Lassé de guetter par la fenêtre un hypothétique mouvement de la rame, le ventre assez plein pour laisser s'échapper quelques disgracieuses flatulences, Charles ne tarda pas à s'assoupir. Frileusement enveloppé, comme ses camarades, dans sa capote pour lutter contre le froid qui saisissait leurs membres et leur donnait une raideur presque cadavérique, faute de chauffage, il ne se rendit même pas compte que le train repartait. Il ne se réveilla qu'à l'aurore quand la boggie de son wagon tressauta violemment à la hauteur du poste d'aiguillage de Fontainebleau.

Dans l'aube froide de ce petit matin du mois de décembre qui baignait le wagon d'une lumière blême, les regards des uns et des autres s'accrochaient avec une ferveur presque religieuse aux détails du paysage qu'ils distinguaient à travers la vitre du compartiment et qui, à chaque tour d'essieu, s'urbanisait un peu plus, développant ainsi une couronne de tristes banlieues pavillonnaires où près de cent cinquante mille travailleurs rentraient dormir tous les soirs. Charles, étonné, remplissait ses yeux du morne défilé de bourgs blottis autour de la place de l'église ou de celle de la mairie. Ils se ressemblaient tous, ces villages de l'Île-de-France. Mais aucun de ces lieux-dits dans la grisaille matinale, hâtivement traversés dans un panache de vapeur blanchâtre vite dissipé par le vent glacé, n'évoquait chez lui la moindre réminiscence.

— Tu te reconnais ? demanda Charles à celui qui était cheminot dans le civil.

— Eh comment ! Té, on vient de passer le poste de Juvisy-sur-Orge…

— Alors, on arrive bientôt ?

— Une petite demi-heure ! On est à peine à vingt kilomètres d'Austerlitz…

— Ça fait du bien de revoir le pays, n'est-ce pas ?

— Ah oui, lâcha le Parisien. Putain, que c'est beau la France !

Négligeant la gravité réelle de leurs blessures qui en faisaient à tout jamais des êtres différents, les hommes échangeaient à voix basse, partageant des émotions de gosses émerveillés. Comme à la découverte des oranges de Noël qui avaient parfois rempli les sabots de leur enfance, ils dévoraient le paysage avec gourmandise. Oublieux des souffrances des jours passés dans les lazarets et de celles à venir, leurs yeux brillaient de la joie de retrouver la vraie vie, celle d'avant. Mais pour Charles Marre, il en était tout autrement : aucun des toponymes qu'il parvenait à déchiffrer au fronton des gares de banlieue ou des haltes ferroviaires traversées n'évoquait dans sa mémoire un quelconque souvenir. L'immensité du vide de son esprit alimentait chez lui une angoisse sourde qui le taraudait au point de lui tordre le ventre de spasmes douloureux. Plus que jamais, il éprouvait le besoin de savoir d'où il venait pour affronter les incertitudes du chemin à parcourir.

Au fil des postes d'aiguillage qui faisaient tressauter les boggies du wagon en bois, la locomotive avait imperceptiblement ralenti. Dans ce petit matin blême de décembre 1916 qui noyait les rails du chemin de fer dans une grisaille collante, la machine avançait maintenant au pas. L'apparition des premiers quais mobilisa tous les regards. Parcouru d'un vent d'allégresse, le wagon bruissait d'une rumeur d'espérance d'où fusaient rires et plaisanteries grasses. À l'arrêt du convoi, au sortir d'une longue nuit, tous se levèrent comme un seul homme dans la hâte de tirer un trait sur un passé douloureux dont ils portaient les traces dans leur chair. Ouvrant les portes du wagon sanitaire à la volée, les KG se seraient presque bousculés pour s'échapper plus vite dans le sinistre cliquetis de leurs béquilles. De mémoire d'infirmier, jamais troupe n'avait été aussi pressée de débarquer !

Porté par la foule de ses camarades estropiés, Charles se retrouva bientôt sur le quai au milieu du flux des banlieusards. Tant bien que mal, cornaqué par les brancardiers débordés qui tentaient de se frayer un passage, le groupe avançait dans la marée humaine des ouvriers hâtant le pas en bleus de travail, la musette en bandoulière. Aucun ne prêtait attention à eux. Charles avait beau tourner la tête de droite à gauche, il ne saisissait nul regard de compassion dans leurs yeux. Leur indifférence le surprit. Sans doute étaient-ils par trop blasés par ce spectacle… Au bout de la plate-forme, à la hauteur du butoir, dans un nuage de vapeur qui commençait à se dissiper, Charles distingua plusieurs infirmiers accompagnés d'un bataillon de bonnes sœurs, toutes vêtues d'une chasuble bleu sombre, le visage encadré de grandes cornettes blanches empesées.

— On va vous trier… Montrez-nous vos cartons ! lança d'une voix de stentor une religieuse au visage ingrat qui paraissait être la supérieure.

— Ceux qui ont des fiches vertes et jaunes à droite, les rouges et les marron à gauche, renchérit une religieuse maigre qui se tenait à côté. Les autres, restez ici…

— Allez, on avance… On avance ! beugla derrière eux le caporal de discipline.

— Et moi, où vais-je aller ? demanda Charles. J'ai une fiche blanche…

— Blanche ? Ah oui… Et comment vous vous appelez ? coupa la supérieure sur un ton de cerbère.

— Marre…

— Quelle unité ?

— Je… Je ne sais pas.

— Comment ? Vous ne savez pas le numéro de votre régiment ?

— Non, ma sœur, j'ai… j'ai oublié, confessa Charles, presque honteux.

— Et les numéros sur les pattes de votre capote alors ?

— Je ne sais pas si c'est les bons…

— Vous ne savez pas ?

— C'est une capote qu'on m'a donnée au lazaret…

— Je vois… Eh bien, sœur Marcelle, cherchez donc son nom !

— Marre… Marre… voyons, fit la religieuse au visage en lame de couteau, parcourant de l'index une longue liste de noms. Charles Marre ?

— Oui, c'est ça !

— Ah… Pour vous, c'est Toulouse !

— Toulouse ?

— Oui, vous allez à l'hôpital Larrey…

— Et comment vais-je y aller ?

— Vous embarquerez dans un train sanitaire demain. On vous donnera toutes les instructions utiles. Pour ce soir, vous dormirez au dépôt.

— Au dépôt ? Mais lequel ? demanda Charles, le front marqué d'une ride, inquiet sur sa destination.

— Celui du Val-de-Grâce !

— Au Val-de-Grâce, répéta lentement Charles qui n'avait pas souvenance d'avoir entendu parler de cet endroit.

Ce toponyme avait-il un quelconque rapport avec cette « Mère de toutes les grâces… » que certains de ses camarades imploraient dans leurs prières ? Il se perdait en conjectures lorsque la supérieure lui ordonna d'un ton péremptoire :

— Allez jeune homme, ne traînez pas… Suivez donc sœur Pauline ! Au suivant…

— Par ici, l'invita une religieuse à la voix aussi douce qu'une peau de pêche en le prenant par le bras. Venez… Venez… L'ambulance vous attend.

Charles Marre se laissa conduire par la jeune femme à travers la foule qui se diluait lentement dans la cour d'arrivée balayée par une bise aigre. Au moment de monter dans un autobus vert orné d'une immense croix rouge, il observa à la dérobée sa silhouette gracile et le balancement suggestif de ses hanches. Elle ne devait guère avoir plus d'une vingtaine d'années. Avait-elle prononcé ses vœux ? Peut-être n'était-elle encore que novice… Ce qu'il pouvait apercevoir de l'ovale de son visage, dissimulé sous la cornette blanche, avait la pureté angélique des madones de la Renaissance et ses yeux clairs offraient la profondeur de ces lacs de montagne aux eaux cristallines où l'on aime nager. La jeune femme était belle à conduire un saint en enfer ou à faire trouver le chemin de Dieu au dernier des mécréants. À l'évidence, illuminée d'une foi profonde, la jeune nonne rayonnait d'une sincère joie intérieure. Bien que son cerveau sans mémoire fût désormais vide de toute référence politique, doctrinale ou religieuse, une pensée effleura Charles brièvement : qu'est-ce qui avait bien pu pousser une aussi jolie jeune femme à entrer au couvent ? Un chagrin d'amour ? La mort précoce d'un fiancé ? L'appel irrésistible de Dieu ? L'envie de servir ses semblables ? Sa beauté et sa douceur naturelle se mariaient bien mal avec la rigueur institutionnelle que son ordre devait lui imposer !

Le confort du dépôt du Val-de-Grâce, qui servait de lieu de transit pour tous les blessés légers en attente d'un départ vers l'un des innombrables hôpitaux auxiliaires, était des plus sommaire. À voir les râteliers à fourrage qui ornaient encore les murs, on devinait aisément la vocation que cette grande salle au plafond immense où l'intendance militaire avait installé une bonne centaine de lits en fer pouvait avoir avant-guerre ! Cette ancienne écurie dont on avait badigeonné les murs à la chaux et cimenté le sol à la hâte avait été promue au rang de dortoir pour faire face à l'afflux massif d'estropiés que la guerre fabriquait à la chaîne avec autant de célérité que les obus qui sortaient des mains des « munitionettes », ces femmes qui travaillaient dans les usines d'armement. Heureusement pour le moral des blessés qui devaient rester plusieurs jours ici à tromper leur ennui en jouant aux cartes ou aux dés, la cuisine était copieuse et l'ordinaire distribuait à volonté de grands bols de café au goût délicieux de noisette.

C'est néanmoins sans aucun regret que Charles quitta ce dépôt où il n'avait aucun repère. En ce matin du 17 décembre 1916, cornaqué par une escouade de brancardiers quadragénaires, il embarqua avec d'autres plus ou moins valides à l'arrière d'un camion pour rejoindre la gare. Sans prêter attention au froid presque polaire qui balayait les rues de la capitale d'un souffle glacé et faisait enfouir les nez dans le col des capotes, Charles cherchait à remplir ses yeux de cette ville. Mon Dieu, quelle circulation ! Que de voitures… Et ces gens qui couraient en tous sens… Était-il déjà venu ici ? À la recherche de lui-même et de ses souvenirs à jamais perdus, il espérait qu'un détail lui reviendrait en mémoire. Mais la découverte de ces grandes et belles avenues pavées, bordées d'arbres et ornées de réverbères, ne lui évoquait rien. À la devanture du théâtre des Bouffes-Parisiens, Charles aperçut de grandes affiches annoncer pour le soir même la création *Jean de la Fontaine*, une pièce de Sacha Guitry, avec Yvonne Printemps dans le rôle principal. Mais qui était ce dramaturge ? Il n'en avait jamais entendu parler… Pourtant, fallait-il qu'il soit célèbre pour mériter pareille réclame !

Perdu dans des pensées qui ne trouvaient nulle réponse, Charles Marre embarqua dans ce train sanitaire qui ressemblait à tous ceux circulant quotidiennement sur les réseaux ferroviaires de cette France en guerre, soumise à des privations et à un rationnement de plus en plus drastiques : une succession de wagons équipés pour accueillir trois brancards superposés des deux côtés, destinés aux blessés les plus lourds, panachée de voitures de troisième classe pour les estropiés plus classiques. Placés en fin de convoi, deux wagons de marchandises servaient plus discrètement de fourgons mortuaires. Intercalée au milieu de la rame, juste avant la plate-forme qui abritait une roulante de campagne, une voiture de seconde servait d'infirmerie à une vingtaine de soignants dirigés par deux vieux médecins militaires qui partageaient le même compartiment et une bouteille de fine de champagne.

À soixante kilomètres-heure, sous prétexte qu'il ne fallait pas secouer les blessés et encore moins gaspiller du charbon en poussant trop la machine, avec des arrêts prolongés à presque toutes les gares pour décharger chaque fois quelques éclopés plus ou moins récupérables, s'arrêtant systématiquement au crépuscule pour ne pas rouler de nuit, il leur fallut pas moins de trois jours pour atteindre Toulouse ! Autant dire que les ultimes kilomètres de ce périple furent vécus par les derniers occupants de ce train sanitaire comme une vraie torture… Sale, have, épuisé, à demi hagard, abruti par cet interminable voyage, Charles Marre ne dépareillait pas le pitoyable troupeau humain qui débarqua cette après-midi-là à la gare Matabiau. Il n'avait pas fière allure !

En sortant du wagon de troisième classe empesté de sueur et envahi de crasse par la promiscuité, la douceur de l'air qui régnait sur la Ville rose surprit agréablement Charles Marre quand il posa le pied sur le quai. Sans que le décor enfumé de cette gare ne lui remémore formellement quoi que ce soit de précis, il éprouva un curieux et confus sentiment de déjà-vu. Pourtant, ce quai de gare n'avait aucune particularité spécifique. Comme dans toutes les gares d'alors, le quai était empuanti d'une odeur âcre et grasse de charbon. Pris en charge par deux infirmières volubiles à l'accent chantant, Charles fut invité avec deux autres estropiés à gagner la voiture ambulance tirée par un cheval de réforme qui stationnait dans la cour des arrivées où quelques belles torpédos d'avant-guerre ronronnaient de la puissance onctueuse de leurs cylindrées.

— Allongez-vous donc sur les couchettes, leur lança en ouvrant tout grand la double porte de la voiture ambulance celle qui semblait avoir le plus d'autorité. Ce sera moins fatigant pour vous de gagner ainsi l'hôpital Larrey, ajouta-t-elle le visage éclairé d'un sourire plein de prévenance.

— Il est si loin que ça votre hôpital ?

— Non… Une grosse vingtaine de minutes à peine, juste en bord de Garonne…

— Merci, mais dans ce cas madame, je préfère m'asseoir avec vous sur le siège si ça ne vous dérange pas. Je pourrai ainsi découvrir la ville… Et puis, je marche mieux qu'eux, vous savez, ajouta Charles Marre en désignant ses compagnons d'infortune.

Se hissant sans trop de difficulté sur la banquette en bois pour prendre place entre les deux infirmières, Charles tourna la tête pour observer le paysage. Au fronton de la gare, vingt-six blasons de la façade de cet harmonieux édifice construit en 1905 représentaient les destinations des villes desservies. De l'autre côté de l'avenue, par-delà une rangée de platanes dépouillés en cette saison hivernale de toute parure végétale, une péniche à vapeur franchissait paisiblement l'écluse du canal du Midi dans un panache de fumée noire. Mon Dieu, que la guerre semblait loin d'ici ! Au pas mesuré du percheron dont le sabot ferré résonnait sur le pavé luisant de givre, la voiture s'engagea entre l'hôtel Regina et l'hôtel Victoria pour descendre la rue Bayard, une voie large qui tirait son appellation du nom du propriétaire d'un ancien moulin situé avant la Révolution à son extrémité. Cette avenue, flanquée d'une succession interminable d'estaminets, de tavernes et d'hôtels plus ou moins miteux dévolus aux voyageurs en transit et aux amours faciles, plongeait en direction du cœur de la ville, hérissé de clochers.

Au débouché de cette artère fréquentée d'une foule interlope et bigarrée, la voiture parvint sur un vaste boulevard planté de platanes, aménagé en lieu et place des anciens remparts de la ville, où de nombreux commerces de luxe et de mode avaient ouvert au tournant du siècle. Ici, les tramways électriques, mis en service depuis 1906, croisaient la multitude des charrettes livrant les hôtels. Mêlés aux voitures automobiles de plus en plus nombreuses pour constituer un flot circulatoire désordonné, ils déversaient une clientèle bourgeoise qui se pressait en direction des temples du négoce comme ce magasin du Capitole ouvert en 1904, attirée par une offre diversifiée de vêtements, de parures et d'articles pour la maison.

Serré sur le banc entre les deux infirmières, Charles Marre, fatigué par cet interminable voyage, demeurait silencieux, comme égaré dans une dimension sidérale où le babillage des deux femmes ne pouvait l'atteindre. Tout à la découverte de l'activité gouailleuse qui débordait largement des trottoirs pour empiéter sur la chaussée, contribuant à donner un caractère bon enfant à cette cité encore peu touchée par la révolution industrielle, il ne prêtait qu'une oreille distraite à leur pittoresque caquetage. Ponctué d'éclats de rires, leur commérage ensoleillait le ciel bas qui noyait les grands boulevards de la Ville rose d'une morne chape de grisaille cotonneuse. Se faufilant par la rue de Rémusat dans la circulation de plus en plus dense où calèches, charrettes et torpédos étaient bien souvent conduites par des femmes, l'attelage atteignit bientôt une place d'architecture classique aux dimensions grandioses. À l'angle de la rue, une odeur de châtaigne lui monta au nez. Un vieillard à la barbiche blanche, les épaules couvertes d'une vieille cape de bure rapiécée, faisait griller des marrons sur un petit brasero pour les vendre dans un cornet de papier journal au chaland.

— Où sommes-nous ? demanda Charles, sortant de son apparente torpeur.

— Nous arrivons place du Capitole, fit la plus jeune des deux femmes. La mairie, si vous préférez…

— Le Capitole… répéta Charles pensivement, sans que ce nom ne lui évoquât un quelconque souvenir.

— Oui, l'hôtel de ville…

— Ah !

— Dans l'aile gauche, il y a une splendide salle de spectacle, poursuivit l'infirmière. C'est un haut lieu du bel canto. Et puis, tenez, vous voyez, à gauche, la grande arche au milieu de la façade ?

— Eh bien ?

— C'est là, dans cette cour, que Montmorency a été décapité en octobre 1632 !

— Et qui était donc ce pauvre type ?

— Un pauvre type ? Vous y allez fort !

— Pourquoi donc ?

— Le duc de Montmorency était le filleul d'Henri IV, le gouverneur général du Languedoc !

— Diable ! Quelle faute avait-il donc commise, ce grand seigneur ?

— Je crois qu'il avait comploté contre le roi Louis XIII et aurait soulevé sa province pour faire sécession.

— À l'époque, on ne badinait pas avec la félonie !

— Surtout quand on était issu comme lui de la famille la plus puissante du royaume !

Charles opina par politesse. C'était bien la première fois qu'il entendait parler de cet important personnage historique. À l'angle de la rue du Taur, une brochette de quêteuses patentées, symboles des multiples œuvres de charité qui avaient vu le jour avec la longueur du conflit, proposaient médaillons, souvenirs et objets artisanaux fabriqués par les poilus au profit des blessés, de la veuve ou de ces orphelins que cette guerre fabriquait à la chaîne avec autant de constance que de vertu. Sous l'égide de la Croix-Rouge ou des Dames de France, la solidarité active de la nation s'était organisée. Installé à côté d'elles, sur un fauteuil roulant, un cul-de-jatte en uniforme bleu horizon jouait une lancinante rengaine populaire à l'accordéon. En passant devant eux au pas lent du percheron, Charles les dévisagea tous longuement. Ce blessé ainsi complaisamment exhibé, n'était-il pas là juste pour inciter le chaland à la générosité ? Qu'est-ce que ces bourgeoises chapeautées pouvaient bien savoir de ce conflit barbare ? Sans doute étaient-elles à cent lieues d'imaginer la féroce sauvagerie qui faisait monter les hommes baïonnette au canon ! Il est vrai qu'ici, la vie avait l'air de continuer. D'ailleurs, aux dires mêmes des deux convoyeuses, cafés, cinémas et théâtres ne désemplissaient pas de la foule des embusqués pour qui la guerre n'avait pas changé grand-chose.

Quelques minutes plus tard, délaissant la circulation animée de la place du Capitole, l'ambulance hippomobile s'engagea dans la rue Pargaminières, pour atteindre tout au bout un majestueux porche de brique rose sur le fronton duquel, dans un linteau de marbre blanc, s'incrustait en lettres d'or l'inscription : « Hôpital Larrey ». Parvenu dans une cour encombrée de charrettes, l'attelage stoppa devant un perron à double révolution orné d'une rambarde en fer forgé. Paisible au regard de l'agitation incessante des rues adjacentes, la cour n'en était pas moins animée d'un perpétuel va-et-vient. Blanchisseuses, laveuses, repasseuses, fournisseurs de tout ordre s'y croisaient, les bras chargés de corbeilles, encombrés de colis, de bidons ou de caisses. Comme s'ils étaient attendus et sans qu'il fût besoin de tirer le cordon de la cloche en bronze fixée sur un berceau de fer à la façade, une brochette d'infirmières sortit prestement du bâtiment pour les prendre en charge. En sautant du marchepied de l'ambulance, Charles Marre jeta un bref coup d'œil autour de lui. Un léger souffle de vent faisait frissonner les branches dénudées de deux acacias boule. Ainsi, c'était ici qu'on allait lui réapprendre à être à nouveau lui-même !

Laissant les béquillards qui l'accompagnaient se débrouiller avec les infirmières, Charles fit quelques pas dans la cour, humant longuement l'air, surpris de la douceur qui, cette après-midi, malgré le ciel bas, baignait les quais de Garonne. Avaient-elles peur qu'il prenne la poudre d'escampette ? Quelques instants plus tard, saisi par le bras, une soignante au visage maigre l'entraîna dans un dédale de vastes couloirs qui conduisait à une salle commune au plafond digne d'une cathédrale. À travers de larges baies à petits carreaux, un maigre soleil hivernal pénétrait à flots pour apporter une clarté timide qu'une ribambelle de suspensions électriques venait remplacer à la nuit tombée. Méthodiquement alignés, avec autant de rigueur que dans n'importe quelle caserne, une cinquantaine de lits en fer se faisaient face de part et d'autre d'un passage central réservé à la circulation des chariots métalliques, des civières et des brancards. Sans même un quelconque voile symbolique pour séparer les patients, ce lieu où planait une odeur indéfinissable, mélange d'éther et de détresse humaine, ne laissait place à aucune intimité.

— Installez-vous ici, lui ordonna l'infirmière d'une voix nasillarde en lui désignant un lit vide au milieu d'un troupeau d'éclopés en tous genres.

— À quelle heure on soupe chez vous ? demanda Charles dont l'estomac à peine lesté d'un modeste casse-croûte touché en gare de Caussade commençait à ressentir les premiers signes de la faim.

— À 6 heures comme dans tous les hôpitaux. En attendant, déshabillez-vous ! Le major ne va pas tarder à venir vous visiter...

À quoi bon regimber ! La raison est de peu de poids face à la force... Pris en main par une cheftaine à faire l'admiration de Baden-Powell, Charles Marre en maugréant accrocha sa musette au montant en fer du lit. Il déboutonna la capote bleu horizon qu'on lui avait donnée. Il jeta un coup d'œil à droite comme à gauche. Par-delà l'alignement tout militaire des lits, il était évident que personne ne viendrait à son secours ! Dans ce monde aseptisé où l'air était surchargé par les odeurs d'éther et de chloroforme, la solidarité des camarades était vraiment un vain mot ! Assis mélancoliquement sur le rebord du lit, Charles entreprit alors de dénouer les bouts de ficelle qui remplaçaient les lacets de ses brodequins fatigués. Plus que les œillets de laiton, définitivement disparus pour la plupart au cimetière du Père-Lachaise des cordonniers, c'est la semelle cloutée qui était usée jusqu'à la corde, laissant apercevoir la trame intime du montage. Par endroits, les épaisseurs de cuir bâillaient presque aussi largement que le couvercle d'une huître à l'étiage des grandes marées.

Ôtant sa vareuse, il s'allongea, décidé à prendre son mal en patience. De toute façon, cet hôpital ne pouvait être pire que le sinistre lazaret où il avait croupi plusieurs mois durant ! Enfin, ici, en France, il était chez lui... Mais cette rassurante pensée comportait aussi sa part d'incertitude... Quelles preuves avait-il de son identité nationale ? Le nom qu'il portait tenait au bon vouloir d'un médecin militaire allemand ! Le fait de parler la langue de Molière suffisait-il à faire de lui un Français ? Il pouvait tout aussi bien être un citoyen belge, luxembourgeois ou du Canada francophone... Dès l'année 1914, ce dominion de la couronne britannique étant entré en guerre en même temps que sa métropole, plus de trente-deux mille de ses enfants, dont quelques milliers de francophones, étaient venus combattre dans le secteur des Flandres. Retrouverait-il jamais un jour les traces de ce passé perdu ?

Fatigué de ce long voyage, Charles s'assoupit, rêvassant à des jours meilleurs, quand un grincement lugubre qui résonnait sous les hautes voûtes de la salle commune le tira de sa torpeur. Ouvrant les yeux, il aperçut un charriot métallique arrêté devant son lit en fer.

— Votre thermomètre, monsieur, lança une voix d'une fraîcheur enfantine.

— Pardon ?

Charles Marre tourna la tête. Une silhouette mince, toute vêtue de blanc, entra alors dans son champ visuel. Il cilla pour mieux la distinguer dans le contre-jour de la fenêtre à petits carreaux. De taille moyenne, la taille assez bien faite pour souligner des rondeurs appétissantes, la jeune femme ne devait guère avoir plus d'une vingtaine d'années. Sous une coiffe immaculée de coton blanc d'où émergeaient quelques boucles claires, un sourire lumineux éclairait un visage au teint diaphane, paré des derniers feux d'une candeur adolescente. Plus que l'harmonie presque parfaite de ses traits juvéniles, c'est son regard qui l'hypnotisait. Une bonté naturelle coulait de l'amande de ses yeux verts telle une cascade d'eau fraîche entre des pierres moussues. Jamais aucune femme ne l'avait fixé avec autant de douceur. Qu'il devait être plaisant de se noyer dans cette mer-là ! Aimanté par ce regard limpide, Charles, troublé au plus profond de lui-même, demeura sans réaction.

— Eh bien, monsieur… Donnez-moi votre thermomètre !

— Mais…

— Vous n'avez pas pris votre température ?

— Personne ne m'en a donné un…

— Comment cela ?

— Je… Je ne suis pas malade, bredouilla-t-il.

— Jeune homme ! Apprenez que tous ceux qui sont ici sont malades, sinon ils n'y seraient pas, lança, péremptoire, une infirmière arrivée en renfort.

— Pas moi, argua-t-il vainement face à la matrone mal léchée doublée d'une stature en bloc de granit.

— Inutile de vous rebeller !

— Madame, je n'ai pas besoin de thermomètre…

— Ne discutez pas ! Dépêchez-vous donc de faire usage de celui-ci avant la consultation du major Castex, fit-elle en lui tendant d'autorité un tube de verre au bout argenté.

— Mais…

— Et gardez-moi ça au moins cinq minutes ! Nous repasserons vous voir en fin de visite !

Charles Marre ouvrit bien la bouche pour tenter de protester mais il était manifestement inutile d'espérer un quelconque geste de mansuétude d'un tel dragon. Ébahi par tant d'autorité, sans voix, il se contenta de les voir tourner les talons. Déjà, dans un grincement sinistre, le chariot et les deux infirmières avaient gagné le lit du malade voisin qui, le corps emmailloté comme un nourrisson, s'épanchait à son tour en une logorrhée de jérémiades. Après avoir jeté un bref regard à la cantonade, en soupirant, il baissa légèrement son caleçon, découvrant la partie charnue de son anatomie, pour faire usage de l'instrument. Le regard perdu dans l'insondable profondeur du plafond, Charles égrenait des secondes longues comme l'éternité. Quinze… vingt… trente… Il finit par fermer les yeux, fredonnant maladroitement la ritournelle entendue au coin de la place du Capitole. Couché en chien de fusil sur le lit en 110, il vit revenir vers lui la jolie jeune femme qui avait laissé sa despotique acolyte s'occuper de l'autre rangée de patients.

— Alors, monsieur le protestataire, cette température ?

— Constatez par vous-même, dit-il en lui tendant le thermomètre. Vous voyez bien, je n'ai pas de fièvre…

— Soit ! fit-elle en une adorable moue qui lui éclaira le visage d'un sourire ensorceleur.

— C'est vous qui viendrez me soigner ? lui demanda alors Charles en adoucissant sa voix d'un timbre sucré.

— C'est que…

— Si c'est vous, je vous promets d'être le plus docile de tous vos patients…

— Hélas, monsieur…

— Quoi ?

— Vous ne faites pas partie des malades de mon service !

— Que dois-je comprendre ?

— D'ordinaire, je suis juste au-dessus, au deuxième étage, au service des gazés, expliqua-t-elle.

— Mais aujourd'hui pourtant…

— Présentement, je remplace une amie victime d'une mauvaise grippe…

— Qui décide des services ici ?

— Mon service ? C'est l'infirmier-chef qui l'établit chaque mois…

— Mais comment vous revoir alors ?

— Vous n'aurez qu'à me demander…

— Vous demander ? Je ne sais même pas votre nom…

— Rose…

— Rose ? Rose comment ?

— Rose de Saint-Orens…

— Rose de Saint-Orens, répéta lentement Charles en détachant chaque syllabe comme s'il cherchait à s'enivrer d'une musicalité magique. Voilà en vérité un bien joli nom, mademoiselle…

— C'est juste celui de ma famille !

— Une famille de noble extraction sans doute…

— Non point, monsieur. Des origines bourgeoises tout au plus…

— Mais cette particule…

— Ne vous méprenez pas, répliqua Rose avec un sourire désarmant de fraîcheur. La simple référence à une propriété familiale…

— Si cette propriété vous ressemble, elle doit être assurément fort agréable…

— Voilà bien, monsieur, des propos trop beaux pour être honnêtes…

— Pourquoi donc ?

— N'avez-vous pas appris à l'école que tout flatteur vit aux dépens de celui qui l'écoute ?

— Ma foi, non… Qui dit cela ?

— La Fontaine, bien sûr !

— Je ne connais pas ce monsieur…

— Mon Dieu, que vous êtes drôle ! Il n'y aucun risque que vous le rencontriez en effet !

— Et pourquoi donc ?

— Il est mort à la fin du XVIIe siècle, lâcha en riant la jeune femme avant d'ajouter : Mon service va se terminer. Je dois vous laisser…

— Dites-moi, vous reviendrez me voir n'est-ce pas ? lui jeta-t-il alors d'une voix implorante, traduisant le désarroi profond qui l'envahissait dans cette salle aux dimensions de hall de gare.

— Si vous êtes un malade obéissant !

— Je vous promets d'être le plus docile de tous vos blessés…

— C'est ce que vous dites tous, lui répondit-elle avec un regard empreint de compassion sincère. Reposez-vous maintenant…

Rose lui tapota l'épaule et il esquissa un pâle sourire en regardant s'éloigner sa silhouette gracile. Mon Dieu, que cette jeune femme était belle ! Un condensé de séduction et d'élégance… Le front moite d'une fine sueur, le souffle court, Charles était sûr de n'avoir jamais rencontré une créature féminine aussi désirable ! Encore tout ébloui de l'éclat de son sourire, toujours sous le choc de cette rencontre, son cœur battait la chamade. Comment ne pas être séduit par l'image fascinante de son port élégant ? La cambrure de sa taille avait de quoi réveiller le désir de tout homme normalement constitué. La reverrait-il demain ? La maigre clarté du jour déclinant s'éclaircit à ce moment-là avec l'allumage des lampes qui pendaient au plafond mais Charles n'y prêta même pas attention, partagé entre doutes et folle espérance.

Épuisé par la fatigue de l'interminable voyage qu'il avait effectué, Charles Marre s'assoupit bien vite, l'esprit vagabondant avec au fond des yeux, tel un filigrane, l'image de la jeune femme. Il n'entendit même pas arriver le chariot de la cuisine, poussé par deux pauvres bougres d'Annamites, travailleurs requis et raflés dans le delta du Tonkin, tout aussi maigres que jaunes. Flottant dans une tenue de coton gris, chaussés de simples sandales à semelles de corde, les deux supplétifs aux cheveux coupés en brosse, désignés par les métropolitains familièrement par l'appellation de « nhà quê », passèrent devant son lit en jacassant comme des pies en train de construire un nid au printemps, ne ralentissant que le temps de déposer sur la petite table en fer une gamelle remplie de l'éternel ragoût dont l'intendance remplissait à profusion les ventres militaires.

4

Aux bons soins de Rose

Charles dormit quinze heures d'affilée. Les premières lueurs de l'aube s'affirmaient quand le couinement répétitif et lancinant d'un chariot métallique le tira des bras de Morphée. En passant devant lui, deux Indochinois au visage inexpressif lui servirent un jus matinal brûlant dans un quart en fer-blanc. Comme toujours en ces années de guerre, rationnement oblige, ce café n'était que de la torréaline, de l'orge grillée et infusée à l'eau chaude. Insipide et clair, il tenait plus du lavement que du bon jus. Aussi fallait-il plusieurs cuillerées de sucre pour le rendre acceptable. Mais il était chaud et c'était là sa principale vertu. Les mauvaises langues prétendaient que les médecins y ajoutaient du bromure, histoire de calmer les pulsions de ces jeunes gens, qui bien que blessés, n'en restaient pas moins des hommes, rendus fous de désir, minés par l'abstinence à la vue d'un voile d'infirmière. À petites gorgées, Charles était en train de boire son « café » lorsque deux aides-soignantes, coiffées d'un bonnet blanc, poussant un chariot en bois, arrivèrent pour faire la toilette des malades. Charles les dévisagea longuement. Si l'une était quelconque, l'autre, avec une verrue mal placée à la commissure des lèvres, avait la frimousse assez ingrate pour n'inspirer aucun élan passionnel.

— Voici une barbe qui a besoin de nos services, lança la femme au vilain visage en contemplant la figure hirsute de Charles.

— Mais je peux me raser tout seul !

— Eh bien voilà de l'eau chaude, un rasoir et une pierre de savon…

— Vous avez un miroir ?

— Tenez, fit l'autre en lui tendant une glace rectangulaire entourée d'un jonc de bois noir et une serviette aussi rêche qu'une toile de tente militaire.

— Et pour se laver complètement ?

— Porte 5 A ! Il y a des bains… Mais, il vous faut une autorisation pour y aller.

— Une autorisation pour se laver ? répéta Charles, surpris.

— Oui, rapport à l'eau chaude, vous comprenez, expliqua la moins disgracieuse des deux femmes.

Bien que pas lavé depuis plusieurs jours, prendre un bon bain n'était pas sa préoccupation première. À dire vrai, une seule pensée l'occupait : trouver un prétexte pour sortir de cette salle commune et revoir la jolie infirmière de la veille. Calant le miroir sur ses genoux, il laissa courir la lame du coupe-choux sur son épiderme, retrouvant le plaisir d'une peau lisse. Rasé de frais, Charles s'habilla et s'enhardissant, d'un air faussement détaché, traversa la vaste salle pour atteindre la double porte vitrée qui donnait accès au long couloir. De temps à autre, une silhouette traversait le corridor. Hésitant à s'aventurer plus loin, il se mit à faire le pied de grue. Soudain, à l'autre bout du grand couloir, Charles aperçut Rose qui, un blessé accroché à son bras, s'avançait vers lui. À voir la tête du malade assez enveloppée de gaze pour ressembler à une momie égyptienne, on devinait que l'invalide était sans doute un grand brûlé. Charles marqua un temps d'arrêt. Ne lui avait-elle pas dit qu'elle travaillait d'ordinaire à l'étage supérieur où les gazés à l'ypérite achevaient de cracher ce qui leur restait de poumons dans la souffrance d'une vie qui foutait le camp ?

— Ah mademoiselle ! Quel bonheur de vous retrouver !

— Je fais faire quelques pas à ce grand blessé… La journée est si longue pour eux, murmura-t-elle la voix pleine de sincère compassion.

— Le hasard fait bien les choses…

— Pourquoi donc ?

— Si vous saviez combien moi aussi je rêve d'une promenade, mais loin de ces murs gris et tristes, de cette odeur d'éther !

— Prendre l'air ne peut que vous faire du bien, en effet, répondit-elle, d'un ton professionnel.

— Il est donc possible de s'évader d'ici ?

— L'hôpital n'est pas une prison. Si vous êtes valide et après l'accord du major, il vous suffit de prévenir l'infirmier-chef pour sortir.

— Promener seul manque singulièrement de charme ! Une compagnie… surtout féminine… Et si j'osais, la vôtre…

— Mon service… murmura Rose, sa voix coulant tel un frais gazouillis de source.

— Laissez-moi espérer !

— Est-ce bien convenable, monsieur ? Nous nous connaissons si peu…

— Vous êtes infirmière, non ?

— Aide-soignante bénévole, tout au plus…

— Engagée volontaire ?

— Oui, pour la durée de la guerre, acquiesça Rose. J'aurais voulu, voyez-vous, servir plus près du front, aider nos soldats dans les épreuves qu'ils traversent au service de la patrie, apporter à nos grands blessés le réconfort d'une présence féminine, mais mon beau-frère n'a pas voulu en entendre parler, hélas… Il m'a dit que ce n'était pas ma place, que j'étais trop fragile.

— Votre beau-frère ?

— Daniel Darexy, expliqua Rose avant de poursuivre d'un air entendu : Il est médecin à Pamiers. À force de l'enquiquiner, j'ai fini par obtenir ce que je voulais, servir la patrie…

— C'est lui qui vous a trouvé un emploi ici ?

— Oui, au grand dam de mes parents ! Ah, si vous saviez ce que j'ai entendu !

— Dois-je comprendre que votre famille n'est pas très patriote ? demanda Charles, presque surpris de sa remarque.

— Oh que si, grand Dieu ! D'ailleurs, un de mes beaux-frères sert déjà comme officier de carrière !

— Saint-Cyrien ?

— Oui, et même de la 99e promotion…

— Qu'a-t-elle de particulier ?

— C'est celle de 1914… Celle que le général de Garnier des Garets a baptisée du nom de la Grande Revanche. Les élèves, tout fraîchement reçus au concours, n'ont pas eu le temps de rejoindre l'école avec la déclaration de guerre.

— Ils sont restés chez eux ?

— Oh non ! Je crois que la plupart de ces braves se sont engagés dans l'infanterie…

— Mais pourquoi vos parents blâment-ils donc votre engagement ?

— Parce que la place des femmes est à la maison et non pas en première ligne !

— On est bien loin du front ici... Vous avez donc une sœur, si je comprends bien ?

— Nous sommes quatre filles, lâcha Rose avec un sourire qui découvrait la perfection de sa dentition.

— Quatre !

— Ma sœur Agnès, l'aînée, a épousé un magistrat de la cour d'appel. Elle habite Bordeaux. Mathilde, la seconde, est mariée avec Maxime de la Jonchère, un sous-lieutenant du 20e régiment de dragons, et Camille avec le docteur Daniel Darexy qui vient juste de terminer ses études de médecine... Mais pourquoi je vous raconte tout ça ?

— Je ne sais pas... Je ne sais pas, lui répondit Charles, les yeux un peu dans le vague, cherchant toujours dans le regard des autres les traces de son propre passé.

— Pardonnez-moi, je suis une incorrigible bavarde... Je dois partir maintenant. Il me faut conduire ce blessé au service de radiographie.

— Ah oui ! la radiographie, fit Charles l'air songeur.

Il se souvenait vaguement d'en avoir passé une dans un camion venu stationner quelques jours au lazaret. Hantés par le spectre de la tuberculose, ce fléau qui faisait des ravages parmi les couches populaires, les médecins allemands avaient multiplié de l'autre côté du Rhin les campagnes de prévention et les examens systématiques dans l'espoir d'éradiquer cette maladie contagieuse qui frappait durement et sans distinction d'âge ou de nationalité les concentrations d'êtres humains. Face à une machine qui irradiait encore généreusement les mains des manipulateurs au risque de voir apparaître la radiodermite, cette brûlure grave après un certain temps d'incubation, Charles avait dû avoir l'air assez bête pour qu'un infirmier teuton, son uniforme *feldgrau* couvert d'une blouse blanche, lui explique dans un sabir aussi pittoresque qu'imagé à quoi servait la radioscopie du thorax des patients dans le dépistage systématique de la tuberculose.

— Je reviendrai demain… murmura Rose pour le tirer de la rêverie où il s'abîmait alors qu'à son bras, le grand brûlé manifestait des signes d'impatience.

— Demain ?

— Demain après-midi, précisa-t-elle avec un sourire enjôleur.

— Vous dites cela à tous vos malades, n'est-ce pas ?

— Non ! Je vous le promets…

— Ah, les promesses ! Je sais trop qu'elles n'engagent que ceux qui les croient…

— Mais vous pouvez me croire, protesta la jeune femme.

— Vous croire est déjà certitude d'espérance !

Charles la regarda en cet instant comme s'il cherchait à noyer son regard dans le sien. Mon Dieu ! Quel bonheur devait-on éprouver à se perdre dans le vert de ses yeux ! Personne n'y aurait résisté… Les cils longs et gracieusement courbés venaient souligner une amande au charme aussi mystérieux que la baie d'Along un petit matin de septembre. Enchâssées dans la carnation diaphane d'un visage qui avait la tendresse d'une peau de pêche, ses prunelles exerçaient une force d'attraction assez magique pour faire succomber n'importe quel homme digne de ce nom. Presque gênée de l'intensité qu'elle sentait peser sur elle à cet instant, la jeune femme baissa les yeux avant d'esquisser un pâle sourire consolateur et de s'éloigner lentement au bras de son grand brûlé.

Le lendemain après-midi, après avoir avalé l'ignoble rata qu'on leur servait pour pitance, Charles Marre guetta avec impatience l'apparition de Rose au bout du couloir. Dans la monotonie des soins dispensés dans la salle commune, Rose était déjà son rayon de soleil, sa source de vie, le frais torrent de cette mémoire qu'il se reconstruisait des mille et un détails du quotidien. Sans oser encore saisir son bras faute d'une invalidité patente, il l'invita à faire quelques pas de promenade en sa compagnie. Délaissant les sinistres couloirs de l'hôpital qui respiraient l'éther et le chloroforme, Charles laissa le timide soleil conduire leurs pas jusqu'aux rives de la Garonne toute proche, gonflée du flot des ondées hivernales. Longeant les bords du fleuve en direction de la Daurade, ils firent halte à l'abri d'un renfoncement de briques qui avait valu à Toulouse son nom de Ville rose.

— Quel est donc ce grand bâtiment sur l'autre rive ? lui demanda Charles en désignant un imposant ensemble architectural surmonté d'un dôme.

— C'est La Grave et l'Hôtel-Dieu. Un très ancien hôpital dont l'origine remonte au Moyen Âge. Il y a d'ailleurs un projet pour le démolir…

— Pourquoi donc ?

— On les accuse de former un goulet d'étranglement et de favoriser les inondations. Celle de juin 1875 a été si catastrophique que plus de 200 personnes y ont trouvé la mort !

— Quel dommage en tout cas que de vouloir détruire un si bel ensemble.

— Toulouse est une bien belle ville mais ne vous y trompez pas, la population y souffre de la guerre comme ailleurs, répondit Rose avant d'ajouter : Savez-vous que le chauffage et l'éclairage public ont été réduits, que les légumes secs arrivent mal et qu'il est même question de restreindre la farine, le lait et les œufs.

— Vous êtes bien renseignée…

— Oh ! Le chef de cabinet du préfet, M. Amiel, est un ami de mon père. Il vient souvent dîner à la maison, en général le lundi, tous les quinze jours. C'est lui qui nous a révélé que monsieur le préfet préparait un arrêté pour limiter la distribution de sucre à cinq cents grammes par mois et par habitant. Il paraît même que les pâtisseries fermeraient deux jours par semaine, que les boulangeries, les restaurants et les grands magasins ne pourraient pas vendre de gâteaux ces jours-là.

— De telles restrictions seront dures à supporter pour les gourmands.

— Il faut bien faire des sacrifices pour la patrie. Tous nos soldats en font bien au quotidien dans les tranchées, n'est-ce pas ?

— Sans doute… Sans doute, répliqua-t-il en hochant la tête.

À Charles, cette notion de patrie paraissait quelque peu abstraite au regard des sentiments beaucoup plus réels et concrets qui le poussaient vers Rose depuis leur première rencontre. L'attirance déraisonnée qu'il nourrissait à son égard avait été immédiate, aussi puissante que ces chutes d'eau qui produisaient de l'électricité dans les Pyrénées toutes proches, presque fusionnelle, à l'image de la passion charnelle qu'elle lui inspirait. Charles avait envie de se fondre en elle et devait se faire violence pour ne pas paraître trop empressé, pour respecter les convenances et les codes de son monde sociétal, garder la distance nécessaire à l'expression respectable et contrôlée de ses émotions. Même si Rose demeurait sur la prudente réserve que son éducation bourgeoise lui avait inculquée, Charles pressentait à de multiples petits riens, que sa modeste personne n'était pas indifférente aux battements de son cœur.

— Et vous ? Où avez-vous été blessé ? poursuivit-elle.

— Moi, blessé ?

— À vous voir marcher sans canne ni béquille, aussi facilement, comprenez que je m'interroge… Quelle guerre avez-vous faite ?

— En effet, je ne suis pas un de ces gazés dont vous avez hélas l'habitude !

— De quel traumatisme souffrez-vous donc ? Vous me semblez solide et d'une bonne constitution…

— Je ne suis pas un embusqué si c'est ce que vous supposez ! Sans doute ai-je dû faire mon devoir comme des milliers d'autres soldats le font tous les jours sur le front. Je… Je… Comment vous dire ?

— Racontez-moi votre histoire.

— J'ignore tout de ce qui m'est arrivé, des combats que j'ai dû mener ! Je ne sais si je suis un héros ou un lâche ! Comment me suis-je retrouvé dans un lazaret en Allemagne ? Ai-je abandonné mon poste ? Peut-être aurait-on dû me fusiller pour l'exemple comme on a fait en 1914 et 1915 aux dires de certains ! Voyez-vous, je ne crois pas être un tire-au-flanc mais je n'ai plus de tête…

— J'en vois pourtant une sur vos épaules ! lui répliqua d'un sourire Rose.

— J'ai perdu toute mémoire.

— Vous oubliez tout ce qu'on vous dit, c'est ça ?

— Je me souviens de vous mais ce que j'ai fait hier m'est déjà lointain. J'ai du mal à fixer mes souvenirs au point de n'avoir plus de passé, vous comprenez ?

— Nous avons tous un passé.

— Je ne sais plus qui je suis…

— Mais ce prénom, Charles… Et votre nom ?

— Une identité de circonstance, sans nul doute !

— Les médecins vous considèrent comme amnésique ?

— Je crois que c'est le mot qu'ils emploient en effet…

— N'avez-vous pas quelques souvenirs ? Votre profession par exemple ?

— Ah mademoiselle, si je savais seulement quel métier était le mien ! laissa tomber Charles

Marre, les épaules voûtées du poids d'un morne accablement.

Dans ce soupir pensif, Rose crut distinguer une grande et profonde désespérance. Malgré sa jeunesse, l'expérience de l'hôpital militaire lui avait appris que les blessures de l'âme étaient parfois plus grandes que celles du corps. Ne plus avoir de souvenirs, quelle souffrance ! C'était pire qu'une amputation, n'être plus soi-même. En cet instant, Rose éprouvait plus que de la pitié pour ce jeune soldat. Elle le regarda, les yeux pleins d'une sincère compassion. Submergée par un sentiment d'essence maternelle, elle posa sans hésiter sa main sur la sienne en un geste consolateur. Surpris de ce contact tiède et de ce geste familier qui allait au-delà des convenances d'une société encore corsetée par les règles d'une rigueur toute dix-neuvièmiste, Charles hésita avant de poser sa main sur la sienne, sans oser la regarder pour autant, peut-être par peur qu'elle ne la retire.

Au rythme lent du pas de promenade, Charles et Rose arrivèrent bientôt à un lavoir public dont les marches bordées de briques rouges plongeaient dans les eaux sombres et hautes de la Garonne. Là, malgré la froidure hivernale, deux femmes, vêtues de ce noir intemporel qui de deuil en veuvage accompagne les âges de la vie, étaient agenouillées devant une grande planche en bois, à même la pierre du quai. Avec énergie, peut-être tout autant pour se réchauffer que pour en finir vite, les laveuses s'activaient et bavardaient en rinçant des draps dans l'eau glacée, excellente culture d'engelures pour leurs doigts de travailleuses déjà bien disposés aux rhumatismes futurs. À côté d'elles, posées sur deux solides brouettes en bois dépourvues de ridelles, de grandes corbeilles en osier débordaient de linge, baromètres du labeur qui leur restait encore à accomplir.

Pour se protéger d'une bourrasque de la bise aigre qui balayait les quais, Rose se retourna pour s'adosser au tronc d'un saule. Elle se retrouva alors de manière impromptue dans les bras de Charles qui l'enlaça dans un mouvement parfaitement naturel. À quelques centimètres de son visage à peine, une émotion incontrôlée accéléra brusquement les battements de son cœur. Jamais elle n'avait été ainsi dans les bras d'un homme. Le souffle court, les lèvres entrouvertes, elle ferma les yeux. En une fraction de seconde, la vie de Rose bascula. Dans ce contact fusionnel, le temps suspendit son vol et, tel un fétu de paille emporté par un maelström, elle oublia tout. Incapable d'esquisser le moindre geste, elle s'abandonna avec délices à ce premier baiser. Quand ses lèvres quittèrent enfin les siennes, un sourire illuminait son visage d'un bonheur neuf.

— Rose…

— Ne dites rien, lui murmura-t-elle à l'oreille

pour vivre le plus longtemps possible la magie de cet instant.

— Je… Je…

— Chuutt ! fit-elle avant de lui clore les lèvres pour lui rendre un peu maladroitement son baiser.

Les deux laveuses, les mains toujours plongées dans l'eau froide de la Garonne, ne leur avaient jeté qu'un bref regard. Quoi de plus banal en ces temps de guerre qu'un soldat et une infirmière ! Rebroussant chemin pour rejoindre Larrey, Charles Marre et Rose de Saint-Orens échangèrent à peine quelques paroles comme s'ils ne voulaient pas dissiper le bonheur qui les habitait. Pour l'un comme pour l'autre, quand, une demi-heure plus tard, ils grimpèrent les larges marches du perron de pierre pour pénétrer dans les tristes et mornes couloirs de l'hôpital, la vie avait changé. Parvenus à la porte du dispensaire, là où se séparaient leurs pas, convenances du temps oblige, ils n'osèrent échanger un dernier baiser, se contentant d'une furtive étreinte et d'un regard langoureux.

— À demain, lui glissa-t-elle dans un souffle.

Dans le martellement nerveux du talon de ses bottines, Rose disparut rapidement dans l'escalier, lui laissant aux narines un parfum de poudre de riz et l'âme en feu. Poussant la porte vitrée de la salle commune imprégnée de cette inimitable odeur d'éther qui soulevait le cœur, Charles avait une certitude : à défaut d'avoir un passé, il avait désormais un avenir... Allongé sur son lit en fer, le regard perdu dans les profondeurs insondables de l'immensité du plafond, les bras croisés sur la poitrine, le souffle apaisé, il ne restait plus à Charles Marre qu'à compter les instants qui le séparaient de leurs retrouvailles. Mais dans cette cathédrale de souffrance, les secondes s'écoulaient avec la lenteur monotone des minutes qui elles-mêmes avaient l'éternité des heures.

Bien qu'il fût habitué depuis plusieurs mois à mener une existence de patient docile, supporter désormais la vie collective de la salle commune de l'hôpital lui devenait de plus en plus insoutenable. Était-ce les feux dévorants de cette nouvelle passion, un trait de caractère inhérent à ce passé dont il ne savait rien, un reste de l'éducation qu'il avait reçue dans une vie antérieure, le fruit des paradoxes de sa personnalité ? Cette existence d'éternel assisté l'insupportait. Il se promit de s'en ouvrir à Rose dès le lendemain. Sans doute, grâce à son entregent, réussirait-il à quitter cette horrible salle commune pour trouver un lit dans une aile réservée aux convalescents. Dans un pavillon à effectifs plus réduits, il respirerait davantage la liberté. Sortir pour la retrouver, pensait-il, lui serait plus facile. Et bercé par l'espoir de revoir bientôt celle qui lui enflammait l'âme, Charles s'endormit si profondément qu'il n'entendit même pas le chariot poussé par les Indochinois qui portaient le repas du soir.

Au fil des jours, de promenade en promenade, habités par un désir qui les taraudait de bonheur avec une constance immuable, les deux jeunes gens se laissèrent gagner par leur passion. Ni la pluie, ni le vent, ni le froid pourtant vif en cet hiver 1916-1917 n'auraient pu les faire renoncer à leurs rendez-vous. Invariablement, comme des coupables sur les lieux de leurs forfaits, leurs pas les menaient vers les quais de la Daurade, théâtre de leurs premiers émois. Habituées à les voir ainsi déambuler sur ces bords de Garonne, bras dessus, bras dessous, les deux laveuses, fidèles au poste, les gratifiaient d'un bref sourire de connivence assorti de chuchotis et d'apartés de bonnes commères. Les bonheurs étaient si rares en cette fin du mois de février 1917 ! Noyée dans la grisaille de ce troisième hiver de guerre, subissant un rationnement de plus en plus strict, la Ville rose s'engourdissait de langueur…

Accédant à sa requête, Rose avait rapidement réussi à lui trouver un lit au rez-de-chaussée d'une aile moins populeuse de l'hôpital. Il partageait une petite chambre avec un tringlot amputé des deux jambes et un vieil artilleur au crâne scalpé par un éclat de 77. Pour tuer le temps en dehors de leurs rendez-vous quotidiens et de quelques monotones parties de cartes, Charles dévorait la presse que lui apportait Rose. Après le torpillage du paquebot *Athos* par les sous-marins allemands en Méditerranée, c'était l'affaire Mata Hari qui faisait la une de *La Dépêche*. Divorcée, cette flamboyante courtisane d'origine néerlandaise à la vie sentimentale de danseuse exotique agitée avait été arrêtée par le capitaine Bouchardon, inculpée d'espionnage et d'intelligence avec l'ennemi. Cette égérie de la Belle Époque, séductrice chevronnée aux multiples amants, était-elle réellement coupable comme les journaux l'insinuaient dans leurs manchettes ou juste une cocotte naïve et vénale, manipulée par les services secrets ?

Déjà, dans les jardins abrités des frimas, les premiers bourgeons de mars faisaient une timide apparition. Certes le printemps n'était pas encore là mais le ballet amoureux des oiseaux en portait l'espérance. Comme tous les jours, Charles, l'oreille aux aguets, guettait l'arrivée de Rose. Croyant percevoir le bruit de son pas dans le couloir, il reposa prestement *La Dépêche* sur la couverture militaire qui recouvrait son lit. Que lui importait la nouvelle de cette grève des ouvriers de l'usine Putilov à Petrograd, en Russie ? Certes, les Russes avaient faim mais comme toujours, le tsar mettrait bon ordre à ces débordements, concluait l'article du correspondant de presse de l'ancienne Saint-Pétersbourg. Pour Charles, serrer Rose dans ses bras lui tenait plus à cœur que suivre l'actualité ! Leurs étreintes devenaient graduellement plus passionnées, ils avaient le sentiment de ne plus pouvoir se passer l'un de l'autre…

— Ah Rose ! Rose… Je ne peux concevoir la vie sans vous, avait murmuré Charles à son oreille en la serrant dans ses bras.

— N'allez-vous pas m'abandonner lorsque vous aurez retrouvé la mémoire ?

— Vous abandonner ?

— Oui, quand le passé aura refait surface en vous. Vous avez sûrement des parents, une famille, et qui sait…

— Je n'ai que vous !

— Quel avenir pouvons-nous imaginer ensemble ?

— Mon avenir ? Mais c'est vous, Rose ! Vivre avec vous, toute la vie, voilà mon vœu le plus cher !

— Si notre relation doit prendre cette tournure, ne faudrait-il pas dans ce cas que vous rencontriez mes parents ? lui avait demandé Rose, après un échange de baisers fougueux.

— Les avez-vous mis au courant de mon existence ?

— Non, mais je crois que maman nourrit déjà quelques soupçons !

— Elle vous a questionnée à ce sujet ?

— Certes pas…

— Qu'est-ce qui vous laisse alors penser que ?

— Oh des petits riens… Tenez, pas plus tard qu'avant-hier, je l'ai surprise dans ma chambre en train de fourrager dans les tiroirs de ma commode.

— Elle y rangeait peut-être du linge.

— Hum ! Grand Dieu ! Ça, c'est le travail de Marie, la femme de chambre. Non, je crois plutôt qu'elle jouait les Rouletabille !

— Elle devait chercher quelque correspondance.

— Sûrement… Déjà, la semaine passée, elle m'a clairement laissé entendre que la guerre terminée, il serait temps de fonder une famille comme mes sœurs.

— C'est une préoccupation naturelle pour une mère… D'ailleurs je suppose que les prétendants ne doivent pas manquer !

— Aux yeux de mon père, un riche avocat ou un notaire solidement établi compléterait bien le lignage familial.

— Sans vouloir préjuger de rien, je crains hélas de n'être ni l'un ni l'autre…

— Que m'importe, Charles ! Je vous aime et cela suffit à mon bonheur !

— Au mien aussi !

— Je sais comment les mariages de mes sœurs ont été arrangés. Elles n'ont guère eu le choix et comme moi, je ne peux m'imaginer dans les bras d'un autre… je préfère prendre les devants.

— Dans ce cas, je suis prêt à les rencontrer, mais ne craignez-vous pas leur réaction en officialisant notre liaison ? Qu'allez-vous leur dire ? Comment allez-vous me présenter ? Vous ne savez rien de mon passé…

— J'en sais autant que vous…

— Qu'allez-vous leur dire ?

— Notre amour parlera pour nous…

Quand Rose, le soir même, avait parlé à la table familiale de ce jeune soldat dont elle avait fait connaissance à l'hôpital Larrey, Hyppolite de Saint-Orens avait froncé les sourcils. Il ne connaissait que trop la fougue de sa cadette. Capable de tocades, parfois de folies, toujours prête à s'enflammer, Rose était loin d'avoir la sagesse d'Agnès, la pondération de Camille et le sens des responsabilités que manifestait Mathilde, dirigeant sa maison de main de maître en l'absence de son mari, parti au front. Par-delà l'excuse de son jeune âge, Hyppolite voyait là un caractère féminin fantasque, à deux doigts de l'immaturité. Son engagement dans les services auxiliaires à l'hôpital Larrey n'en était-il pas la preuve ? Pour réussir dans la vie à être une bonne épouse, Rose aurait besoin d'un tuteur solide que seul un homme mûr et installé pourrait lui offrir.

— Eh bien soit ! Tu ne pourras pas dire que nous ne sommes pas modernes ! Qu'il vienne donc déjeuner dimanche !

Pour cette rencontre officielle, la voiture était venue les chercher cinq jours plus tard à l'hôpital, un peu avant midi. En sortant sur les marches du perron, au bras de Rose, Charles, vêtu de son meilleur uniforme, ne put retenir un « oh » de surprise face à la magnifique Renault type ES, un coupé chauffeur Labourdette modèle 1914 de quarante chevaux. Jamais il n'avait vu d'aussi beau véhicule : l'harmonie parfaite des tôles noires surhaussée de laiton jaune du capot, le brillant des cuivres astiqués, la préciosité chatoyante des bois, le galbe presque féminin des ailes, la transparence diaphane des glaces, les rayons chromés du double essieu des roues arrière, tout ici n'était que luxe ! Doté d'un poste de conduite à droite à l'instar de nombre de véhicules de prestige de l'époque, l'habitacle cossu offrait aux passagers le confort moelleux de sièges revêtus d'un capitonnage profond de cuir fauve.

— Mazette ! persifla Charles en faisant le tour de la limousine.

— Elle est identique à celle que Joffre a commandée, lui expliqua Rose avec un sourire d'orgueil non déguisé.

— Le général ?

— Oui, mon beau-frère, Maxime de la Jonchère, qui est officier d'active, a eu l'honneur de porter un pli urgent au général en août 1915, au château de la Marquetterie, on venait juste de la lui livrer…

— La Marquetterie ? Où est-ce ?

— Du côté d'Épernay, au cœur des vignobles de Champagne. C'est une prestigieuse gentilhommière du XVIIIe siècle où l'écrivain Jacques Cazotte recevait jadis Voltaire, Beaumarchais et André Chénier. C'est de là que le généralissime conduit les opérations sur le front. Mon beau-frère a été tellement enthousiaste à propos de cette voiture que mon père a décidé d'en commander une sur-le-champ !

— Mais, un tel carrosse, ça doit coûter une fortune !

— Allez montez ! Adolphe va nous conduire à la maison…

Adolphe, le chauffeur jardinier attaché à la maison Saint-Orens depuis plus de vingt-cinq ans, avec sa couronne de cheveux blancs, affichait une cinquantaine assez bien tassée pour le dispenser d'appartenir à la territoriale. En remontant la rue Pargaminières, dans le flot serré des vélos, des tilburys et des voitures, Charles avait retrouvé une place du Capitole qui avait des airs de marché de grand vent. Sous des entoilages bariolés de couleurs vives, les étalages des commerçants ambulants proposaient aux chalands retardataires leurs bancs de légumes, de fromages, de fruits, d'œufs, de poissons, de vêtements… Les maraîchères des communes voisines, engoncées dans leurs lourdes capelines, commençaient à rassembler leurs paniers en osier, signe de la fin proche du marché. Déjà, alors qu'aux terrasses des cafés, sous les arcades, les garçons débitaient leurs demi pression sans faux col, aux embusqués d'une guerre lointaine, les premières charrettes à bras commençaient leur infernal va-et-vient.

Ici plus qu'ailleurs, la circulation était dense. Les tramways hippomobiles de plus en plus relayés par les trams électriques, alimentés par la toile d'araignée des fils conducteurs, se croisaient en une infernale et bruyante noria où le claquement des sabots des chevaux sur le pavé disputait l'éther au grincement métallique des roues sur les rails. La place du Capitole était le centre d'un réseau développé à l'initiative de Firmin Pons depuis 1906. En ce début d'année 1917, il n'y avait pas moins de dix-sept lignes urbaines, neuf de banlieue auxquelles il fallait ajouter les trains des maraîchers depuis Croix-Daurade et Aucamville pour ravitailler la Ville rose en légumes frais et les convois de la cartoucherie pour le transport des munitions vers l'arsenal. À travers un dédale urbain où la brique dominait largement, la limousine à l'arrière de laquelle Charles, toujours accompagné de Rose, avait pris place parvint finalement rue du Languedoc.

Située à deux pas de la rue du Vieux-Raisin, la demeure des Saint-Orens était un hôtel particulier du début du XVIIe. Avec son beffroi de briques roses encrassées d'un léger voile de pollution charbonnière, la noble maison offrait la discrète harmonie d'une façade classique de bon aloi. Au-delà du portail ripoliné en un vert profond qu'un heurtoir de cuivre jaune venait juste égayer, il fallait s'engager sous un porche plus sombre et franchir la loge occupée par une concierge revêche pour atteindre une cour intérieure aux pavés luisants séparés par un joint géométrique herbeux. Jadis jonchée de crottes de cheval, aujourd'hui parée de bacs garnis de buis, temple des chats errants et pissotière appréciée des chiens de tous poils, la cour ouvrait sur un rez-de-chaussée de service qui desservait au premier l'étage noble de l'habitation.

La voiture stoppa au milieu de la cour. À peine descendus, ils avaient été accueillis par Marie, l'une des deux femmes de chambre qui, avec Germaine, la cuisinière, constituaient le train de maison des Saint-Orens. Poussant une lourde porte en chêne abondamment cloutée, elle les avait rapidement introduits dans le grand salon. En entrant, Charles aperçut Hyppolite de Saint-Orens qui se tenait debout, le coude négligemment posé sur le manteau d'une cheminée Louis XVI en marbre rouge. Malgré une cinquantaine largement entamée, le père de Rose était resté plutôt bel homme. Solidement bâti, le cheveu gris acier rejeté en arrière en une vague distinguée que séparait une raie tirée au cordeau, il avait un visage empreint de l'autorité naturelle de ceux qui ont l'habitude d'être obéis. Avec son nez droit et fin, ses yeux assez clairs pour lui conférer un regard intense et souverain, Hyppolite de Saint-Orens avait l'air de ce qu'il était, un très grand bourgeois.

— Ah ! Ma chère petite…

— Nous voici, père… Permettez que je vous présente Charles…

— Monsieur… monsieur Marre, c'est bien ça ?

— C'est le nom que je porte !

— Celui qu'on vous a donné si je ne m'abuse ?

— Rose ne vous a rien caché de mes blessures.

— Non, en effet… Une drôle d'histoire que la vôtre !

— Certains perdent un bras ou une jambe dans cette guerre. Moi, c'est la mémoire.

— Ainsi vous ignorez tout de votre passé ?

— Hélas oui, monsieur !

— Nulle réminiscence ?

— Pas la moindre bribe… Je suis aussi neuf qu'un bébé qui vient de naître !

— C'est sans doute pour vous très difficile à vivre, j'imagine.

— Le quotidien m'est douloureux en effet ! Comment avoir un avenir quand on n'a pas de passé ?

— Je compatis à votre situation, mais en matière d'avenir permettez-moi de vous indiquer que celui qui m'importe, c'est celui de ma fille ! Je ne sais ce qu'il en est dans votre monde, mais chez nous, monsieur, la poursuite d'une telle relation hors engagement de mariage est contraire aux règles de la bienséance ! Me fais-je bien comprendre ? lança Hyppolite d'un ton glacial.

— Je puis vous assurer que mes intentions sont pures, répliqua Charles la voix chargée d'émotion.

— Oh, jeune homme, je ne demande qu'à vous croire !

— La main de votre fille est ma seule espérance.

— Mais vous n'êtes pas sans savoir qu'une union, puisque c'est bien de cela qu'il s'agit, n'est-ce pas, est quelque chose de sérieux ! On ne donne pas la main de sa fille au premier venu…

— Monsieur, je sais tout l'inconfort de ma position.

— Voyons… Avez-vous quelque bien ?

— Hélas, je l'ignore !

— Dans ce cas, dites-moi comment vous comptez assurer la subsistance de votre ménage ?

— Je travaillerai !

— Et que savez-vous faire ? À défaut de fortune, avez-vous un métier, monsieur ?

— Père, ne soyez pas cruel ! Je vous ai expliqué que Charles n'a plus aucun souvenir !

— C'est fâcheux !

— Il lit et écrit sans aucune difficulté, témoigne d'une aisance naturelle à manier la plume et à compter, si vous voulez savoir.

— Inutile de plaider sa cause, ma fille ! Je vois bien à son maintien que ce jeune homme a de l'éducation. Qui sait, après tout ! Peut-être est-il même d'honorable famille, soupira Hyppolite, partagé entre le désir de ne pas faire de peine à Rose et celui de protéger sa fille contre l'appétit des coureurs de dot et des margoulins.

— Cette guerre bouleverse tant de choses, père…

— Ce n'est certes pas le moment aujourd'hui mais si vous persistez dans vos intentions d'épousailles, et si je vous l'accorde, pour la dot, j'ai pensé faire…

— La dot de votre fille ne m'intéresse pas, monsieur ! Je ne suis pas venu pour ça, coupa Charles en regardant Hyppolite droit dans les yeux.

— Mon ami, rien ne presse en effet, tempéra Mme de Saint-Orens apparaissant dans le salon, suivie par une employée de maison sans âge vêtue d'un traditionnel tablier blanc sur une stricte robe noire boutonnée jusqu'au cou.

À ses mots, Charles se retourna. Élisabeth de Saint-Orens, souriante, arborait un milieu de quarantaine rayonnante. À l'amande de ses yeux à peine marqués de légères pattes-d'oie naissantes, à son petit nez mutin, à cette carnation diaphane, on devinait assurément qu'elle avait dû être une fort jolie femme. D'une taille moyenne, bien en chair, elle portait une délicieuse robe de couleur bleu roi à col de dentelle blanche très ajustée qui faisait ressortir une poitrine avantageuse. Sa chevelure châtain clair relevée en un chignon gracieux retenu par une forêt d'épingles invisibles se parsemait désormais d'un fin semis de cheveux blancs qui lui donnait tout d'une femme d'expérience. Sûre d'elle, altière et raffinée, Mme de Saint-Orens brillait des derniers feux d'une séduction à inspirer encore des passions déraisonnables à de boutonneux éphèbes.

— Mes… Mes hommages, madame, articula gauchement Charles en inclinant la tête dans sa direction.

— Bienvenue à vous dans cette maison, monsieur Marre… Ah ! Si vous saviez combien Rose m'a souvent parlé de vous, glissa-t-elle d'un ton enjoué qui trahissait l'art d'une grande bourgeoise assez rompue à tous les aléas de la vie pour ne jamais se départir d'une urbanité de circonstance. Mais trêve de bavardages… Vous devez être affamé ! Passons plutôt à table.

— Madame, est-ce que…

— Oui, Marie… Vous pouvez servir, répondit-elle sans jeter un regard à celle qui faisait à ses yeux partie des meubles au même titre que la glace et son trumeau ornant la cheminée.

D'autorité, la mère de Rose lui saisit le bras et Charles pénétra ainsi dans la salle à manger attenante au grand salon par une double porte aux moulures rehaussées de dorures. Il comprit tout de suite qu'il entrait dans un univers qui lui était étranger. Avec son enfilade de style Restauration surmontée d'un magistral portrait d'un prestigieux ancêtre, son immense vaisselier où des assiettes en faïence de Martres-Tolosane exhibaient le charme de leurs ibis et de leurs motifs champêtres, son monumental lustre de cristal aux centaines de pampilles, sa longue table nappée de blanc où argenterie et porcelaines s'agençaient selon un ordre bien défini, la salle avait la majesté des pièces de réception d'un monde à mille lieues de ceux où il vivait ces derniers mois. Aux murs, enchâssées dans de lourds cadres dorés, les toiles de Jean-Baptiste Despax voisinaient avec celles d'Antoine Rivalz, talentueux portraitiste de la société toulousaine du XVIIIe siècle. Quelque peu intimidé par ce décorum auquel le confort basique tant des hôpitaux français que des lazarets allemands ne l'avait guère accoutumé, Charles Marre ne savait trop ce qu'il devait faire.

— Monsieur Marre, prenez donc place à côté de moi, fit Élisabeth de Saint-Orens, pleine d'une urbanité de bon aloi.

Charles s'assit, Rose en face de lui, Hyppolite, son père, à sa droite. Pour être en temps de guerre, le menu n'en sacrifiait pas moins aux impératifs traditionnels d'un repas de réception des familles de la grande bourgeoisie. Calligraphiée manuellement d'une élégante onciale sur un bristol décoré de pampilles du plus pur style nouille en vogue à la Belle Époque, la succession des plats aurait fait rêver plus d'un poilu réduit aux tristes perspectives des roulantes de campagne. La soupe claire où flottaient des trognons de choux se battant en duel avec des épluchures de pommes de terre, cet infâme rata dont les pioupious, la gouaille moqueuse aux lèvres, chantaient que « ce n'est pas de merde mais que ça viendra », ce pinard « qui n'est que de la vinasse » n'avaient manifestement pas cours ici ! À lire la succession des plats, Charles eut instinctivement l'eau à la bouche, les noms faisant déjà frémir ses papilles.

Consommé de légumes de saison
Jambon d'York, olives et beurre
Vol-au-vent sauce financière
Poulet rôti du Gers
Salade de printemps

Tarte Tatin

Café – liqueurs

Fronton La Terrasse 1913 – Pomerol Château Boulby 1910

Charles nota l'ordonnancement du repas de fête : aux deux entrées, une chaude et une froide, succédaient un plat de viande en sauce et un de viande rôtie. Manifestement, les restrictions du temps de guerre, lot commun qui touchait la population des Toulousains ordinaires, n'affectaient pas la table des Saint-Orens. D'aucuns se seraient demandé comment ils pouvaient se débrouiller pour continuer à faire aussi bonne chère malgré les contingences de l'époque ! Peut-être les eût-il lui-même soupçonnés de s'adonner au marché noir si Rose ne lui avait révélé l'existence du domaine de Ghuilot, une magnifique propriété de plus d'une bonne centaine d'hectares à la limite de l'Ariège et de la Haute-Garonne. Les cinq fermes dont une en contrat de métayage, ce traditionnel bail à mi-fruit des campagnes d'autrefois, les faisaient échapper aux rigueurs du temps.

Malgré la bonhomie apparente de son hôtesse et ses sourires appuyés, les échanges pendant cet excellent repas, passé le round d'observation, manquaient singulièrement de chaleur humaine : Hyppolite de Saint-Orens demeurait distant. Charles, ne sachant trop sur quel pied danser, restait sur une prudente réserve et Rose, dans ses petits souliers, baissait la tête, obéissant aux convenances. Sa mère ne lui avait-elle pas inculqué que le dévouement, la douceur, la tendresse, la bonté, la prévenance, la mansuétude et l'indulgence doivent être le lot des femmes, « qu'elles doivent trouver leur bonheur à s'oublier elles-mêmes », selon les préceptes édictés par la revue *France mode* dont elle était une fidèle lectrice ? À de multiples petits riens, à ces silences qui s'éternisaient quelques secondes de trop, Charles percevait toute l'ambiguïté que sa présence impliquait ici. Prétendant sans bien ni fortune, candidat surprise d'une union imprévue, il ne correspondait guère aux légitimes ambitions familiales que les Saint-Orens avait nourries pour Rose ! Café et liqueurs expédiés, le temps de fumer un cigare en échangeant des banalités, Charles prit poliment congé de ses hôtes en milieu d'après-midi. Adolphe, le chauffeur jardinier, le raccompagna en voiture à l'hôpital Larrey.

— Alors mon ami, comment trouvez-vous ce garçon ? demanda Élisabeth de Saint-Orens à son mari après que Charles, accompagné de Rose, fut sorti du grand salon.

— Ma chère, certes ce jeune homme présente bien et j'irai jusqu'à dire que ce garçon a sûrement comme tout un chacun des qualités !

— Rose sera heureuse de vous entendre. Je crois qu'elle l'aime très sincèrement…

— C'est bien ce qui m'afflige…

— Il paraît pourtant animé de bonnes intentions !

— Encore heureux ! Mais…

— Mais quoi ?

— Eh bien, cette relation est ambiguë.

— Que voulez-vous dire ?

— Il ne saurait être question de fiançailles et encore moins de mariage !

— Allez donc le lui dire, mon ami ! Vous connaissez le caractère de votre fille… Elle vous ressemble, c'est une rebelle.

— Ce garçon n'est qu'une amourette ! Que votre fille éprouve pour lui un sentiment de pitié, je peux le comprendre. Son patriotisme est tout à son honneur. Mais Rose doit épouser quelqu'un de son rang. Nous ne savons même pas d'où il sort ! Elle non plus, du reste.

— Il semble pourtant avoir quelque éducation. Il a une belle plume. Pas plus tard qu'hier, Rose m'a montré un poème de sa composition. C'était fort joliment tourné.

— Soit, mais que vient faire ici la poésie ? Depuis quand épouse-t-on quelqu'un au prétexte qu'il versifie ?

— Ne vous fâchez pas, Hyppolite !

— Prendriez-vous fait et cause pour lui ?

— Loin s'en faut, mon ami ! Mais reconnaissez qu'il ne manque pas de charme.

— À vos yeux peut-être ! Mais il n'est pas de notre monde, trancha sèchement Hyppolite de Saint-Orens.

— C'est votre sentiment ?

— C'est ma décision !

— Dans ce cas, mon ami, inutile de lui briser le cœur. Elle le comprendra d'elle-même !

— En tout cas, veillez, je vous prie, à ce qu'elle ne s'engage pas plus loin avec lui. Je ne tiens pas à ce que cette maison devienne un repère de rastaquouères !

Élisabeth de Saint-Orens opina du bonnet. Avec sagesse mais rigueur, Hyppolite avait rendu son jugement. Tel un couperet, la sentence était tombée, familiale, presque publique. En bonne épouse, connaissant sa place dans la cellule familiale, elle n'avait plus rien à ajouter à la volonté de son mari, seigneur et maître selon les principes du code civil. Mais elle n'ignorait pas que faire entendre raison à Rose serait autrement plus difficile. D'un naturel passionné, la plus jeune de ses quatre enfants était prompte à s'enflammer comme à bouder.

Rentré à l'hôpital Larrey, Charles regagna sa chambrée et s'allongea sur son lit, pensif. Il avait certes fait un excellent déjeuner mais l'accueil du père de Rose était plutôt froid ! Oh, il pouvait comprendre la réserve de ces gens… Qu'avait-il pour leur plaire ? Dépourvu de fortune, d'une appartenance à un quelconque lignage, il ne pouvait se prévaloir que d'une identité de circonstance ! S'il avait cru percevoir un zeste de compréhension chez Mme de Saint-Orens, leur amour aurait bien des obstacles à franchir pour triompher ! Cette situation aurait pu le décourager mais la perspective de trouver Rose demain le ravigotait, lui conférant une foi à soulever des montagnes. Rasséréné, Charles ferma les yeux, laissant le visage de Rose envahir ses rêves…

Jour après jour, semaine après semaine, Charles, dans les bras de Rose, goûtait au bonheur à défaut de reconstruire un passé. Entre deux promenades, la lecture de *La Dépêche* lui permettait de tuer le temps. Ainsi suivit-il au quotidien, à partir du 16 avril 1917, l'offensive lancée par les 5e et 6e armées françaises sur le Chemin des Dames où le général Nivelle, partisan des attaques frontales massives, devait gagner son surnom de « Boucher ». Mais la presse, qu'elle fût nationale ou provinciale, toujours complice de l'euphorie gouvernementale, se gardait bien de révéler les pertes effroyables qui résultaient d'une telle tactique. Adepte du bourrage de crâne, elle passait sous silence la vague de mutineries qui suivit et dont *La Chanson de Craonne* se faisait l'écho dans les popotes. Dans l'esprit de Charles Marre, tous ces événements finissaient par constituer un canevas de faits d'actualité, rémanence géochronologique diffuse qui palliait l'absence de repères plus personnels.

Mois après mois, leur amour se fortifiait et sa mémoire semblait se construire. Tel un couple fusionnel, Charles ne jurait que par Rose et elle ne voyait que par lui. Désormais, il parvenait à mieux structurer le temps passé, balisant des mille détails de l'histoire de leur amour la chronologie des saisons et des jours. À observer son comportement, d'aucuns l'auraient jugé guéri. Toutefois, sa reconstruction était encore fragile et le médecin major hésitait à le renvoyer dans une unité combattante, préférant le garder ici, à l'hôpital, où il rendait service en trouvant utilement à s'employer à des travaux de jardinage dans le minuscule potager de la cour intérieure. Charles connaissait les secrets de l'arboriculture, l'art de la taille des rosiers, celui de la greffe ou du pincement des tomates. Pourtant, à en croire les infirmiers qui le regardaient faire, ses manières n'étaient pas celles d'un paysan…

À leur corps défendant, leur liaison peinait à s'officialiser. Oh certes, à l'hôpital, tous feignaient d'ignorer les liens qu'ils entretenaient depuis plusieurs mois. Par souci des convenances, Hyppolite de Saint-Orens avait clairement indiqué à son épouse Élisabeth qu'il ne saurait être question de recevoir à nouveau ce jeune homme.

D'ailleurs, au nom de quoi ? Ils n'étaient même pas fiancés ! Dès lors, quel opprobre eut terni leur nom si une telle relation était devenue publique ! Le nom de Mata Hari, cette espionne que l'on avait fusillée finalement à l'aube du 15 octobre 1917 dans les fossés de Vincennes à la suite d'un troisième conseil de guerre, n'était-il pas sur toutes les lèvres comme le symbole des dérives de la séduction ? Respectables et respectés, les de Saint-Orens ne méritaient pas que leur nom fût entaché d'une telle honte ! Aussi, en ce matin du 8 novembre 1917 où les journaux titraient sur le coup de force réussi par les bolcheviques qui s'étaient emparés la nuit précédente des points clés de Petrograd, Rose ne tenait plus en place.

— Daniel nous invite à déjeuner samedi, lâcha-t-elle sur le ton d'un communiqué de victoire en se blottissant dans ses bras.

— Daniel ? Votre beau-frère ?

— Oui, celui qui est médecin ! Je vous ai parlé de lui plusieurs fois. Il habite Pamiers, vous vous souvenez…

— Oui… Oui… Mais pourquoi samedi ?

— Il est de garde dimanche. Cette rencontre n'a pas l'air de vous enchanter ?

— Non pas, je me demandais simplement comment irons-nous là-bas ?

— Par le train, voyons !

— À voir ce sourire sur vos lèvres, vous vous êtes déjà renseignée, je suppose.

— Oui, il y a un express qui arrive à 11 h 38 et un omnibus qui repart vers Toulouse à 17 h 43.

— Dans ce cas, je n'ai plus qu'à me soumettre…

— Je suis sûre que Daniel vous plaira. Ah Charles ! murmura-t-elle, tellement avide de reconnaissance de leur amour, si vous saviez combien j'ai hâte.

Darexy, le beau-frère de Rose, habitait Pamiers, une charmante et industrieuse sous-préfecture. Nichée dans un méandre de l'Ariège, au pied du Castella, cette butte féodale jadis siège d'un château, la cité de Fredelas, forte de plus de dix mille habitants, bruissait de l'activité incessante de la Société métallurgique de l'Ariège créée en 1817, spécialisée dans la fabrication de fournitures pour l'armée et la marine. Ici, plusieurs centaines de munitionettes parmi les 3461 ouvriers que comptait l'usine, fabriquaient à la chaîne des obus de tous calibres pour alimenter le front. Avec 471 ouvriers espagnols, 131 travailleurs grecs, 97 Belges, 8 Italiens, 25 Arabes et presque 200 prisonniers de guerre allemands, cette entreprise avait indubitablement un air internationaliste propre à réjouir les plus ardents bolcheviques qui ce jeudi-là avaient pris le pouvoir à Petrograd pour former le Conseil des commissaires du peuple présidé par Lénine.

Le docteur Darexy, lui, travaillait comme médecin à l'hôpital Saint-Vincent, un beau bâtiment à l'architecture classique à proximité d'un des nombreux canaux qui alimentaient en eau la centrale de l'usine. Réservé aux pauvres au XIVe siècle, reconstruit en 1755, dirigé par les sœurs de Saint-Vincent-de-Paul à partir de 1772, c'était le plus grand hôpital du pays de Foix. En ces années de guerre, il n'avait pas de mal à faire son plein d'estropiés en tous genres. Nombreux étaient les béquillards qui hantaient ses jardins en bordure du canal qui le longeait ! Mais plus que le caractère médical, ce qui faisait l'originalité de la ville, c'était la profusion des édifices religieux. Longtemps rivale de Foix, la ville du comte, Pamiers, la ville de l'évêque, était marquée d'une empreinte catholique dont le Carmel établi en 1311 portait la trace vivante.

Daniel Darexy habitait une belle demeure à un étage, orientée sud-est, en bordure d'un des nombreux canaux qui faisaient de Pamiers une petite Venise ariègeoise. La maison à volets blancs donnait sur une terrasse herbacée qui s'agrémentait d'un lilas double et d'une tonnelle garnie de clématites. Terrain de jeu naturel des enfants, un salon de jardin en fer ajouré en faisait l'été un coin délicieux pour profiter en soirée de l'air frais descendant des montagnes toutes proches. Acquise comme bien national à la Révolution, c'était la résidence familiale des Darexy depuis le siècle dernier. Daniel et Camille l'occupaient depuis avril 1912, date de la disparition prématurée de son père, victime d'un malheureux coup de pied de cheval. Dans ce beau corps de bâtiments offrant une série de pièces de réception en enfilade baignées de soleil, le jeune couple cohabitait au quotidien avec Philippine, sa grand-mère maternelle que les rhumatismes laissaient impotente, et Pauline, sa mère, précocement veuve. Heureusement, les deux femmes avaient un caractère facile et la maison était assez vaste pour préserver l'intimité de chaque génération.

— Merci madame…

— Merci de quoi ?

— De nous accueillir…

— Appelez-moi plutôt Camille !

— C'est si aimable…

— Rose m'a tant parlé de vous… Elle n'a que votre nom à la bouche ! lui avait complaisamment glissé dans un sourire l'épouse de Daniel Darexy au bas de l'escalier.

D'emblée, Charles se sentit à l'aise. La maison, meublée sans ostentation, respirait un art de vivre familial d'une simplicité de bon aloi. Mais Charles n'eut guère le temps de faire l'inventaire détaillé de la pièce. Déjà, Daniel Darexy entrait. Le cheveu châtain clair précocement clairsemé, les yeux d'un bleu surprenant par rapport à ceux du pays, plus grand que la moyenne, mince, de la même génération que lui, l'homme affichait un large sourire accueillant et une bonne humeur communicative qui contrastait singulièrement avec la réserve glacée d'Hyppolite de Saint-Orens. Darexy avait la simplicité naturelle des gens à qui la fréquentation quotidienne de la mort a appris à relativiser les détails de la vie. Il promenait ainsi sur ses semblables un regard bienveillant mais dont le fond gardait une sorte de voile désabusé. La sincérité de sa poignée de main acheva de convaincre Charles Marre de la sympathie qu'il devinait. Et très vite la conversation s'engagea entre les deux hommes, empreinte d'une grande franchise.

— Allons messieurs… Vous ferez plus ample connaissance à table, fit Camille en les entraînant vers une pièce tout éclairée par la blancheur d'une nappe brodée.

Dans la pièce, une bûche de chêne brûlait doucement dans une élégante cheminée de marbre gris, faisant régner une sympathique tiédeur. Camille, en parfaite maîtresse de maison, les plaça autour d'une table que l'argenterie faisait briller de mille feux. Le repas fut simple mais de bon goût, comme il convenait à une famille bourgeoise de ce temps-là. Après un potage de légumes d'hiver au fumet délicat, suivit une odorante assiette de charcuterie du pays, puis une omelette aux cèpes qui exhalait un parfum subtil de sous-bois, un produit encore de saison en ce début novembre, Pauline, la bonne, parée pour la circonstance de son tablier immaculé de dentelle blanche, leur servit un civet de lièvre au goût puissant, à se pourlécher les babines. Le vin des Corbières aidant, Charles s'extasia :

— Quel délice !

— Je l'ai tué dimanche dernier…

— Ah, vous êtes donc chasseur !

— Mon mari a en effet ce défaut mais en ces temps de restrictions, qui s'en plaindrait ?

— Oh madame, loin de moi cette idée ! Ce civet est remarquable. C'était sûrement une belle bête !

— Huit livres et des poussières.

— Vous n'avez jamais tiré le lièvre ? lui demanda alors presque naïvement Camille Darexy.

— Je… Je… Je n'en sais rien, bafouilla Charles, troublé, cherchant dans les yeux de Rose une réponse qu'il ne trouvait pas.

— Pardonnez ma femme. Cette question est incongrue.

Malgré le temps de guerre, Charles comprit que les Darexy étaient à l'aise. Oh, certes, ils vivaient sans ostentation. Mais l'agrément confortable des jours ordinaires les distinguait de la sueur miséreuse où baignait la classe ouvrière pour leur assurer une évidente supériorité dans la bonne société appaméenne. La soupe aux « cocos », ces haricots qui garnissaient souvent les assiettes prolétariennes, n'était pas leur alimentation quotidienne. Sans passer pour des profiteurs, sans appartenir au groupe de ceux qui faisaient de scandaleuses fortunes en fournissant aux armées, leur rang les classait à l'évidence parmi les nantis d'une ville corsetée de la pesanteur des us et coutumes d'une bourgeoisie dont la République des opportunistes avait assis la domination. Après une crème catalane délicieusement caramélisée, le repas achevé, Camille, en bonne maîtresse de maison, les pria de passer au petit salon pour prendre le café.

— Je vais chercher ma pipe. Installez-vous donc, fit Daniel Darexy en ouvrant la porte à double battant.

Charles laissa errer son regard dans cette confortable bonbonnière. Abondamment drapée de tentures selon la mode de la Belle Époque, cette pièce était des plus agréables à vivre. Meublée d'une méridienne Louis-Philippe incitant à des siestes voluptueuses, d'un ensemble de six fauteuils crapauds au capitonnage profond, d'une élégante commode de style Napoléon III surmontée d'une pendulette en marbre noir, elle s'organisait autour d'une table basse où une boîte à cigares voisinait avec *L'Express du Midi*. Ce quotidien, lancé en 1891, dont la diffusion s'étendait à quinze départements du Sud-Ouest et qui se présentait comme un organe de la défense sociale et religieuse, était le journal conservateur de la région toulousaine.

Charles s'en saisit et ses yeux se portèrent sur la première page où s'étalait en caractères gras le communiqué officiel de ce mille quatre cent quatre-vingt-septième jour de guerre parvenu par fil spécial à la rédaction de Toulouse. « Au sud de la Somme, à la faveur d'un violent bombardement, l'ennemi a pénétré un élément avancé de notre ligne. Notre contre-attaque l'a aussitôt rejeté… » Suivaient l'habituel cocorico et le refrain sur nos vaillantes armées qui bouteraient bientôt le boche hors de nos frontières. Charles reposa le journal, sans trop d'illusions sur l'issue de cette contre-offensive qui, comme toutes les autres, n'allait pas tarder à se révéler stérile. Après plus de trois ans d'une guerre où la fine fleur de la jeunesse était tombée, comment la quasi-immobilité du front pouvait-elle encore faire croire que la victoire était proche ? Aussi, quoiqu'il lui fut pénible au quotidien de n'avoir aucun souvenir, Charles mesurait toutefois bien sa chance. Loin du front, à défaut d'avoir un passé, les portes de l'avenir restaient entrouvertes… Et ce n'était ni la délicieuse compagnie de Rose, ni le confort douillet qu'il goûtait ce jour-là dans la maison Darexy qui allaient le convaincre du contraire !

5

Voyage au bout de l'enfer...

Debout sur l'estrade de peuplièr usée des milliers de pas des garnements qui l'avaient gravie depuis que l'école primaire était devenue gratuite et obligatoire, Léonce Castelbou, les bras croisés, passait un sale quart d'heure. Dans un silence de mort, il ânonnait péniblement *Le Renard et le Loup*, sous l'œil sourcilleux de son institutrice. Et à chaque erreur, Mme Pujol lui assenait sèchement sur la tête une tape de sa gaule de bambou noir. La cruelle interrogation était tombée sur lui. Ah mon Dieu, il aurait bien donné plusieurs de ses billes pour voir un autre élève prendre sa place ! L'examen fixe du Godin noir et ventru dont le tuyau, suspendu par un entrelacs de fil de fer, traversait la pièce pour y faire régner une douce température ne lui était d'aucun secours. Brusquement, la porte de la classe s'ouvrit. Le galapiat à la frimousse malicieuse s'arrêta net. Instinctivement tous les yeux se tournèrent vers le fond de la salle. Dans l'encadrement de la porte à petits carreaux, la silhouette de Louis Lacoste se détacha au point de masquer la lumière terne.

D'un geste vif, l'homme ôta son couvre-chef, le triturant quelque peu entre ses mains velues. Assise derrière le pupitre de son bureau noir, Jeanne Pujol, l'institutrice, le fixa, dubitative. Que signifiait l'irruption du premier adjoint en pleine après-midi ? Il fallait que la visite fût d'importance pour qu'il ait troqué son éternelle casquette contre le chapeau des grandes occasions. Instinctivement, Louis Lacoste se racla la gorge. En l'absence de Charles Daguilhon, officier d'artillerie en position de réserve spéciale, un notable, élu maire au début de l'année 1914 mais mobilisé au 57e RA de Toulouse dès le 2 août, Louis Lacoste faisait fonction de premier magistrat. Malgré une couronne de cheveux blancs et un strict costume de ratine noire usée, une moustache gendarmeuse et un air sévère, il éprouvait toujours un sentiment d'humilité en entrant dans le temple de la culture républicaine. Sans doute était-ce là une trace durable des années passées à user ses fonds de culottes sur les bancs de hêtre du monde du savoir.

Pourtant, en entrant dans la petite école, Louis Lacoste n'était pas seulement intimidé. La visite qu'il rendait n'avait rien d'agréable et il était des missions bien plus faciles à accomplir. En ce jour du 8 novembre 1917, il avait reçu ce matin même à la mairie la notification officielle du ministère de la Guerre de la disparition de plusieurs de ses concitoyens. Louis Lacoste connaissait l'efficacité de l'administration tout autant que ses légendaires lenteurs. Le pli officiel qu'Odette Prévost, la responsable du bureau de poste, lui avait remis et qu'il tenait entre ses mains était particulièrement cruel. Ce n'était hélas pas la première fois qu'il allait tuer l'espoir ténu que les familles continuaient contre toute logique de nourrir. L'administration venait d'accorder à Mathieu Pujol et à ses camarades un titre de reconnaissance dont ils se seraient bien passés, les uns et les autres !

Après quelques secondes de flottement, comme un seul homme, la classe se leva dans un bruit de sabots ferrés et de pupitres malmenés, manifestant par réflexe le respect naturel que l'on devait au premier magistrat de la commune et que les leçons de morale qui débutaient chaque journée avaient inculqué jusqu'au plus cancre des garnements de la classe. « Asseyez-vous les enfants… Asseyez-vous », balbutia l'élu, ému de cette considération à laquelle il n'était pas habitué. Par-delà l'alignement monotone des pupitres sombres et du Godin noir, fidèle sentinelle de ce temple du savoir, il jeta un bref coup d'œil aux murs, y cherchant la trace de son passé personnel. Rasséréné de voir les cartes de Vidal de la Blache et de De Martonne avoir toujours la place d'honneur sur les murs de la petite école, il s'avança jusqu'au bureau, triturant son chapeau entre ses mains.

— Monsieur le maire, fit Jeanne Pujol en se levant, le visage plein d'une déférence toute républicaine, qu'est-ce qui nous vaut l'honneur de votre visite ?

— Oh, ma pauvre Jeanne…

— Sortez dans la cour les enfants… Allez… C'est l'heure de la récré, ordonna la maîtresse d'école avec un aplomb qui trahissait déjà une certaine expérience de la conduite de l'imprévu.

— Je vous écoute, fit-elle lorsque le dernier eut quitté la salle de classe.

— Si je viens vers vous, c'est que… enfin… J'ai une pénible mission.

— Mathieu ?

— Oui, votre mari est officiellement reconnu « Mort pour la France ». J'ai reçu l'avis du ministère ce tantôt. Tenez, lisez vous-même, fit-il en lui tendant une enveloppe de papier bistre ornée d'une semeuse à dix centimes oblitérée d'un timbre baveux.

Jeanne jeta un bref coup d'œil à l'adresse. Le rond de cuir du ministère de la Guerre qui l'avait rédigée avait une plume distinguée où les pleins et les déliés s'enchaînaient en un graphisme élégant qui tranchait avec les pattes de mouches et les maladresses des petits paysans auxquels elle faisait la classe au quotidien. Nerveusement, elle ouvrit le pli. Sur le simple feuillet de papier pré-imprimé, le fonctionnaire zélé s'était contenté de reporter l'identité et l'unité de son mari. Tout le reste avait la sécheresse impersonnelle des formules administratives. En bas de page, un coup de tampon gras authentifiait le document pour lui conférer la légalité émanant de la puissance publique. Dominant l'émotion qui l'étreignait, Jeanne se força à lire chaque mot mais ligne après ligne, elle sentit sa gorge se nouer et ses jambes se dérober.

— Mathieu… Mathieu, balbutia-t-elle, les yeux pleins de larmes avant de se raccrocher, chancelante, au bord d'un pupitre noir.

— Soyez courageuse. Pensez à votre petite Louise !

— Mais qu'ont-ils fait de lui… qu'ont-ils fait de lui ?

— Hélas, ma pauvre enfant !

— Et s'il n'était pas mort ?

— Ce document confirme malheureusement sa disparition.

— Eh bien non ! Je n'en crois rien !

— Vous devez vous rendre à l'évidence, il a donné sa vie comme tant d'autres.

— Non, non et non ! Non, vous m'entendez, non ! lui lança-t-elle, le regard farouche, presque d'un air de défi.

— Jeanne, depuis tant de mois vous deviez bien vous en douter.

— Écoutez-moi bien, monsieur le maire, tant que je ne verrai pas son corps, je ne le croirai pas.

— Mais enfin, Jeanne…

— D'ailleurs je refuse de me mettre en noir !

— C'est pourtant la couleur qui sied aux veuves.

— Depuis quand porte-t-on le deuil des vivants ?

— Soyez raisonnable. Pensez à l'exemple républicain que vous incarnez.

— Ah, non ! Ne me parlez pas de cette République qui sacrifie ses enfants sur l'autel de la patrie pour engraisser les marchands de canons !

— Jeanne ! La douleur vous égare.

— Mon amour m'éclaire !

— Eh bien ma pauvre Jeanne, qu'il vous montre le chemin de la raison… Je vous laisse à vos élèves. Vous savez combien ce blé en herbe a besoin de maître ! À eux de reprendre le flambeau de ceux qui sont tombés pour la patrie, à vous de les y préparer… Si vous avez besoin de quelque chose, vous savez bien où me trouver !

Louis Lacoste marqua un temps d'arrêt. Il savait la jeune institutrice volontaire et conscienciease. Son regard croisa le sien et dans la flamme qu'il vit au fond de ses yeux, il distingua une foi fervente à soulever des montagnes. Jeanne Pujol n'était pas de la race de celles qui se résignent. Pétrie des valeurs idéalistes apprises à l'École normale de Foix, formée au moule des hussards de la République, la jeune femme le toisa d'un regard glacé qui en disait long sur sa froide détermination. Louis Lacoste soupira. Il avait encore deux autres désagréables visites du même genre à faire dans le village… Puis, étouffant un borborygme, il lui serra simplement la main avant de coiffer son chapeau, de tourner les talons et de traverser la petite salle de classe qui sentait la craie, l'encre violette et la sueur.

Quand Louis Lacoste eut tiré la porte vitrée de la classe derrière lui, Jeanne sentit brutalement ses jambes l'abandonner pour de bon. Submergée par cette vérité qui venait la frapper comme un boomerang, elle vacillait. Ah cette lettre ! Il y avait des mois qu'elle redoutait de la recevoir. Combien de fois, dans le silence lourd du soir, en soufflant la bougie avant de se glisser dans les draps de son lit en bois blanc, n'avait-elle appréhendé ce moment-là ? Devant lui, elle avait courageusement fait face à cette annonce mais là, maintenant, elle devait se cramponner au bureau pour ne pas défaillir. La bouche sèche, la gorge nouée d'une émotion si intense qu'elle était incapable de crier, elle avait l'impression d'être comme ces poulets qui se vident de leur sang au-dessus d'une écuelle avant d'expirer dans le dernier spasme d'un battement d'ailes. Péniblement, elle déglutit, cherchant à faire retrouver à son cœur un rythme plus régulier.

Il fallut à Jeanne Pujol plusieurs secondes pour se ressaisir. Rejetant la masse de ses cheveux auburn en arrière, elle respira profondément pour chasser la douleur qui menaçait de lui faire perdre la raison. Dans sa tête, un mot tournait comme ces inexorables ritournelles que les enfants se plaisent à fredonner. Non, non et non… Non et non ! Non ! Au tréfonds d'elle-même, Jeanne ne pouvait croire que son mari était mort. Elle l'aimait trop ! Oh bien sûr, cette lettre du ministère officialisait la disparition de son Mathieu. Mais qu'est-ce que l'administration militaire en savait ? Avait-elle des preuves de son décès ? Avait-on retrouvé son corps ? Non, rien de tout ça… Quant à cette plaque d'identité, son mari avait pu tout simplement la perdre dans ce combat titanesque… Peut-être était-il prisonnier dans un de ces innombrables camps de prisonniers de l'Allemagne impériale de Guillaume II !

Certes il y avait maintenant des mois et des mois que son mari avait été porté disparu, appellation administrative pudique pour cacher une mort certaine. La plupart des veuves, en ces circonstances, passé la sidération et le déni, s'abîmaient dans l'abattement et la tristesse avant de basculer dans une résignation conduisant à l'acceptation fataliste. Selon l'usage du temps, Jeanne Pujol aurait donc dû se draper dans sa douleur comme dans les longs voiles noirs de son grand deuil selon les convenances qui en exigeaient le port pendant une année. Bannissant tout bijou, même ceux en bois ou en verroterie, elle devait se refuser pendant six semaines à toute visite ou sortie. Passé ce délai, le gris lui serait toléré mais arborer un vêtement coloré avant deux ans eût été très mal vu. Pour être respectable, Jeanne savait que son deuil devait socialement comporter le papier à lettres bordé d'un liseré noir et qu'il convenait de peindre aussi en noir les cadres des miroirs.

Mais Jeanne Pujol appartenait à la race des battantes, à la catégorie de celles que rien ne décourage. Son parcours professionnel ne le prouvait-il pas déjà ? Fille de ces paysans courbés sur la glèbe l'année entière, elle ne devait son ascension sociale qu'aux interminables heures d'études passées à s'user les yeux à la lumière vacillante de la chandelle sous la férule bienveillante de Jules et d'Odette Lagarrigue. À ce couple de maîtres vénérés, Mathieu avait succédé à la rentrée d'octobre 1913, après deux ans passés à Campagne-sur-Arize. D'eux, ils avaient appris plus que les valeurs de la République : le sens du devoir, la foi dans l'homme et l'espérance sociale en un monde meilleur. Aujourd'hui, restée seule dans l'adversité avec la petite Louise, elle s'efforçait à son tour de les enseigner à des galapiats tout aussi dépenaillés qu'eux-mêmes au temps de leurs vertes années.

Aussi, contre toute logique, préférait-elle continuer de croire que Mathieu était encore vivant. Mais qui, sinon Gabrielle Cassé ou Étiennette Grauby, pouvait en ces tristes instants partager cette espérance insensée ? Auguste, le mari d'Étiennette et Adolphe, celui de Gabrielle, ne servaient-ils pas dans le même régiment que son mari, le 259e RI, depuis le début de cette guerre ? Les épreuves avaient rapproché les trois femmes, fondant une amitié sur la solidarité qu'une même situation avait initiée. Elle se promit d'aller les voir juste après la classe, écourtant pour une fois la traditionnelle étude du soir… L'une exerçait la modeste profession de couturière et l'autre le métier pénible de laveuse-repasseuse. Gabrielle et Étiennette habitaient toutes deux à l'orée du village et en empruntant la rue du Barry, Jeanne Pujol n'avait que le pont des Arcades, sur l'Arize, à traverser pour les rejoindre. Qui sait ? Peut-être avaient-elles de meilleures nouvelles ? Domptant l'angoisse qui l'avait fait chanceler, elle traversa la salle de classe et sortit dans la cour de la petite école. L'espoir lui faisait toujours battre le cœur lorsqu'elle tira fermement la chaînette de fer pour actionner la cloche de bronze suspendue au mur qui signifiait aux chenapans la fin de cette récré imprévue.

Le passage du « petit train » qui empruntait la grande route et traversait tout le village quatre fois par jour pour relier Carbonne au Mas-d'Azil depuis le 1er août 1911 marquait traditionnellement la fin de la journée de travail pour les habitants de Daumazan. Il faisait partie de la vie de la commune, répandant son torrent de fumée noire et d'escarbilles par-dessus ses wagons vert olive qui empuantissaient les rues de la bourgade de l'odeur âcre du charbon de Decazeville. À ses coups de sifflet successifs, poules et canards, chiens ou chats, se hâtaient de fuir l'entrelacs des rails et se sauvaient. Parfois un resquilleur ou quelque vaurien s'accrochait à la rambarde de la dernière voiture et, juché sur le marchepied, voyageait gratuitement jusqu'à l'arrêt suivant, sautant en marche au risque de se casser le cou.

Comme chaque jour, au bruit familier du tortillard, Jeanne n'eut guère besoin d'autre injonction pour faire ranger leurs affaires aux garnements. À son claquement de mains, la classe s'ébroua en une cacophonie aiguë de voix enfantines. Telles des bouches goulues et affamées, les pupitres de bois noir s'ouvrirent pour avaler en un rien de temps porte-plumes, gommes, crayons gras et cahiers. Comme une volée de moineaux, les gamins, avec leurs jambes grêles, se précipitèrent vers la sortie en un tohu-bohu bon enfant. Dans la classe déserte, Jeanne procéda au rituel de tous les soirs : elle remisa sa longue baguette de bambou dans l'angle du mur, rangea les livres dans l'armoire vitrée, effaça soigneusement d'un coup de chiffon son tableau avant de le laver abondamment d'une éponge humide pour qu'il retrouve la profondeur de ce noir où se perdait le regard des cancres.

Repoussant exceptionnellement la correction des cahiers du jour au lendemain matin, Jeanne, après avoir demandé à sa collègue de s'occuper de sa fille, coiffa son chapeau qu'elle arrima solidement à l'aide de deux longues aiguilles avant de se couvrir les épaules d'une capeline de laine grise. Puis, d'un pas décidé, elle parcourut l'allée centrale, contourna l'énorme Godin qui y trônait et sortit. Dehors, le vent mauvais qui balayait les rues de Daumazan la fit frissonner. Ce mois de novembre n'était vraiment pas agréable ! Baissant la tête sous la rafale, elle hâta le pas pour traverser le bourg. Un quart d'heure plus tard, alors que le jour commençait à décliner, donnant au ciel cette luminosité particulière dite entre chien et loup, Jeanne Pujol arriva devant la petite maison basse en brique rouge où habitait Gabrielle Cassé. Curieusement, il n'y avait nulle lumière. Gabrielle serait-elle sortie ?

Poussant la porte, elle fit deux pas à tâtons dans le couloir sombre. « Gabrielle ? Gabrielle ? Vous êtes là ? » lança-t-elle à haute voix. Faute de réponse, elle avança jusqu'au seuil de la cuisine. Une bouffée d'angoisse la submergea brutalement. Sans être dépressive, Gabrielle était fragile… Elle était loin d'avoir sa force de caractère. Pénétrant dans la pénombre épaisse de la modeste cuisine, elle distingua une silhouette affalée sur une chaise. Jeanne tourna l'interrupteur de porcelaine blanche, faisant jaillir une lumière jaunâtre d'une ampoule de vingt-cinq watts toute tachetée de chiures de mouches. Assise à la table de la cuisine, une bouteille d'eau-de-vie de prune largement entamée devant elle, Gabrielle avait le regard vague et l'œil hagard, le visage ravagé de longs sillons tracés par les larmes.

— Gabrielle ? Oh mon Dieu ! Mais qu'est-ce qui vous arrive ?

— Je… Je… fit son amie, la bouche pâteuse en la regardant avec l'œil torve des pochardes.

— Vous avez eu un malaise ?

— Malaise ? Ah… Je ne me souviens pas très bien ! Non, je crois pas…

— Mais Gabrielle, ma parole, vous avez bu ?

— Moi ? Oui… Peut-être…

— Ah mon Dieu, Gabrielle ! Regardez-vous !

— Moi ? Hé ! Qu'est-ce qu'il y a ?

— Dans quel état êtes-vous !

— Mon état ? Dites-moi plutôt ce qu'ils ont fait d'Adolphe, fit Gabrielle en ouvrant un œil aussi triste qu'une daurade grise sur un lit de glace pilée.

— Ma pauvre amie !

— Hein ?

— Vous feriez mieux d'aller vous coucher !

— Qu'est-ce qu'ils ont fait de lui ? Dites-moi ? Où est-ce qu'il est mon Adolphe ? Où est-ce qu'il est ? Vous ne savez pas ? Eh bien, je vais vous le dire, moi… Six pieds sous terre ! Il est mort pour la France !

— Il faut garder espoir.

— Espoir ? Ah, vous en avez de bonnes, Jeanne. Non, jamais il ne reviendra ! Il est mort, vous m'entendez, mort ! Mort ! Jamais plus il ne me serrera dans ses bras !

— Louis Lacoste est passé vous voir, c'est ça ?

— Ah oui, ce corbeau de mauvais augure m'a montré la lettre.

— Ce n'est pas une raison pour vous saouler ainsi.

— Qu'est-ce qu'il me reste à présent ?

— Gabrielle, un peu de dignité, tout de même !

— La dignité ! Si vous saviez ce que je m'en fous maintenant !

— Croyez-vous qu'Adolphe serait content s'il voyait sa femme ainsi ?

— Sa femme ? Sa veuve, vous voulez dire !

— Jusqu'à preuve du contraire, Gabrielle, je considère que nos hommes sont toujours vivants !

— Ma pauvre Jeanne ! Vous êtes bien la seule.

— Cette guerre va bien s'arrêter un jour. Je suis sûre qu'ils vont réapparaître.

— Mais où croyez-vous qu'ils soient ?

— Prisonniers sans doute.

— Dieu vous entende !

— Laissez le Bon Dieu où il est, répliqua vertement Jeanne, imprégnée de l'athéisme profond propre aux hussards d'une République anticléricale qui une dizaine d'années plus tôt avait fait voter la loi de séparation de l'Église et de l'État.

— À chacun son espérance, fit Gabrielle en tendant la main vers le verre de prune pour le porter à ses lèvres.

— Bon sang ! Mais arrêtez-vous de boire, répondit Jeanne en lui saisissant le poignet. Je vous en fais la promesse, j'irai moi-même les chercher s'il le faut !

— Et quand ?

— Dès que la paix sera revenue…

Un an plus tard à quelques jours près, un peu avant midi, le 11 novembre 1918, les cloches se mirent à carillonner à toute volée, se répondant de clocher en clocher de l'Arize au Volvestre. Dans sa salle de classe, Jeanne se précipita vers la fenêtre. Les pigeons affolés par le vacarme tournoyaient autour du clocher octogonal de l'église Saint-Sernin. C'était la victoire ! Une liesse populaire spontanée jeta promptement les habitants de Daumazan dans la rue malgré un ciel gris et maussade où les cumulonimbus faisaient la sarabande. Les gens s'embrassaient, se congratulaient. Ils oubliaient les brouilles ancestrales et leurs petites haines ordinaires de voisinage pour communier avec ferveur dans la joie de la paix retrouvée. Drapeau en tête claquant au vent mauvais de novembre, une cohorte de villageois improvisa alors un défilé fougueux dans la grand-rue.

À l'école, Jeanne Pujol et ses collègues donnèrent exceptionnellement congé aux élèves qui s'égaillèrent en braillant pour participer eux aussi à l'allégresse générale. Pour les quelques permissionnaires qui étaient revenus au pays cette semaine-là, cette volée de cloches suscitait plus qu'un formidable espoir. Ce tocsin sonnait pour une victoire si longtemps espérée qu'on n'osait plus y croire même si les armées teutonnes reculaient depuis le 8 août sous l'impact de la grande offensive du généralissime Foch. Entendre ainsi battre les cloches alors que la guerre avait encore fait ce jour-là onze mille morts était quelque peu irréel. Cette guerre était finie. Ils avaient gagné le droit de vivre, celui d'aimer, de rire. Demain avait à nouveau un avenir. Non, ils n'allaient plus mourir !

Passée l'euphorie de la victoire, repliés les drapeaux et oubliés les flonflons, la vie avait progressivement repris ses droits. Oh, certes, l'armistice n'était pas la paix et le cessez-le-feu officiel à 11 heures n'avait pas impliqué le retour immédiat des hommes. Il avait donc fallu attendre encore quelques semaines pour voir les premiers soldats démobilisés rentrer à Daumazan, au début de l'année 1919. Beaucoup avaient en effet involontairement « pimenté » la fin de ce long conflit par plusieurs semaines d'occupation en Rhénanie, profitant des avantages de leur condition de vainqueurs. Les Allemandes, tout aussi veuves que les Françaises dans cette guerre civile européenne, n'étaient-elles pas après tout des femmes comme les autres ? Et sous les regards désabusés des anciens combattants retrouvant difficilement la vie civile, comme les feuilles mortes, les voiles de deuil étaient tombés.

Mais pour Jeanne Pujol, ce pluvieux printemps 1919 qui avait succédé à un hiver rigoureux avait un goût bien amer. De semaines en semaines, l'espoir du retour hypothétique de Mathieu s'était effiloché avec la réapparition progressive des beaux jours. Mai était déjà là, faisant fleurir les roses dans les jardins de ce bourg qui avait vu naître le compositeur et organiste Albert Périlhou, ami de Gabriel Fauré, et Mathieu n'était toujours pas rentré… Jeanne s'abrutissait de travail pour ne pas trop penser. Seules les facéties de sa petite Louise, qui allait sur ses sept ans, parvenaient à lui arracher parfois un timide sourire. La vie politique ne l'intéressait plus : les chaotiques débuts de la république de Weimar marqués des derniers soubresauts des spartakistes à Berlin qui éloignaient les perspectives d'une révolution en Allemagne, l'acquittement de l'assassin de Jaurès, tout la laissait presque indifférente… Mais, jour après jour, Jeanne sentait bien qu'elle était encore la seule à croire Mathieu vivant.

À Daumazan comme ailleurs, les hommes de retour redécouvraient le monde tel qu'il était hors des tranchées où ils avaient vécu pendant cinq années. Vêtus de leur Abrami, ce costume national à cinquante-deux francs, il leur fallait réapprendre la vie civile, affronter la concurrence des femmes qui avaient bien souvent pris leur place… Un nouveau parcours du combattant ! L'image des disparus s'effaçait de la mémoire des survivants de cette tragédie pour rejoindre le panthéon des héros oubliés. Les mois, les années pouvaient venir, les poilus et leurs veuves n'avaient désormais plus rien à perdre !

Comme Roland Dorgelès l'écrivait dans son célèbre roman *Les Croix de bois* : « Et les morts mouraient pour la deuxième fois… » Depuis plusieurs semaines déjà, Gabrielle et Étiennette n'avaient-elles pas fait le deuil de leurs maris, quittant sans regrets le noir de leurs vêtements pour du gris ?

— Ma pauvre Jeanne, il faut vous faire une raison… Nos hommes ne reviendront jamais ! Pensez plutôt à votre petite fille.

— Mais Gabrielle, c'est justement parce que je pense à elle, parce que je veux que Louise retrouve son père ! Comment pouvez-vous oser dire ça ?

— Parce que c'est l'évidence.

— Je ne peux le croire. D'ailleurs, ne savez-vous pas qu'il est encore rentré des prisonniers cette semaine ?

— Jeanne, vous savez bien que les rapatriements sont terminés depuis le mois de janvier.

— Pourtant, j'ai lu pas plus tard qu'avant-hier un article dans *La Dépêche* disant qu'ils revenaient de Russie, fit Jeanne.

— Ah si bien sûr, si votre Mathieu faisait partie de ceux que les bolcheviques ont libérés là-bas.

— Oh… Que Dieu vous entende, murmura Jeanne en levant les yeux au ciel.

— C'est vous qui dites ça ?

— Oui, Gabrielle. Je finirais même par y

croire, si Mathieu revenait. Tenez, j'irais même tous les jours à la messe !

— Ne vous bercez pas trop d'illusions !

— Pourquoi ?

— C'est juste une poignée d'hommes !

— Et alors ?

— Je doute fort qu'ils aient quelque point commun avec votre Mathieu !

Gabrielle avait raison, les très rares prisonniers qui rentraient plus tardivement que les autres au pays, en ce printemps 1919, avaient tous connu des conditions de détention particulières, très éloignées du lot commun des deux millions et demi de prisonniers ordinaires, rapidement libérés au lendemain de l'armistice comme les Alliés l'avaient exigé. En marge des trois cents *Mannschaftslager* et des soixante-treize camps de prisonniers que les Allemands avaient érigés, préfiguration du système concentrationnaire, les camps de représailles, tous situés dans des régions à climat rigoureux, accueillaient la foule des durs à cuire. Fortes têtes souvent issues des corps francs, tueurs des sinistres équipes de nettoyeurs de tranchées, bien souvent prêts à faire le coup de poing ou à manier le couteau papillon, ils ne pliaient que sous la discipline de fer de leurs chefs d'équipe. Autant de gens qui n'avaient que peu de rapports avec l'idéaliste Mathieu Pujol, instituteur pétri des idées de Jean Jaurès !

Et l'été arriva… En cette fin juillet 1919, l'année scolaire touchait à sa fin. Ces jours derniers, la chaleur était même torride. Elle écrasait hommes et bêtes d'une chape de plomb brûlant qui desséchait les feuilles des arbres et les racornissait. De jour en jour, les blés prenaient une couleur d'or sombre. Pressés de moissonner, les paysans scrutaient anxieusement l'azur à l'affût de tout signe d'orage. Ils guettaient fébrilement l'arrivée des batteuses à vapeur qui les délivreraient des colères du ciel. Avec le temps des moissons, les vacances étaient, elles aussi, enfin proches. À l'école, les enfants devenaient de plus en plus turbulents. Même Jean Laborde, le collègue de Jeanne Pujol qui avait traditionnellement la charge des grands, s'en plaignait. Pourtant, d'ordinaire, sa légendaire poigne de fer, la sévérité naturelle de son visage anguleux encore durci par une épaisse moustache suffisaient à refroidir les envies des plus chahuteurs. Seuls ceux qui présentaient le certificat d'études manifestaient encore quelque ardeur à l'ouvrage.

Les résultats du certif proclamés, deux jours après le début officiel des congés d'été, à l'heure où la sieste est l'activité estivale dominante, Jeanne Pujol pénétra chez Marguerite Dumas qui tenait l'un des trois salons de coiffure de Daumazan. Plus spécialement réservée aux dames, la boutique faisait aussi office de parfumerie, offrant derrière les baies vitrées d'une devanture en bois fraîchement ripolinée en rouge un échantillonnage de produits de beauté assez varié pour donner aux femmes de la campagne l'impression d'être presque des Toulousaines. Marguerite, qui avait travaillé comme première ouvrière chez un coiffeur des grands boulevards, s'était installée dans le bourg au printemps 1917, prenant la suite de son oncle, l'un des capilliculteurs pour hommes du village, brutalement décédé quelques mois plus tôt. Sensiblement du même âge que Jeanne, la vie, cruellement marquée du sceau du destin, les avait rapprochées. Depuis dix mois, Marguerite était veuve de guerre comme beaucoup d'autres femmes de ce temps-là. Toutefois, le décès de son jeune époux ne devait rien aux balles allemandes. Aux portes de la victoire, le malheureux qui avait par miracle échappé à maintes reprises aux shrapnels boches avait été victime de la deuxième vague de l'épidémie de grippe espagnole qui avait touché le pays à l'automne 1918.

— Qu'est-ce qui t'amène par cette chaleur ? lui demanda Marguerite en reposant l'éventail qui lui servait à chasser la moiteur envahissante sur son visage.

— Prends tes ciseaux et rafraichis-moi la coupe de cheveux.

— Ça ne peut pas attendre demain ?

— Non, demain, je serai partie.

— Ah, c'est donc pour ça ! lui répondit-elle, au courant de ses projets.

— Oui, je vais d'ailleurs aller prendre mon billet.

— Et à quelle heure pars-tu ?

— J'ai l'omnibus à Carbonne à 7 h 53. Ainsi à Toulouse, je peux attraper l'express de 9 h 47. Je coucherai à Paris avant de reprendre le train pour l'est.

— Et ta petite Louise ?

— Rassure-toi, je l'ai confiée hier à mes parents.

— Tu as tout prévu, je vois. Tu tiens absolument à faire ce pèlerinage ?

— Oui, mon sac est bouclé.

— Tu ne sais même pas où aller.

— Je vais dans le secteur de Verdun, là où il était. Au fait, Marguerite, tu m'arroseras les géraniums ?

— Bien sûr, le jardin aussi. Tu comptes rester absente longtemps ?

— Le temps qu'il faudra…

— Ah ma pauvre Jeanne ! Qu'espères-tu trouver ?

— Une trace de lui. On ne s'évapore pas comme ça !

— Ton Mathieu n'est hélas pas un cas unique.

— Je sais qu'il y en a bien d'autres, mais pas lui ! Je remuerai ciel et terre !

— Ah la terre ! Je crains que ce ne soit là qu'il ne te faille chercher en effet.

— S'il faut, j'irai au ministère.

— À Paris ?

— Oui. Je ne peux rester dans cette incertitude. Je veux savoir, tu comprends ?

Vêtue d'une sévère toilette grise qui forçait le respect, le sac de voyage en cuir fauve de Mathieu sous le bras, les cheveux coiffés d'un strict chapeau cloche, Jeanne Pujol, sans autre maquillage qu'un fard léger, avait pris le petit train à Daumazan pour attraper l'omnibus poussif qui desservait le Volvestre. Oh, Jeanne Pujol ne partait pas pour autant à l'aventure ! Depuis des mois et des semaines, munie d'un guide Michelin sur la couverture rouge duquel la sympathique silhouette de Bibendum poussait un pneumatique, elle avait mûri son plan, jonglant avec les horaires. L'ouvrage, distribué alors gratuitement aux mécaniciens et dans les garages, était assez abondamment agrémenté de réclames d'hôtels et de restaurants pour lui permettre d'organiser son voyage.

Le tortillard flemmardait dans la plaine toulousaine. Le soleil était déjà haut dans le ciel d'un bleu translucide et la journée promettait d'être aussi chaude que les précédentes. La fraîcheur relative de la nuit, amenée par un léger vent des

Pyrénées, se dissipait de minute en minute tandis que les coqs lançaient encore quelques cris de victoire, histoire de rappeler qu'ils étaient les vrais maîtres des basses-cours. Jeanne regardait le paysage défiler devant ses yeux. Dans le trottinement des sabots des bêtes qui soulevaient sur les carretières des nuages de poussière collante et un cortège de mouches bourdonnantes, la campagne bruissait du va-et-vient incessant des hommes et des femmes de la glèbe, de ce laborieux peuple des petites gens, ces lève-tôt qui ne connaissaient de la vie que la dureté du labeur et la frugalité quotidienne propre au salariat agricole.

Débarquée de l'omnibus de Carbonne un peu après 9 h 15, Jeanne Pujol émergea sur un quai de gare empuanti de l'odeur grasse et collante du lignite que l'occupation de l'Allemagne commençait à fournir. Prenant garde au ballet incessant des locomotives qui s'entrecroisaient dans un vacarme furieux ponctué de coups de sifflets et de jets de vapeur tièdes, elle franchit les voies pour gagner le bâtiment en pierre de taille érigé en 1905 par l'architecte Toudoire appelé « gare Matabiau ». Elle traversa la salle des pas perdus et s'approcha du guichet des grandes lignes. Là, derrière un grillage de laiton, un employé de la Compagnie des chemins de fer du Midi, les avant-bras revêtus des traditionnelles manchettes de lustrine noire, le nez pincé d'un lorgnon d'acier, lui demanda avec la lassitude de ceux qui effectuent un travail fastidieux :

— C'est pour quoi ?

— Un billet pour Paris, s'il vous plaît, monsieur…

— Quelle classe ?

— La moins onéreuse…

— C'est donc la troisième. Vous voulez un aller simple ?

— Est-ce moins cher si je prends aussi le retour ? demanda Jeanne pour qui ce long voyage, outre la charge émotionnelle qu'il impliquait, représentait aussi une dépense importante.

— Oui, mais le retour n'est valable que vingt jours.

— C'est bien court. Et au-delà ? fit-elle, ignorant combien de temps allait durer son expédition dans l'Est de la France.

— Eh bien, madame, il faudra vous munir de justifications pour le faire prolonger.

— À Paris ?

— À n'importe quel guichet de gare !

Nantie de son billet, Jeanne Pujol se hasarda à faire quelques pas dans la cour de la gare où en cette année 1919, les véhicules automobiles supplantaient désormais les attelages et la traction animale d'hier. Par-delà les eaux sombres du canal du Midi, la rue Bayard offrait au regard sa perspective d'hôtels. Une intense animation agitait tout le quartier d'une gouaille populaire et bon enfant. On s'interpellait en injonctions sonores colorées d'un accent ensoleillé. Jeanne huma l'air qui tiédissait. Pas question d'aller flâner en ville. Elle avait trop peur de rater son train. Elle se contenta d'acheter un exemplaire de *La Dépêche* et du *Télégramme*, cet autre hebdo du Midi toulousain publié depuis 1892, et dont les bureaux avaient déménagé juste avant-guerre, rue de Constantine. Ainsi, elle aurait de la lecture pendant ce long voyage de douze heures.

Le rectangle de carton poinçonné par l'agent de quai, installée tant bien que mal sur une inconfortable banquette de bois, patinée par l'usage régulier des voyageurs, son voisin, un Corrézien rougeaud, ne tarda pas après l'ébranlement du train à sortir de son baluchon un saucisson à l'ail, une miche de pain noir et un bouteillon de gros rouge. Sa cinquantaine fleurie débordait d'une joie communicative que Jeanne n'était guère d'humeur à partager. Plongeant le regard par la fenêtre sale, Jeanne préférait découvrir cette France qui déroulait ses paysages en un cours de géographie vivante. Ainsi, la plaine toulousaine ne tarda pas à s'estomper à l'approche du relief et des contreforts du Massif central. Bientôt, la voie ferrée ne fut plus qu'un sillon entre d'abruptes parois rocheuses, s'enfonçant à intervalles réguliers dans l'abîme de tunnels aussi sombres que des fours où, dans un vacarme assourdissant, la motrice en plein effort laissait échapper dans l'obscurité des volutes abondantes d'escarbilles qui ressemblaient à des pluies d'étoiles filantes.

Après un long arrêt à la gare de La Souterraine pour ravitailler en eau et en charbon, la locomotive, une moderne Pacific de type 231, était repartie, traçant sa route à toute vapeur vers le Bassin parisien pour atteindre finalement la gare d'Orsay, une des trois gares parisiennes de la rive gauche de la capitale, au terme de sept cent treize kilomètres de route effectués en douze heures à la vitesse moyenne de cinquante-sept kilomètres-heure. Épuisée par ce long et inconfortable voyage où les cahots l'avaient ballottée comme un vulgaire paquet de chiffons, le corps meurtri de courbatures, les yeux brûlants et rougis d'avoir fixé la fenêtre des heures durant pour n'en perdre aucun détail, Jeanne Pujol avait débarqué sur le quai de la gare à demi hébétée. Emportée par la foule pressée de sortir, le chapeau malmené, sa main crispée sur la poignée de son sac en cuir de peur de le perdre, Jeanne se retrouva bientôt sur le trottoir de la cour des arrivées.

Dépassée par le flot humain qui l'avait portée jusque-là, l'incertitude aux lèvres, Jeanne tourna fébrilement la tête, se demandant où elle pouvait aller dormir… Pas question de passer une nuit dans une salle d'attente empuantie d'odeurs de transpiration ! C'était au-dessus de ses forces ! Après avoir hésité quelques minutes, son choix se porta finalement vers l'hôtel Terminus. Ce voyage, elle l'avait tant voulu… Alors, tant pis si son pécule allait en souffrir ! Peu familiarisée avec les grandes expéditions – elle n'avait jamais été plus loin que Toulouse –, Jeanne devait avoir l'air d'une vraie dinde pour que le réceptionniste, un quinquagénaire chauve et rigolard, flairant la provinciale gauche et empruntée, lui lance : « Ah, voilà une petite dame qui est de sortie ! » Elle le toisa et, drapée dans une dignité glaciale, elle lui demanda s'il avait une chambre simple pour la nuit. Défrisé par sa froideur, l'hôtelier marmonna : « La 127, à gauche, au premier étage ! » Saisissant le lourd porte-clés qu'il lui tendait, Jeanne s'engouffra prestement dans l'escalier. Arrivée sur le palier, elle poussa la porte d'une chambre triste à rendre un commis voyageur dépressif. Épuisée par son périple, à peine fut-elle déshabillée qu'elle s'endormit comme une masse.

Réveillée d'aussi bonne heure que si elle avait classe, habillée prestement, Jeanne descendit avaler un café et dans la lumière crue du petit matin, elle se précipita dehors le cœur rempli d'une foi à soulever des montagnes. Élevée selon les préceptes d'une France jacobine et républicaine, Jeanne Pujol n'ignorait pas que le pavé qu'elle foulait était celui où avaient germé les fleurs immortelles de l'égalité et de la liberté. Ces pavés noirs résonnaient encore des pas glorieux et des cris de délivrance que poussaient les révolutionnaires hargneux de 1789, ceux de 1830 et de 1848, tous en lutte contre l'oppression tyrannique des monarchies. Endeuillé du sang des fédérés de 1870 qui avaient échoué à rétablir une république sociale, ce pavé qui vibrait encore de la semelle cloutée des brodequins des poilus du défilé de la victoire, ce pavé-là, au petit matin de cette fin juillet 1919, était gluant de l'eau des arroseuses municipales, qui de leur jet purificateur chassaient malheur et misère encore bien répandus chez les classes populaires déshéritées. Autant de réminiscences qui pouvaient lui donner du courage dans la quête insensée qui était la sienne…

Optant pour le taxi afin de gagner plus rapidement la gare de l'Est et faute de savoir prendre le métro en bonne provinciale qu'elle était, Jeanne embarqua dans un express crasseux et puant qui, via Reims, la conduisit à Verdun, distant de deux cent soixante-huit kilomètres. Au fur et à mesure qu'elle se rapprochait de la ligne du front, un sentiment d'anxiété la saisissait. À chaque tour de roue, son cœur battait un peu plus la chamade. Jeanne avait vu dans la presse des photos du théâtre des combats. La revue *L'Illustration* en avait assez complaisamment publié pour souligner l'héroïsme des poilus et l'opposer à la barbarie des boches. Elle n'ignorait pas qu'ici s'était en partie joué le sort de la guerre. Quelles traces de Mathieu pouvait-elle espérer retrouver là ? Des semaines durant, Jeanne avait pourtant longuement étudié la carte d'état-major. Son mari lui avait parlé du village de Cumières-le-Mort-Homme… Elle était arrivée à identifier le lieu-dit Bois des Corbeaux, d'où Mathieu lui avait écrit pour la dernière fois.

Débarquant du train vers midi, Jeanne constata que malgré le soleil généreux, Verdun, ville fortifiée et entourée d'un vaste réseau défensif, terminus de la Voie Sacrée selon l'expression de Maurice Barrès, portait les stigmates d'un conflit où les pertes avaient atteint jusqu'à 3 000 hommes par jour. Au terme d'une lutte de près de 300 jours et 300 nuits, cette effroyable bataille déclenchée en février en 1916 par le général Falkenhayn avait fait 714 000 tués et plus de 400 000 blessés ! Destiné à saigner à blanc l'armée française, symbole de cette guerre qu'on voulait être la « der des ders », le déluge de feu avait haché et nivelé les deux rives de la Meuse. Neuf villages, ceux de Beaumont, Bezonvaux, Cumières, Douaumont, Fleury, Haumont, Louvemont, Ornes, Vaux… avaient disparu, écrasés sous les cinquante-trois millions d'obus de tous calibres des deux camps ! Comment retrouver trace de Mathieu dans un tel paysage lunaire où le sol avait été labouré de six obus au mètre carré ?

Errant dans la cour de la gare à la recherche d'un moyen de transport pour gagner ce secteur du « Mort-Homme », Jeanne, un peu perdue, après avoir déjeuné d'un sandwich au buffet, avait eu la chance de rencontrer un roulier qui avait accepté de la conduire avec sa camionnette à Cumières à seize kilomètres de là. Dans la voiture qui l'amenait vers ce village disparu, elle poussa un long soupir. Maintenant, elle était à pied d'œuvre ! D'ici, Mathieu lui avait écrit sa dernière lettre… En marchant vers ce Bois des Corbeaux où son mari avait disparu, elle essayait de comprendre comment la puissance du feu avait pu ravager ce qui devait être un paisible vallon dans cette avant-guerre que l'on qualifiait maintenant de Belle Époque. Mais saisir la fureur des combats, imaginer la « brutalisation » d'un conflit où l'homme avait fini par n'être qu'un matériel parmi tant d'autres était bien difficile pour elle. Faute d'avoir foulé cette terre calcinée, gorgée de chairs et imbibée de gaz, d'avoir respiré cette odeur âcre de cordite qui se mêle au parfum fade du sang des corps martyrisés, jamais elle ne pourrait partager le vécu de ces hommes dont Clemenceau disait qu'ils avaient des droits sur nous.

Plus Jeanne s'avançait, plus le chemin n'était qu'une sente défoncée, jonchée de débris épars.

Il y avait là un inventaire à la Prévert où, pêle-mêle, l'œil avisé d'un chercheur de trésor eût reconnu çà et là un bouton d'uniforme, la douille rongée de vert-de-gris d'une cartouche, un bidon perforé d'un éclat d'obus, une fourchette tordue, un chargeur semi-circulaire tout cabossé de FM Chauchat, un morceau de fil de fer barbelé, une cartouchière vide qui achevait de pourrir… De part et d'autre du sentier, la terre, battue et rebattue par les volées d'obus des deux camps, avait perdu toute vocation agricole pour longtemps. Peut-être valait-il mieux que les blés n'y poussent plus jamais ! Au lieu d'être dorés au soleil de juillet, leurs épis n'auraient-ils pas été de la couleur de ce sang qui avait trop coulé ? L'herbe, par touffes, avait entrepris la reconquête du champ de bataille. Mais la nature reprenait ses droits difficilement et les arbres se limitaient encore à des troncs fracassés, tragiques moignons tendus vers le ciel comme l'ultime prière d'hommes dont le seul rendez-vous était celui fixé par la grande faucheuse. Ah ! Les chefs pouvaient bien écrire : « On les aura… », elle les avait eus, la Camarde !

Parcourant le chemin chaotique en évitant les quelques flaques d'eau boueuses que l'orage de la veille avait laissées, errant sur ce champ d'honneur devenu un champ d'horreur, toujours à la recherche d'indices qui se révélaient introuvables, Jeanne Pujol ne savait plus où aller. Happée par les traces de la tragédie qui s'étendait sous ses yeux, elle était quelque peu déboussolée. Elle avait beau tourner la tête, elle ne voyait que le spectacle d'une désolation que la nature mettrait du temps à digérer. Brusquement, son regard accrocha un détail. Au ras du sol, elle distingua un débris plus blanc que les autres. Elle fronça les sourcils, fit un pas en avant, tendit machinalement la main pour soudain rester tétanisée. Ce qu'elle avait devant elle était un morceau de vertèbre, les restes d'un homme désintégré par une mitraille qui l'avait écrasé mécaniquement. Glacée d'horreur, Jeanne ne put s'empêcher de pousser un cri d'effroi.

À une cinquantaine de mètres d'elle, légèrement en retrait du chemin, sur un mamelon au relief raboté, un reste de corps de ferme dressait le squelette de ses murs noircis. Le bombardement qui l'avait touché avait dû être d'une extrême violence. Les murs étaient broyés à hauteur d'homme et seule la toiture d'une grange aux trois quarts détruite laissait apparaître une charpente fracassée où une cascade d'ardoise achevait de s'effondrer. À l'angle du bâtiment, un groupe de soldats en bleu horizon s'affairait à extraire du sol glaiseux un lot d'obus de 75 pour les entasser en pile sur une charrette. À entendre crier Jeanne, l'un d'eux, un petit gradé, leva la tête. Le soldat arborait trois minces chevrons de laine bleue sur sa manche, symbole des deux années qu'il avait passées au front. Seul Européen d'une escouade formée d'Indochinois, le visage barré d'une moustache en crocs énergiques, il prenait son fastidieux travail de nettoyage à cœur. Laissant ses hommes poursuivre leur monotone travail, le mousqueton 1892 à l'épaule, il se détacha du groupe pour venir à sa rencontre.

— Hé ! Vous là…

— Moi ?

— Oui, vous, madame ! Que faites-vous donc là ?

— Eh bien, je cherche…

— Il n'y a rien à chercher par ici !

— C'est que…

— Vous n'avez pas vu les panneaux ?

— Quels panneaux ?

— « Terrain militaire », « Défense d'entrer ».

— Ma foi, non. Pourquoi des panneaux ?

— Parce que, madame, vous êtes ici en zone rouge !

— En zone rouge ? Que voulez-vous dire ?

— En zone interdite, si vous préférez !

— Interdite pourquoi ? demanda Jeanne naïvement.

— Les obus… Tout autour de vous, il y en a des centaines qui n'ont pas explosé, des dizaines de grenades dégoupillées. Et je ne parle pas des marmites. C'est très dangereux !

— En quoi une marmite est-elle dangereuse ?

— Les marmites ? Ah madame, c'est ce que lançaient les *Minenwerfer*, les crapouillots si vous préférez. Il suffit de donner un coup de pied pour que ça pète !

— Vous y êtes bien, vous, lâcha Jeanne sans se démonter.

— C'est notre travail, madame ! Faut bien nettoyer un peu pour remettre en état le secteur.

— Bon, je vais repartir alors.

— Ah non madame ! Ne repartez pas par là ! Ici, c'est un champ de bataille ! C'est déjà un miracle que vous soyez arrivée là. Allez suivez-moi, je vous amène voir mon capitaine !

Par un dédale de passages sécurisés qui déroulaient au sol un cheminement de petits drapeaux multicolores selon une grammaire incompréhensible des « pékins », le caporal conduisit Jeanne Pujol à cinq cents mètres de là, un peu à l'écart du chantier de fouilles où ses hommes s'affairaient en gestes mesurés. À l'ombre d'une toile de tente kaki tendue entre deux moignons d'arbres, assis à une table bancale constituée de vieilles caisses à munitions, un officier était penché sur l'ébauche d'un croquis, agrandissement d'un morceau de carte d'état-major tracé par ses soins. Le capitaine Dutrenoix, issu de l'École militaire du génie implantée à Versailles depuis 1912 et qui permettait aux sous-officiers d'accéder à l'épaulette, portait au col de son uniforme les marques du 5e RG. Grand, long et maigre, il avait le teint cireux de ceux qui ont le foie malade. À l'orée de la toile de tente, le petit gradé rectifia sa position et se présenta en disant :

— Mon capitaine…

— Oui caporal…

— On a trouvé cette dame près de la ferme…

— Que cherchez-vous ici, madame ? laissa tomber l'officier d'une voix neutre en levant la tête.

— Mon mari… Mathieu Pujol.

— Madame, toute l'armée française a défilé à Verdun. De quel régiment était-il ?

— Le 259e RI.

— Ah ! je vois… Un régiment de réserve du Midi, fit le capitaine avec une moue méprisante, témoignage de la réputation de pleutres prêtée injustement aux régiments méridionaux. Encore un cas d'exhumation sauvage, hein ?

— Une exhumation ? Pas du tout.

— Hum, c'est ce que vous dites tous…

— Monsieur, je n'ai pas de pelle que je sache.

— Oh bien sûr, fit le capitaine en posant son képi d'un geste plein de lassitude. J'en vois passer tous les jours des dizaines comme vous !

— Des gens comme moi ?

— Oui, de pauvres gens qui viennent gratter par-ci par-là sur la foi des renseignements qu'ils ont pu recueillir. Oh, ils ont tous de bonnes excuses. Il faut les comprendre, il est vrai que les démarches administratives sont longues et pénibles. Les autorités chargées des travaux d'exhumation et de la gestion des « terres assassinées » ne vont pas vite. Et puis, les Indochinois qui font le sale boulot, ils s'en foutent ! Ah si vous saviez… On voit des familles prendre n'importe quelle dépouille pour la ramener chez elles. Pour certains, c'est presque obsessionnel. Il leur faut un corps à tout prix, n'importe lequel !

— Pourquoi ?

— Un substitut au corps de l'enfant disparu ! Une manière de faire son deuil…

— Ce n'est pas mon cas ! Mon mari est vivant, monsieur. J'en suis sûre !

— Que cherchez-vous alors ?

— À établir les conditions dans lesquelles il a disparu.

— Ce n'est pas ici que vous trouverez la réponse.

— Que dois-je faire ?

— Essayez d'établir les circonstances précises de la mission au cours de laquelle il a disparu ! Demandez à voir le journal de marche des opérations. Alors peut-être vous saurez…

— À qui m'adresser ? Je ne connais personne…

Une chape de silence tomba entre eux, celle du silence de ces morts que l'on se refuse à admettre. L'officier la regarda. Derrière la fine voilette qui ornait le rebord du chapeau cloche, l'ovale de son visage dessinait des traits réguliers et fins. La jeune femme était jolie mais ses yeux s'étaient assombris d'un masque de tristesse. Elle paraissait sincèrement désemparée. Il n'avait pas le courage de lui dire que des types comme son mari, les Indochinois qui servaient de croque-morts en trouvaient une dizaine par jour. Ils empilaient les ossements dans des caisses à destination d'un ossuaire provisoire. Les seules comptabilités qu'ils tenaient étaient celles des munitions déterrées et du nombre de plaques d'identité retrouvées. Pris d'un sentiment de pitié, le capitaine sortit un calepin de la poche de poitrine de sa vareuse bleu horizon. Rapidement il griffonna quelques mots sur une page blanche qu'il arracha et lui tendit en disant :

— Demandez le capitaine Desprez à Paris au ministère de la Guerre, rue Saint-Dominique. C'est un camarade de promotion. Il a un œil sur tous les dossiers des officiers de réserve. Donnez-lui ce billet et dites-lui bien que vous venez de ma part. Peut-être pourra-t-il vous indiquer le nom et l'adresse de celui qui commandait la compagnie de votre mari, si cet officier est encore vivant ! Même les généraux ont payé le prix fort…

— Il en est tant tombé ? demanda-t-elle persuadée que la guerre avait épargné les haut gradés.

— Des généraux ? Quarante et un ! Si tous les hommes qui sont morts ici revenaient à la vie, ils ne pourraient pas tous tenir debout… Je vous fais raccompagner mais ne conservez pas trop d'espoir pour votre mari !

Timidement, Jeanne esquissa un pâle sourire. Elle aurait voulu lui dire quelques mots de remerciement pour la gentillesse de sa recommandation mais l'émotion l'étranglait et aucun son ne pouvait sortir de sa bouche. Aussi se contenta-t-elle de hocher légèrement la tête. Elle lui serra la main avant de suivre le caporal qui attendait en fumant une cigarette devant la tente. Il n'était pas loin de 5 heures de l'après-midi et un soleil impitoyable écrasait toujours les restes du champ de bataille, contribuant à faire planer une odeur fade et nauséabonde de terre martyrisée. Comprenant l'inutilité à s'attarder davantage en ces lieux de désolation où toute activité agricole était devenue périlleuse, Jeanne, bien qu'épuisée de ce périple, reprit le train pour Paris le soir même. Elle tenait tant à être à la première heure au ministère ! Après une nuit passée dans un hôtel minable qui avait tout d'un bouge miteux accueillant des femmes de petite vertu, Jeanne Pujol, le cœur plein d'espérance, se présenta rue Saint-Dominique au ministère de la Guerre à l'ouverture des bureaux.

De taille assez moyenne mais le visage mince et la taille plutôt bien faite, le capitaine Adrien Desprez avait la quarantaine plaisante. Il affichait l'allure générale d'un officier de tradition et avait une belle prestance. D'un naturel affable et avenant, loin d'être un officier de salon, il avait dû faire une guerre courageuse car il arborait sur sa vareuse la rosette de la Légion d'honneur et le ruban de la Croix de guerre. Sans doute était-il aussi un homme à femmes car il la dévisagea de la tête aux pieds avant de la gratifier d'un sourire à faire fondre un iceberg. Jeanne, tout en restant sur une prudente réserve, lui présenta le billet que Dutrenoix lui avait remis. Elle lui expliqua l'objet de sa visite. L'officier hocha courtoisement la tête et la pria de le suivre. À travers un dédale d'escaliers, il l'introduisit deux étages plus bas dans un entresol, une vaste salle aux murs constitués de tiroirs en bois vernis.

— Le 259e RI, dites-vous ?

— Oui… Mon mari était…

— Quelle compagnie ?

— La 24e compagnie…

— Eh bien voilà la fiche de la 24e compagnie. En avril 1916 elle était commandée par un certain capitaine Dumont. Un bon soldat du reste, ce Dumont. Le contraire d'un embusqué, deux fois blessé, trois citations, Croix de guerre avec palme, médaille de Verdun…

— Puis-je savoir ce qu'est devenu cet officier ?

— Le capitaine a été démobilisé le 11 avril 1919.

— Au risque d'abuser de votre sollicitude, savez-vous où il se trouve actuellement ?

— Humm… Il y a en effet une adresse sur la fiche. Normalement, je ne devrais pas vous la communiquer !

— S'il vous plaît, capitaine.

— Dumont s'est retiré non loin de chez vous… Rue du Taur à Toulouse.

— À Toulouse ?

— Oui, il indique sur sa fiche au moment de sa démobilisation vouloir reprendre son poste de professeur de lettres au lycée Pierre-de-Fermat.

Le cœur de Jeanne s'était brutalement accéléré. Retrouver le capitaine Dumont à Toulouse ne devait pas être bien difficile. Elle savait l'essentiel. Elle connaissait son adresse et son lieu de travail, même si à ce moment de l'année, le lycée était fermé pour cause de congés scolaires. L'entrevue avec lui serait capitale. Seul l'officier pourrait lui expliquer ce qui s'était passé, lui donner des détails précis sur les circonstances de la disparition de Mathieu. Elle tenait enfin une piste sérieuse ! Inutile de traîner ici plus longtemps. Elle n'avait pas de temps à perdre. N'osant demander à Desprez comment le remercier de crainte d'avoir à refuser une invitation à déjeuner qui l'aurait mise mal à l'aise, Jeanne lui décocha un sourire assez enjôleur pour susciter toute la journée chez le capitaine les regrets d'une rencontre inachevée.

Sans penser un instant à flâner dans les rues de Paris pour jouer les provinciales en goguette parties à l'assaut des grands magasins, symboles d'un chic parisien mondialement connu, Jeanne se précipita vers la gare d'Orsay au sortir du ministère. Dans la rue, elle jeta un coup d'œil à la petite montre en argent qu'elle portait au revers de sa veste grise. C'était le cadeau que Mathieu lui avait offert pour leur premier anniversaire de mariage. À l'intérieur, la photo de son mari venait lui rappeler les temps heureux. Le gousset indiquait à peine 10 heures du matin. En se dépêchant bien, elle ne désespérait pas d'attraper le rapide qui arrivait à la gare Matabiau douze heures plus tard. Saisissant son sac d'une main, elle héla de l'autre un taxi qui freina dans le crissement sec de ses pneus brutalisés. Encouragé par le billet qu'elle avait sorti de son sac à main, le chauffeur fit du zèle, zigzaguant dans le flux dense de circulation, pour lui permettre de monter quai A voie numéro 2 dans le dernier wagon de la Compagnie du Midi.

La nuit était tombée sur Toulouse depuis un bon moment quand Jeanne arriva à la gare

Matabiau. Elle débarqua sur le quai, les traits tirés, hébétée. Plus que le rythme trépidant de la vie parisienne qui contrastait singulièrement avec son existence paisible à Daumazan au cœur des vertes collines de l'Arize, plus que la fatigue physique due à son escapade sur le front, c'est la tension nerveuse qui l'avait épuisée. La vision chaotique d'un paysage lunaire, celle de ce champ de bataille où la terre avait englouti des millions d'hommes, les combats titanesques dont elle avait perçu les traces, ce morceau de vertèbre qu'elle avait été à deux doigts de saisir, tout l'avait durablement traumatisée. Elle avait voulu y aller mais Jeanne n'était pas près d'oublier cette expédition, un voyage au bout de l'enfer, un abysse où son Mathieu avait disparu ! Pour autant, elle n'avait pas fait chou blanc. La perspective de retrouver ce capitaine Dumont n'avait-elle pas un goût de petite victoire ?

6

Cette vie et celle d'après

À bout de nerfs, consciente qu'elle avait grandement besoin de repos et faute de pouvoir attraper un omnibus pour Carbonne à une heure aussi tardive, Jeanne Pujol avait dû se résoudre à passer la nuit dans la Ville rose. Pour économiser un pécule écorné, elle jeta son dévolu sur l'Hôtel du Canal, un modeste bâtiment de trois étages juste en face de la gare Matabiau. Sans être un bouge sordide, l'hébergement, qui recevait autant des commis voyageurs qu'une clientèle interlope de filles trop fardées et de messieurs pressés, ne pouvait passer en rien pour une pension de famille ! La petite chambre au papier peint vieillot exhalait une indéfinissable odeur de moisi et de stupre qui évoquait toutes les turpitudes de l'amour tarifé. Les rideaux étaient sales, le sommier grinçait, le sanitaire se résumait à une cuvette émaillée, à un broc d'eau froide et à un bidet mobile, les draps étaient grisâtres, le linge de toilette d'un blanc douteux… Mais Jeanne n'en avait cure. À bout de forces, elle avait fermé la porte à double tour, calée par précaution avec le dossier d'une chaise pour éviter toute intrusion intempestive et, après avoir regardé sous le lit, elle s'était écroulée sur le matelas comme une masse, épuisée.

Réveillée par un trait de lumière qui filtrait des persiennes et venait lécher son visage, Jeanne s'étira comme un jeune chat avant de prendre conscience du désordre de son état. Elle s'était endormie toute habillée la veille au soir. Elle jeta un rapide coup d'œil à sa montre. Il était presque 10 heures du matin ! Elle sauta du lit et un regard dans la glace lui révéla une tête aussi chiffonnée que le tain usé du miroir de la petite chambre. Mon Dieu ! Elle ressemblait à une « brèicho », ces sorcières grimaçantes des contes pour enfants. Une demi-heure plus tard, un brin de toilette rapidement effectué à l'eau froide, le visage légèrement repoudré pour effacer les séquelles de cet interminable voyage, un café avalé dans un bistrot rempli de la foule gouailleuse des typographes de *La Dépêche*, Jeanne était prête à se lancer à la recherche du capitaine Dumont. Sans être familière des artères de Toulouse, Jeanne situait la rue du Taur vers la place du Capitole. Marchant d'un pas soutenu, l'espérance aux lèvres, elle descendit la rue Bayard dans la tiédeur d'une journée qui s'annonçait caniculaire. Hésitant sur la direction à prendre, elle demanda son chemin au pied de l'immeuble triangulaire de la Compagnie française à une bourgeoise chapeautée :

— La rue du Taur ?

— Oui.

— Quel numéro ?

— Le 43.

— Ah c'est vers le milieu alors. Prenez donc la rue Rémusat puis vous bifurquez à droite vers celle du Périgord et vous êtes arrivée. Le 43 ne doit pas être bien loin.

Quelques minutes plus tard, Jeanne parvint à l'entrée d'une rue très animée. La petite artère était bordée d'échoppes et de petits commerces qui occupaient le rez-de-chaussée d'historiques immeubles à deux ou trois étages, tous construits avec cette brique d'où Toulouse tirait son nom de Ville rose. Elle chercha le numéro 43 pour s'arrêter devant une lourde porte en bois, toute cloutée. Patinée par les ans et le soleil, elle s'ornait en son centre d'un gros bouton de fer noir. En l'absence de sonnette, sa main se porta sur le heurtoir en forme de main, momifié par les couches de peinture. Le battant s'ouvrit alors spontanément pour donner accès à un étroit et sombre couloir pavé de tomettes carrées. En franchissant le seuil, un doute l'assaillit soudain : et si ce capitaine Dumont avait changé d'adresse ?

Jeanne entra, le cœur battant. Elle marqua un temps d'arrêt, autant pour calmer l'excitation fébrile qui lui faisait battre le cœur que pour laisser ses yeux peu à peu s'habituer à la pénombre. Les murs du couloir étaient quelque peu lépreux mais cette entrée était un havre de fraîcheur et de paix qui contrastait avec l'agitation et l'air brûlant de la rue. Au bout, un escalier déroulait son colimaçon de fer, libérant un vide qui servait de garage à vélos. Parmi les boîtes aux lettres en bois vernis qui occupaient le mur à gauche, à côté d'une batterie de compteurs électriques, elle lut avec émotion le nom de Dumont suivi de la mention « 1er étage ». Le renseignement fourni par le capitaine Desprez était exact. Elle était bien au bon endroit !

Empruntant un escalier aux marches usées qui grinçaient sous son pas, la main sur une rampe riche de cette crasse que les antiquaires appellent patine, Jeanne arriva devant une porte ripolinée en un jaune pisseux. Elle était pourvue d'un bouton de laiton assez terni pour y vider tout un flacon de Miror. Punaisée sur le panneau en bois, une carte de visite à l'élégant graphisme anglais indiquait le nom de Dumont. Jeanne chercha une sonnette. Elle aperçut une poignée en fer qui faisait saillie sur le chambranle de la porte. Elle tira dessus et entendit à l'intérieur le bruit assourdi d'une clochette. L'instant d'après, elle perçut un pas feutré. La porte s'entrouvrit et un homme âgé d'une quarantaine d'années, simplement vêtu d'une chemise portée manches retroussées, apparut dans l'encadrement. Le sourcil en bataille, le cheveu déjà grisonnant, mal rasé, il avait l'air contrarié et bougon de ceux que l'on dérange inopinément.

— Monsieur Dumont ?

— Oui… C'est à quel sujet ?

— Je… Je voudrais vous parler de mon mari…

— Votre mari ?

— Oui, Mathieu Pujol !

— Ce nom ne me dit rien… C'est un ancien élève ?

— Non, mon mari est comme moi instituteur. Il a servi sous vos ordres au 259e RI !

— C'est possible… J'en ai vu tant défiler !

— Mon mari a été porté disparu à Verdun.

— Il n'est pas le seul !

— Dans le secteur du Bois des Corbeaux plus précisément…

— Comment pouvez-vous savoir que c'est là exactement ?

— Mathieu m'avait écrit une lettre la veille.

— La censure interdisait pourtant de mentionner tout nom de lieu dans les correspondances, non ?

— Nous avions un code.

— Hum ! C'est donc aux premiers jours de mars 1916, fit Dumont qui gardait présent à l'esprit une chronologie précise des batailles qu'il avait livrées.

— Oui et depuis trois ans, je n'ai eu aucune nouvelle de lui.

— Madame, la fureur des combats, l'intensité du feu ont fait des milliers de victimes.

— Mathieu n'est pas mort, j'en suis sûre !

— Qu'attendez-vous de moi ?

— Que vous me racontiez.

— Et qu'est-ce que vous voulez que je vous raconte ?

— Ce qui s'est passé là-bas... Tout, quoi...

— Tout ! Vous en avez de bonnes, murmura Dumont en esquissant un pâle sourire qui ressemblait à un méchant rictus.

— Ne me dites pas que vous n'en avez aucun souvenir, c'est là-bas justement que vous avez été blessé.

— Qui vous a dit ça ?

— Un officier, à Paris, au ministère.

— Une égratignure, sans plus.

— Monsieur Dumont, mon mari m'écrivait presque tous les jours. Je sais la dureté des combats que vous avez livrés.

— Non, madame ! Non ! Vous ne savez pas ! Vous, les civils, comme tous les pékins et les embusqués, vous ne pouvez pas savoir, s'emporta brutalement Dumont qui, bien souvent la nuit, cauchemardait en voyant resurgir les images de ces grappes humaines hachées par la mitraille.

— Certes, capitaine, je n'étais pas en première ligne.

— Ma pauvre dame, marmonna Dumont soudain calmé. À considérer l'enfer que nous avons traversé, je finirais presque par croire en Dieu.

— Je vous en prie… J'ai tant besoin de comprendre, de savoir, plaida Jeanne.

— Soit ! lâcha-t-il finalement après un court silence en s'effaçant pour la laisser entrer dans la pénombre d'un minuscule couloir qui donnait accès à une pièce faisant tout autant office de bureau que de salon.

Influencée par sa formation, Jeanne ne put s'empêcher de jeter un regard critique autour d'elle. Mon Dieu, quel foutoir ! Meublé de bric et de broc, encombré de revues et de journaux qui s'entassaient en un laisser-aller chronique au milieu d'une forêt de bouteilles plus ou moins vides, l'appartement de Dumont fleurait bon le célibataire endurci. À côté d'un piano droit disparaissant sous une pile de livres, derrière un rideau, elle devina un minuscule coin cuisine à l'évier encombré de vaisselle sale. Au fond, par une porte entrouverte, elle distingua l'entrée d'une chambre au lit défait. De toute évidence, à juger le sympathique désordre qui régnait ici, le ménage n'était pas la préoccupation première de l'occupant. Inutile de chercher naturellement trace d'un bouquet de fleurs… Bien rares devaient être les présences féminines à pénétrer dans cet antre !

— Excusez le capharnaüm… Asseyez-vous donc, fit Dumont en débarrassant prestement un fauteuil Voltaire d'un monceau de partitions de musique.

— Vous jouez du piano ?

— Assez peu, confessa-t-il.

— Mais alors ce…

— Ce piano appartenait à ma mère… Disons que moi, j'aime surtout écouter de la musique !

— Ici à Toulouse, vous êtes gâté, vous avez le Capitole à deux pas !

— Oui, c'est le pays du bel canto. Mais c'est une toute autre musique que j'ai entendue pendant quatre ans, celle des « 77 » allemands, fit Dumont pensif.

Dumont prit place en face d'elle, sur un canapé occupé par un dictionnaire Quicherat, un ouvrage de référence en usage courant chez les latinistes depuis 1844. Il regarda pensivement la jeune femme. Comment lui faire admettre qu'elle était au bout de son chemin, que son mari ne reviendrait jamais ? La jeune femme était jolie et il n'avait pas envie de lui faire de la peine. Mais la maintenir dans l'illusion du retour de l'être cher était tout aussi cruel que de lui révéler la vérité. Alors, adoptant un ton neutre d'une voix douce et calme comme détachée du réel, Dumont se mit à parler. En un long monologue, à l'instar de ces digues qui lâchent brutalement sous la pression de l'eau trop longtemps retenue, il lui relata par le menu les souvenirs qu'il gardait de ces premiers jours du début mars 1916 où les ordres du lieutenant-colonel Pélissier l'avaient engagé vers le Bois des Corbeaux, tombeau de sa compagnie du 259e RI.

Il lui raconta la boue grasse et épaisse des tranchées, cette terre qui colle à la peau des vivants et préfigure le linceul des morts, l'effroyable odeur des corps trop hâtivement ensevelis, ces cadavres décharnés que les bombardements redécouvrent, la peur qui tord le ventre, la soif qui dessèche la gorge… Au-delà du détachement qu'il affectait, Jeanne percevait bien que, par la souffrance qu'elle avait infligée à tous les combattants, cette guerre n'avait pas seulement meurtri les corps, elle avait aussi brisé les cœurs, faisant naître chez les survivants un sentiment de mélancolie endémique, un mélange de remords qui tenait à la culpabilité d'être revenu vivant de l'enfer. Jeanne l'écoutait, la gorge serrée. Elle vibrait, buvant chacune de ses paroles, s'imprégnant de ses mots pour mieux appréhender les épreuves que Mathieu avait traversées mais elle ne pouvait retenir les larmes qui coulaient en de longs sillons sur son visage.

— Tenez... Lisez donc ce bouquin et peut-être vous comprendrez mieux pourquoi il ne faut pas trop espérer, conclut Dumont en lui tendant un ouvrage à couverture grise paru chez Hachette.

— Merci, répondit-elle la voix étranglée d'émotion.

Jeanne prit le livre entre ses mains tremblantes. Le nom de l'auteur, Maurice Genevoix, et le titre, *Sous Verdun*, ne lui évoquait aucun souvenir littéraire. Sans doute, pensa-t-elle, était-ce là un de ces nombreux récits d'anciens combattants comme la littérature en voyait fleurir avec la paix retrouvée. Toujours assis en face d'elle, le regard fixe, Dumont resta silencieux quelques instants, contemplant l'ovale gracieux de ce visage encore juvénile où les larmes avaient sculpté l'empreinte du chagrin. Au fond de lui-même, il était honteux. Honteux d'avoir ajouté la destruction d'une espérance à la barbarie naturelle de la guerre. Quel besoin avait-il eu de lui raconter ces horribles détails ? Pour chasser ces visions cauchemardesques, conjurer une bonne fois pour toutes les démons de la tragédie qui le hantait toutes les nuits, exorciser les douloureux souvenirs qui étaient les siens ? Dumont savait bien que rien de tout cela ne ferait revenir son pauvre mari ! Quel réconfort pouvait-il lui prodiguer maintenant ?

Ses yeux se portèrent sur la bouteille de Lillet achetée la veille. Elle était déjà largement entamée. Dumont aimait beaucoup trop ce vermouth blanc qu'il dégustait en cocktail avec de la vodka et du gin, confectionnant ainsi un mélange assez explosif pour lui faire oublier ses angoisses quand la nuit tombait sur les toits rouges de Toulouse. Cette mauvaise habitude, c'était aussi un héritage de la guerre, contractée là-bas dans les tranchées. Avant chaque assaut, la bouteille de gniole circulait et tous les hommes sans distinction de grade, de condition sociale ou de race en buvaient une rasade, à même le goulot, histoire de se donner du courage pour aller à la rencontre de la Camarde. Lucide, Dumont savait que cette sale manie le rongeait comme ces rats affamés qui dans les boyaux dévoraient les morts de la veille et parfois les vivants du jour à peine endormis.

Dumont regarda Jeanne. Elle avait sorti un mouchoir de batiste de son sac à main et s'en tamponnait discrètement les yeux. Il la trouva belle et désirable. Présentement, elle était vulnérable et il ne put s'empêcher de penser que d'autres que lui eussent peut-être, en cet instant, tenté leur chance. Lui-même d'ailleurs ne crachait pas sur le beau sexe d'ordinaire ! Sans compter qu'il lui faudrait un jour songer à se marier, à fonder une famille. Oh, ce n'était pas les femmes libres qui manquaient. La guerre, en multipliant les veuves, avait non seulement gonflé démesurément l'offre des cœurs à prendre mais fait voler en éclats bien des tabous. Retenu par sa bonne éducation, il n'osa lui proposer un verre qui eût pu passer dans ces circonstances pour une entrée en matière ou une invitation à aller plus loin. Une volée de cloches vint briser le silence. Midi sonnait au clocher de Saint-Sernin, faisant s'enfuir à tire-d'aile une grappe de pigeons par-dessus les toits de Toulouse.

— Voilà, madame... Je n'en sais pas plus, confessa-t-il, torturé de souvenirs, avant de se lever pour la raccompagner.

Séchant ses larmes, Jeanne Pujol avait remercié celui qui essayait tant bien que mal d'oublier la tragédie pour redevenir le professeur de lycée qu'il était encore en 1914. Puis, sans flâner davantage dans les rues d'une ville écrasée de soleil où elle se sentait étrangère, elle était rentrée à Daumazan-sur-Arize par l'omnibus l'après-midi même, très déçue. N'avait-elle pas fondé trop d'espoir sur cette rencontre ? Hélas, sans vouloir tuer la flamme qui brillait en elle, le récit de Dumont sur les circonstances de la disparition de son mari ne lui avait guère laissé d'espérance. Et ses silences étaient peut-être plus éloquents que ses confidences ! Ainsi, peut-être par pudeur, il ne lui avait pas dit un mot sur ces renégats qui, au bout de leur propre souffrance, désertaient. Jeanne devait se rendre à l'évidence : comme l'administration militaire l'en avait informée, Mathieu, l'amour de sa vie, était mort pour la France, un parmi tant d'autres…

Dans la chaleur torride de cet été 1919 où l'État, au terme d'une procédure toute administrative, redonnait aux familles les corps de leurs héros défunts, la vie pour Jeanne Pujol avait repris, monotone. Seule la présence de Louise à ses côtés l'empêchait de sombrer dans la neurasthénie ! Aussi, jamais n'avait-elle préparé une rentrée des classes avec autant de soin. Enfermée dans le silence monacal de sa classe tandis que la petite, sautillant d'un pied sur l'autre, jouait dehors à la marelle, Jeanne passait des journées entières à peaufiner les leçons, à couvrir méticuleusement les cahiers, les livres de calcul ou de lecture à l'aide de ce papier bleu nuit que la municipalité avait fait acheter avant d'y coller en haut à droite une étiquette calligraphiée de sa plus belle plume. Plus que par conscience pédagogique, c'était un moyen comme un autre de chasser les idées noires qui la taraudaient… Aussi, toujours inconsolable, elle vécut le début des vendanges au mois de septembre comme la promesse d'une délivrance.

La rentrée des classes passée, vint rapidement le retour du temps des feux de bois. Alors que les gamins, tous les matins, apportaient chacun une bûche pour nourrir l'appétit de l'imposant Godin noir, jour après jour, mois après mois, Jeanne Pujol avait dû peu à peu se faire une raison : accepter l'inacceptable, assumer son statut de veuve de guerre, songer à écrire une nouvelle page de son existence. Tout l'y incitait : la vie de tout un chacun chargée des espoirs de la paix retrouvée dans cette France des années folles qui reprenait son cours, les anciens combattants qui tentaient de reprendre leur place dans un pays où ils avaient du mal à se situer, ces familles qui tout autour d'elles rapatriaient les corps de leurs héros pour les ensevelir pieusement dans le caveau familial… Jusqu'à son amie Gabrielle qui lui serinait à longueur de journée que son Mathieu ne rentrerait jamais. Mon Dieu ! Comme il était difficile d'affronter cette réalité quotidienne. Heureusement qu'elle avait son travail à l'école ! Le lot récurrent de gamins espiègles, toujours à l'affût de tours pendables, était sans doute le meilleur antidote à cette langueur mélancolique qui la submergeait, parfois jusqu'à transformer ses yeux en lacs de tristesse.

Haut comme trois pommes, la bouille rieuse et souvent « farnousse », comme on dit ici pour désigner ces frimousses pas toujours très propres, le cheveu toujours en bataille, Roger Pons était d'ailleurs le prototype même des gamins facétieux dont on dit qu'ils ont le diable dans la peau. Digne successeur des héros de *La Guerre des boutons*, le gamin était d'un naturel si polisson qu'il était bien souvent crédité des bêtises des autres. Mais peu lui importait, son palmarès et sa légende s'enrichissaient d'autant. Sa mère, une bougresse à la réputation quelque peu légère, avait d'ailleurs abandonné depuis longtemps toute autorité sur un galapiat plus apte à dénicher les pies qu'à user ses fonds de culottes sur les bancs de l'école, laissant à ses amants d'occasion comme Auguste Massat le soin de tanner le gosse à coups de ceinturon. À quoi bon tenter de le remettre dans le droit chemin, les réprimandes lui glissaient dessus comme l'eau sur les plumes d'un canard ! Sans le vouloir, une après-midi glaciale de février 1920, ce petit diable de Roger Pons, que ses camarades surnommaient « pierre ponce », allait être à l'origine d'un changement dans la vie de Jeanne.

— Roger !

— Oui madame…

— Roger, ordonna Jeanne excédée, arrête donc de te balancer sur ta chaise !

— Moi, madame ?

— Oui, c'est à toi que je parle.

— Mais j'ai rien fait, madame !

— Oh ça, c'est bien vrai… Tu ne fais jamais rien, sauf des bêtises !

Et à cet instant précis, comme par un fait exprès dû à une mystérieuse volonté divine, le dossier de la chaise en bois sur laquelle était assis le garnement s'était brisé dans un craquement sinistre, le projetant brusquement à terre. Après un silence de quelques fractions de secondes, Jeanne descendit de l'estrade, se rua sur le jeune cancre, le releva et lui administra une bonne paire de taloches, salaire mérité pour son impertinence. Le galapiat en sarrau noir n'eut même pas le temps de protester de son innocence. Sans verser pour autant une larme, le gamin aux guibolles maigres et aux genoux cagneux baissa la tête, les joues marquées de filets rouges, plus honteux de se voir morigéné devant les autres qu'accessible à une quelconque repentance.

— Et en plus, bravo Roger… Tu as cassé ta chaise, constata Jeanne en voyant le dossier !

— C'est pas de ma faute madame, d'abord elle était toute vieille, cette chaise… Té regardez, même qu'il y a plein de cussous.

— Répète-moi ça pour voir.

— La chaise, elle était…

— Elle était en bon état ! Eh bien, puisque tu l'as cassée, tu la porteras toi-même au menuisier !

— Auquel madame ? Au village, il y en a quatre sans compter les charpentiers.

— Madame, mon voisin Bonzom, il est justement menuisier, releva le petit Justin Rivière, un gamin à la frimousse parsemée de taches de rousseur et qui avait toujours besoin de mettre son grain de sel dans les conversations.

— À celui qu'il veut, trancha Jeanne.

— Et je vais m'asseoir où pendant tout ce temps ? demanda Roger Pons, l'air faussement contrit.

— Tu resteras debout, ce sera ta punition et quand ta mère aura payé la réparation, tu ramèneras la chaise, tu as compris ?

— Oui madame !

— Bou Diou madame ! L'Auguste, y va lui mettre une de ces trempes, commenta Justin Rivière, compatissant.

— Ça mon petit, il fallait y penser avant !

Quinze jours plus tard, un mardi matin, alors que Jeanne Pujol surveillait avec ses collègues la foule bigarrée des gamins qui piaillaient à l'heure de la récréation sous un rayon de soleil glacial, le petit Justin Rivière, tout excité, vint lui signaler qu'un monsieur désirait lui parler. La tête d'un homme de grande taille dépassait en effet de la murette où s'accrochaient trois touffes de fougères qui avaient survécu à l'hiver. Qui pouvait bien venir la voir ? Un parent d'élève ? D'ordinaire, ce genre de rencontres avait plutôt lieu en fin de journée. Quelque peu intriguée, Jeanne s'approcha du portillon de fer qui séparait la cour de la rue. Bien bâti, sans être pour autant athlétique, les cheveux courts taillés en brosse, les yeux clairs, le visage franc barré d'une fine moustache noire, l'homme qui affichait une petite trentaine d'années était vêtu d'une de ces robustes vestes de drap bleu, couleur du ciel, que les travailleurs manuels arborent presque comme un uniforme.

— Madame Pujol, demanda l'homme avec un sourire charmant.

— Oui…

— Je vous ramène votre chaise.

— Ma chaise ?

— Oui, enfin celle que Roger vous a cassée.

— Ah oui… Merci bien monsieur !

— Il n'y a pas quoi, mademoiselle.

— Madame… Je suis veuve de guerre.

— Pardonnez-moi.

— Vous êtes tout pardonné, monsieur, mais il ne fallait pas vous déranger pour cette chaise, ce petit chenapan me l'aurait bien rapportée tout seul.

— J'ai eu le plaisir de faire votre rencontre et puis je n'ai pas fait un grand détour, vous savez !

— Tout de même.

— J'allais livrer justement cette armoire à deux pas d'ici, expliqua-t-il en désignant une charrette d'où émergeait le piétement d'un meuble.

— C'est bien aimable à vous, en tout cas, monsieur… monsieur ?

— Esquirol. Vincent Esquirol.

C'est ainsi que Jeanne Pujol rencontra celui qui allait transformer sa vie. Issu de la classe 1907, exempté de service à son conseil de révision, Esquirol avait été mobilisé dès le début août 1914, comme tant d'autres. Le fait d'avoir les pieds plats lui avait valu d'être versé au bout d'une quinzaine de jours dans un dépôt de matériel implanté dans la capitale de la Marche, Guéret, pour participer à une guerre sans héroïsme qui lui était passablement étrangère. Libéré dès le début janvier 1919 sans aucune décoration à accrocher au revers de son costume du dimanche, il jouissait de l'appréciable privilège d'avoir traversé le conflit sans coup férir. Faute de pouvoir prétendre être véritablement un poilu et d'avoir connu l'épreuve du feu, il n'en était pas moins un ancien combattant qui en tant que menuisier avait fait son devoir, celui modeste mais ô combien utile de fabriquer des cercueils qui allaient servir de dernière demeure à nombre de ses camarades tombés au champ d'honneur.

En cet instant, le temps avait suspendu son vol. Jeanne le trouvait bel homme et Vincent, succombant au charme naturel de la jeune femme, s'ingénia dès lors à multiplier les prétextes pour la rencontrer chaque jour. Tantôt, il avait un client à livrer à deux pas de là, tantôt il avait un rendez-vous à la mairie, tantôt il passait acheter son pain à la boulangerie proche de l'école… Cependant, malgré sa constance, Jeanne demeurait sur une réserve tout aussi prudente que courtoise. Certes, si elle appréciait les attentions et la gentillesse du menuisier, son sens du service, si elle lui reconnaissait des qualités humaines qui en faisaient quelqu'un de très estimable, elle ne pouvait oublier Mathieu, l'homme qu'elle avait aimé plus que tout au monde. Mais Vincent Esquirol était patient…

Sachant que faire son deuil prenait du temps, c'est par l'intermédiaire de Louise qu'il entreprit de faire sa conquête. La petite allait bientôt avoir huit ans. Elle était plutôt grande et ressemblait à l'enfant qu'avait dû être Jeanne Pujol. Dans la cour de recréation, Vincent la voyait jouer souvent seule, à l'écart des autres. Quoique d'un naturel gracieux et souriant, c'était une enfant qui demeurait étrangement silencieuse comme si elle portait une croix que les autres gamins ne pouvaient partager. Ainsi, Vincent avait bien remarqué qu'à l'évocation de tout ce qui pouvait avoir un lien avec la guerre, un voile de tristesse remplissait ses grands yeux noirs. Un soir de ce printemps 1920, assis sur un banc devant la cour de l'école, Louise osa lui demander :

— Et mon papa ? Vous l'avez connu ?

— Non, nous n'étions pas dans le même régiment…

— Vous croyez qu'il reviendra un jour ?

— Je… Je crains que non, balbutia Vincent avant d'ajouter à voix basse, comme pour lui-même, lui qui avait échappé à l'épreuve du feu : Revient-on jamais de l'enfer ?

— C'est dommage, fit Louise gravement.

— Tu te rappelles ton papa ?

— Je n'ai de lui que les souvenirs de maman.

— Il te manque, ton papa ? lui murmura Vincent à l'oreille.

— J'aurais déjà tant aimé en avoir un ! Un papa… Un papa qui m'écoute comme toi, confessa Louise en serrant affectueusement sa petite main dans la sienne.

La complicité naissante entre Louise et Vincent n'avait pas échappé à l'attention de Jeanne. Tout aussi mère que femme, la relation quasi paternelle qui s'était progressivement établie entre sa fille et le jeune menuisier ne pouvait guère l'offusquer. Jeanne comprenait que confusément, Louise, en se rapprochant du seuil du basculement de l'enfance, cherchait l'image d'un père que la guerre lui avait volé et qui lui manquait tant. Elle-même se sentait terriblement seule et l'approche des beaux jours de mai ne parvenait pas à dissiper la mélancolie qui la submergeait quand, pour chasser les ténèbres naissantes, dans le soir qui tombait, elle craquait une allumette pour allumer la lampe à pétrole de la cuisine.

En dehors du travail de la classe et de l'attention que requérait Louise, Jeanne éprouvait un désœuvrement chronique pour les choses de la vie. Ainsi devait-elle se forcer quotidiennement à lire *La Dépêche*. Elle n'y prenait aucun plaisir, moins par divergence idéologique que par l'absence d'intérêt qu'elle avait désormais pour la vie politique. Ainsi ce 23 avril, l'annonce de la condamnation de l'ancien président du Conseil Joseph Caillaux à trois ans de prison et à dix ans de suspension de ses droits civiques pour avoir entretenu des relations amicales avec l'ennemi la laissa de marbre, tout comme la vague de grèves générales déclenchée en mai par la CGT pour obtenir la nationalisation des compagnies de chemin de fer.

Vincent mesurait bien l'apathie qui accablait la jeune femme aussi pesamment qu'une chape de plomb. Elle lui souriait mais dans son for intérieur, bien peu de choses l'intéressaient. Jeanne ne semblait se vouer qu'à son métier et à sa fille... Le jeune menuisier n'ignorait rien des raisons de son mal-être. Elle avait toujours son Mathieu en tête ! Mais comment dans ces conditions espérer faire sa conquête, comment effectuer le premier pas sans prendre le risque de la froisser et d'essuyer un refus ? Laissant passer les festivités bruyantes de la Saint-Jean qui réunissaient les jeunes gens de Daumazan et des communes voisines en mal d'excentricités, il attendit sagement la fête du village, qui avait traditionnellement lieu le deuxième dimanche de septembre, pour saisir l'occasion et se jeter à l'eau.

— Refuseriez-vous par principe une invitation à déjeuner ?

— Et pourquoi le ferais-je, répondit-elle, sur un ton ironique.

— C'est que, balbutia Vincent, vous êtes parfois si…

— J'ai mes fantômes, coupa Jeanne d'un sourire avant d'ajouter : Et où comptez-vous donc m'amener ?

— Chez Bertrand par exemple…

— Quand ?

— Samedi…

— Eh bien soit ! C'est promis… Je vous y attendrai devant à midi.

Le café Bertrand, situé en face de la poste, au milieu de la rue principale était un peu l'âme de tout le village. Ici pas de ces capiteuses banquettes recouvertes de moleskine rouge ou de ces lustres à pampilles, brillant de mille feux, qui faisaient la renommée internationale des brasseries parisiennes. Sobrement meublé de tables et de chaises en bois vernis que recouvraient des nappes à carreaux, il fleurait bon la France des travailleurs, celle qui se lève tôt et qui n'est pas avare de sa sueur. Lieu de sociabilité par excellence, les hommes venaient y disputer le soir la partie de manille ou de belote, les marchands de bestiaux y traiter leurs affaires. On y dégustait dans la bonne humeur une cuisine agréable à un prix raisonnable. Comme dans bien des bistrots d'une France profonde qui s'éveillait à peine à la modernité du siècle, le samedi soir, la salle du café de l'hôtel accueillait les séances du cinéma ambulant pour la plus grande joie des petits et des grands qui découvraient avec ravissement les actualités de Pathé.

Jeanne avait tenu promesse. Ce samedi-là, elle l'attendait devant le café Bertrand, assise sur une chaise pliante à une table rectangulaire en marbre rose, sagement vêtue d'une robe d'été grise à manches courtes, à l'ombre maigrelette d'un citronnier aux feuilles vernissées qui s'épanouissait dans une barrique coupée en deux. Tout autour, en couples ou en petits groupes, hommes et femmes dégustaient des mandarins citron, des Suze à l'eau de Seltz, des anisettes translucides. Optant d'un commun accord pour la pénombre apaisante et plus intimiste de la petite pièce du fond, Jeanne traversa la grande salle du café Bertrand sous les yeux de la jeune Émilie Fabre qui y officiait comme serveuse et regardait le jeune menuisier avec un intérêt non déguisé. Et c'est ce jour-là, loin du brouhaha diffus de la grande salle, que Vincent Esquirol osa lui prendre la main et qu'elle n'osa pas la retirer. Véhiculée par des gens bien intentionnées, il ne fallut pas longtemps pour que la nouvelle se répande comme une traînée de poudre dans le bourg.

— Tu ne sais pas la dernière ? lança Anne Garrigues à sa voisine, qui avait la réputation d'être une aussi bonne langue qu'elle.

— Non… Quoi ? fit Françoise Blazy en arrêtant d'arroser ses géraniums.

— L'institutrice est en main…

— Et avec qui ?

— Esquirol, tu sais, le menuisier.

— Tu en es sûre ?

— Comme je te vois.

— Et qui te l'a dit ?

— Simone Lacoste.

— Oh celle-là, elle raconte n'importe quoi ! répliqua Françoise.

— Elle les a vus se promener au bord de la rivière. Même qu'il la tenait par les épaules, assura Anne Garrigues.

— Ainsi, elle a mis un terme à son veuvage.

— Hé, on ne peut pas toujours se morfondre en lamentations.

— Comme tu y vas.

— Elle n'est pas la première, fit Anne. Té, regarde Étiennette, elle s'est bien vite consolée !

— C'est vrai.

— Et la Gabrielle aussi, elle n'a pas été bien longue à faire son deuil.

— Elle aurait pu avoir la décence d'attendre encore quelques mois.

— Ça devait la chatouiller, ajouta Anne en riant sous cape. Et puis, entre toi et moi, jolie comme elle est, ce n'est pas les prétendants qui devaient lui manquer à la Pujol !

— Quel exemple pour les enfants tout de même.

— Tu voulais qu'elle se fasse nonne ?

— Oh, ça ne risque pas ! Elle n'a jamais beaucoup fréquenté l'église !

Mais Jeanne se moquait bien de tous ces qu'en-dira-t-on que de bonnes âmes en mal de sensationnel répandaient des lavoirs des bords de l'Arize aux pas de portes des commerçants. Tout en se voulant une femme libre et moderne, elle n'ignorait rien de ces ragots murmurés dans son dos et qui blessaient son honneur au plus profond. Mon Dieu… que les Garrigues, les Blazy ou leurs consorts, toutes ces langues de vipères, n'avaient-elles pas déjà dit sur son compte ! Leurs murmures réprobateurs liés à son refus de porter un deuil qu'elle ne pouvait admettre l'avaient bien souvent habillée pour l'hiver de moult commentaires peu élogieux ! N'étant pas comptable de son chagrin, estimant de ce fait n'avoir aucun compte à leur rendre, Jeanne faisait de timides premiers pas sur les chemins d'un bonheur retrouvé. Les promenades à l'ombre des saules de la rivière, sa main glissée dans celle de Vincent, l'intéressaient plus que tous les papotages des bonnes commères.

Déjà, l'automne arrivait, sonnant l'heure d'une rentrée scolaire qu'elle avait préparée d'un cœur plus léger que les années précédentes. Mais cet automne-là était aussi celui où sa fille allait quitter un peu plus ses jupes. Avec un an et demi d'avance sur la plupart de ses camarades, la petite Louise, qui apprenait bien et toujours avec une grande facilité, faisait en effet ce 1er octobre son entrée dans la classe des grands, confiés à l'autorité de son collègue Jean Laborde. Elle abordait ainsi la dernière étape d'un cursus de sept années qui la conduirait à onze ans au certificat d'études primaires, diplôme impulsé en 1866 par Victor Duruy alors ministre de l'Instruction publique de Napoléon III, institué en 1882 par Jules Ferry et qui pour beaucoup de jeunes marquait l'entrée dans la vie active.

Jeanne n'avait pas remisé pour autant le souvenir de son mari au magasin des accessoires. Elle pensait à lui tous les jours. Son visage hantait ses nuits et la lampe éteinte, il lui suffisait de fermer les yeux pour le voir apparaître, tel un hologramme flottant, tantôt souriant, tantôt grave… Parfois, sa figure se déformait, d'affreuses blessures le rendaient grimaçant et si terrifiant qu'elle se réveillait en sursaut, haletante, le corps baigné de sueur. Elle avait maintenant perdu tout espoir de le retrouver vivant mais, forte de l'amour qu'il lui avait porté au cours de leur jeunesse et de leur vie commune, Jeanne s'était persuadée, jour après jour, qu'il aurait sûrement souhaité la voir heureuse. Mais un mot, un geste, un rien suffisait à rouvrir la blessure mal cicatrisée. Ainsi, la lecture de la une de *La Dépêche* du 10 novembre 1920 qui consacrait sur trois colonnes un grand article avec photo sur l'inhumation de ce Soldat inconnu, ce « déshérité de la mort », désigné la veille par un engagé volontaire de la classe 1919, fils lui-même d'un ancien combattant disparu pendant le conflit.

— Vincent, et si le cercueil sur lequel on a déposé un bouquet d'œillets blancs et rouges était le sien ?

— Le sien ?

— Oui, si cet Auguste Thin avait choisi le cercueil de Mathieu ?

— Qui ça ?

— Auguste Thin, un soldat du 132e RI d'après ce que dit *La Dépêche*... Un type qu'André Maginot, le ministre des Pensions, a choisi à Verdun pour désigner parmi les huit cercueils celui qu'on enterrerait en grande pompe sous l'Arc de Triomphe !

— Un choix bien difficile.

— Il a choisi le sixième.

— Pourquoi celui-là ?

— L'addition des chiffres de son régiment.
— Hum !
— Et si c'était lui ?
— Ma pauvre Jeanne… Il n'y a pas eu que Verdun et les cercueils provenaient de tous les champs de bataille !
— Dis-moi, Vincent ? Et si c'était lui ?
— Jeanne, arrête !
— Pardonne-moi… Je ne sais si je pourrai oublier un jour !
— Tu te fais du mal, dit-il d'une voix pleine de douceur et de compassion, en l'entourant de ses bras, ne sachant que faire pour l'aider à surmonter ce chagrin qui l'assaillait telles les vagues de l'océan montant à l'assaut des cordons dunaires.

Les souvenirs qui poursuivaient Jeanne et l'obsédaient les nuits de pleine lune étaient le lot de bien d'autres, hommes et femmes aux vies broyées par un conflit qui les avait dépassés. Après l'euphorie des premiers jours de la victoire, il était devenu évident, pour beaucoup, que la France mettrait du temps à se relever de ce long conflit mondial. Les croix de bois, qui peuplaient les hauts de Meuse ou de l'Argonne, à l'image de ce roman éponyme de Roland Dorgelès, prix Femina en 1919, se chargeaient de le leur rappeler. L'image des disparus ne se dissipait que lentement dans le cœur des vivants avant de rejoindre le panthéon des figures tutélaires.

Dans l'espérance que cette guerre serait la « der des ders », plus que de glorifier une victoire si chèrement acquise, les anciens combattants souhaitaient rendre hommage à ceux de leurs frères d'armes qui avaient perdu la vie. L'État, par la loi du 25 octobre 1919, s'engagea dans cette voie et dans la plupart des communes de France, on vit s'ériger, placés au centre du village, des monuments commémoratifs du sacrifice d'une nation. Daumazan, le village de Jeanne, n'échappa point à cette règle.

Situé au bout de l'allée principale du cimetière, le monument aux morts dressait sa silhouette en forme de colonne à l'ombre majestueuse d'un sapin centenaire. Réalisé en pierre des Charentes de marque Belle Roche, paré de plaques de marbre d'Italie, rehaussé d'une Croix de guerre en bronze, il avait été érigé à l'initiative du maire, pour un coût de quatorze mille francs, selon la négociation en août 1920 entre la mairie et l'entrepreneur, somme financée par souscription publique et par le budget municipal. Jeanne, accompagnée de Vincent et de Louise, avait tenu à assister à l'inauguration de ce symbole du sacrifice national au début de l'année 1921, une commémoration à la fois simple et belle, enveloppée d'un souffle patriotique puissant et authentique.

Invitée avec tous les enfants de l'école et ce que la commune comptait de notabilités à l'inauguration officielle du monument aux morts de Daumazan, Jeanne Pujol était donc présente. Pourtant, tout aussi fortement imprégnée d'idées socialistes que son mari, elle n'avait jamais eu d'affinités profondes pour ces manifestations accompagnées de chants militaristes tel *Le rêve qui passe,* qui, avant-guerre, résonnaient systématiquement à chaque cérémonie officielle. Non qu'elle eût quelque sympathie pour l'impérialisme prussien ! Mais tout naturellement, reprochait-elle aux nationalistes, admirateurs de Déroulède, plus que jamais dans cet immédiat après-guerre, d'avoir fait la gloire d'un pays et la fortune de marchands de canons. Ah, certes, « ils » n'avaient pas eu l'Alsace et la Lorraine mais, ils lui avaient pris son Mathieu ! Seule *La Chanson de Craonne* trouvait grâce à ses yeux de pacifiste convaincue. « Adieu la vie, adieu l'amour… Adieu toutes les femmes… » Ah oui, cette guerre avait été ignoble !

Sous ce ciel gris où les nuages semblaient avoir renoncé à faire la course, si Jeanne avait accepté de participer à cette solennelle manifestation où les drapeaux tricolores claquaient au vent, c'était justement pour que cette guerre soit « la der des ders » ! En présence des plus hautes autorités, devant les enfants des écoles rassemblés et un parterre d'anciens combattants, elle avait écouté l'interminable litanie des trente-sept noms d'enfants de la commune tombés au champ d'honneur : Cassé… Castex… Cathala… Dorade… Dorio… Dulac… Dumont… Durrieu… Faillefer… À l'appel de chacun, Jean Loubet, un ancien poilu rescapé des Éparges, répondait invariablement d'une voix de stentor « Mort pour la France ». Et certains revenaient en un écho funèbre, symbole de familles particulièrement éprouvées… À l'énoncé du nom de Mathieu Pujol, Jeanne avait cru défaillir : le nom de son mari, gravé en lettres d'or sur les plaques de marbre blanc, faisait d'elle une veuve de guerre officielle pour l'éternité. Elle avait serré plus fort la main de Louise et de Vincent, en posant un bras protecteur sur son épaule, lui avait permis de dépasser ces instants d'intense émotion où le passé lui revenait en pleine figure avec la force d'un boomerang.

— Toi encore, tu as de la chance, avait susurré irrespectueusement dans son dos, en fin de cérémonie, Léontine Delrieu, une femme d'une cinquantaine d'années au regard sévère, toute vêtue de noir.

— Pourquoi tu dis ça ?

— Ton mari est mort en héros, non ?

— Mort ? C'est facile à dire… Tu sais bien qu'on n'a pas retrouvé son corps !

— Enfin, il est tombé au feu ! Ce n'est pas le cas de tous…

— Tu parles pour ton Gilbert ?

— Oui…

— Ton fils, il a été tué à l'ennemi, non ?

— C'est la formule qu'ils emploient sur les papiers, ce qu'ils m'ont écrit en effet… Mais paraît qu'en réalité on me l'a fusillé en avril 1917 !

— Fusillé ?

— Oui, sommairement !

— Mais pourquoi ?

— Pour l'exemple, comme ils disent !

— Et qui t'a affirmé ça ?

— C'est Roubertou, un de ses copains du 126e RI, un type originaire de la Corrèze.

— Et tu l'as cru ?

— Ma pauvre Jeanne… Ce que je vois en tant que mère, c'est que mon gosse il n'est pas rentré !

— Et l'administration militaire, elle ne t'a rien dit sur les circonstances de sa mort ?

— Non ! J'ai rien reçu d'autre que l'avis de son décès. Il ne s'était pas déshonoré, tu sais. Il avait tenu sa place, comme les autres, sans rechigner. D'ailleurs, il n'est même pas passé devant un conseil de guerre !

— Eh bien tu vois…

— Pourquoi on m'a dit alors qu'il n'est pas mort au champ d'honneur pour la France ? termina Léontine en essuyant ses yeux humides d'un carré de toile grossière qui lui servait de mouchoir.

— La vérité et la justice triomphent toujours, Léontine !

— Taratata… Tout ça, c'est bon pour les bourgeois ! La vérité, c'est que vous, les maîtres d'école, vous leur avez rempli la tête de belles idées et que, de vous avoir crus, nos gosses, ils en sont tous morts !

— Tais-toi Léontine, la douleur t'égare…

— Ah non ! Allez faire la leçon à d'autres, madame l'institutrice. Si la douleur vous endort, moi, elle me réveille !

— Léontine, un peu de tenue, voyons ! N'oublie pas où tu es, jeta Jeanne à voix basse en désignant le solennel monument aux morts qui dressait la blanche silhouette de sa colonne au milieu des tombes fleuries du cimetière de Daumazan.

— Oublier… Oublier… Tu en as de bonnes, toi !

— Pourquoi elle dit ça, maman ? avait demandé la petite Louise sans bien comprendre.

— Parce qu'elle a beaucoup de peine, ma chérie.

— Tu veux que j'oublie aussi le bourrage de crâne qui vous rend tous comptables de leur mort ?

— Ma pauvre Léontine, je crois que tu divagues, avait murmuré Jeanne.

— Faudra bien un jour faire les comptes, marmonna dans sa barbe la vieille femme en lui jetant un regard haineux où la jalousie disputait à la peine le privilège de cultiver des rancœurs recuites.

Et de guerre lasse, Jeanne avait haussé les épaules. Que lui répondre ? Cette pauvre Léontine était écrasée par le malheur de la perte de son fils unique. Elle devenait hargneuse et vindicative. Sa bouche grimaçait, transformée par un affreux rictus. Ses traits, plutôt ingrats naturellement, se déformaient, faisant ressortir verrues et excroissances graisseuses à la commissure de ses lèvres. Jeanne Pujol savait très bien que dans la France du bloc national qui avait porté au pouvoir l'an passé Deschanel et Millerand, ce sentiment était loin d'être partagé par toutes celles qui avaient perdu un être cher dans ce conflit. Une vague de patriotisme revanchard balayait le pays, et droite et gauche confondues applaudissaient au fait que l'Allemagne, rendue responsable de la guerre, venait de se voir infliger des réparations à payer d'un montant de 132 milliards de marks-or. Mais, malgré la foi de Louis-Lucien Klotz, ce ministre des Finances auteur de la célèbre formule « l'Allemagne paiera », le Reich de Guillaume II, si chèrement vaincu, n'avait versé que 7,5 milliards de marks-or sur un acompte de 20 milliards au 1er mai 1921, faisant de la question des réparations le point d'achoppement durable des relations franco-allemandes. Sans doute fallait-il pardonner à Léontine son égarement. Elle-même avait bien mis du temps à faire son deuil.

Dans un pays qui plongeait avec délices dans les années folles, nombreux étaient ceux qui cherchaient, dans les plaisirs de la vitesse et des nouveaux rythmes musicaux venus d'outre-Atlantique, à s'étourdir pour mieux oublier les épreuves traversées. Gagnés par l'euphorie de la paix retrouvée, partout les projets fleurissaient pour donner à l'air du temps les couleurs de l'espoir d'un monde nouveau. Ainsi, la vie de Jeanne prit-elle un nouveau sens le dimanche après-midi qui précéda la rentrée des classes de cet automne 1921. Vincent, d'ordinaire d'humeur plaisante pour leur traditionnelle promenade au bord de l'Arize, semblait grave, comme si une pensée secrète lui taraudait douloureusement l'âme. Jeanne le connaissait assez bien pour savoir qu'il avait manifestement quelque chose à lui avouer mais qu'il ne savait pas comment s'y prendre. Elle savait que les grands discours n'avaient jamais été le fort du menuisier, plus habile à manier la varlope ou la gouge que la langue française, bien qu'il s'exprimât dans un français correct. Aussi, en le prenant par le bras, voulut-elle l'aider :

— Je te trouve bien silencieux aujourd'hui !

— Moi ?

— Oui, qu'est-ce qui te préoccupe ?

— Jeanne, je voudrais…

— Parle… Qu'as-tu donc sur le cœur ?

— C'est pas facile à formuler.

— Vincent ! Dis-moi tout.

— C'est… Comment dire ? J'aimerais que toi et moi… Enfin…

— Oui, eh bien ?

— J'aimerais qu'on s'épouse !

— Me remarier ?

— Oui, qu'on se marie, tous les deux, lâcha-t-il dans un souffle en la regardant droit dans les yeux avant d'ajouter : Tu es libre, non ?

— Moi ?

— Oui, tu es veuve depuis plus de cinq ans…

Jeanne avait alors baissé les yeux, inclinant tendrement sa tête sur l'épaule de Vincent, autant par respect pour le souvenir de Mathieu dont elle s'efforçait de conserver l'image intacte dans son esprit que par l'acceptation d'un statut social qu'elle désirait depuis plusieurs mois sans oser l'appeler ouvertement de ses vœux. Elle savait Vincent droit et honnête, fort et sincère, aimant et attentionné, respectueux de sa vie d'avant et du chagrin qu'elle surmontait désormais. Fils de cette France républicaine qu'elle apprenait quotidiennement à aimer à ses élèves, fils de cette terre occitane qui leur collait à la peau comme la glèbe à celle des vignerons du Midi, ces gueux révoltés de 1907, haïs de Clemenceau, fils de ce peuple laborieux qui aspirait à briser les chaînes de la domination millénaire du capital, Vincent n'était-il pas de la même pâte que Mathieu, capable de la même générosité politique et du même altruisme idéaliste ?

— Rien ne s'y oppose, en effet, avait-elle murmuré en relevant la tête pour lui adresser un éblouissant sourire accompagné d'un fougueux baiser.

— Oh Jeanne… Quel bonheur de t'avoir pour femme !

— Tu as mis du temps à te décider, le brocarda-t-elle gentiment.

— J'avais si peur d'essuyer un refus !

— Doutais-tu donc des sentiments que je te porte ?

— Oh non… Si tu savais combien j'ai hâte de partager ta vie ! D'ailleurs pour moi, le plus tôt sera le mieux !

— Si tu veux, nous pourrions nous marier au printemps prochain. À défaut de fiançailles, cela respecterait les convenances.

— Et comme ça, à défaut d'avoir un papa pour veiller sur elle, la petite Louise aurait au moins un beau-père pour la chérir, avait habilement conclu Vincent, sachant que tout ce qui touchait à sa fille prenait une dimension particulièrement sensible chez Jeanne.

Mystérieusement, de bouche à oreille, du pas de porte de l'épicerie au lavoir, la nouvelle de l'engagement des deux jeunes gens se répandit bien vite, le plus souvent à leur insu, alimentant le moulin des commentaires plus ou moins bienveillants de vieilles aigries et de plus jeunes jalouses de voir disparaître un parti possible en ces temps où, conséquence de guerre oblige, il n'était pas toujours aisé de trouver un mari. Le mariage, civil bien entendu au vu de leurs solides convictions républicaines, eut lieu six mois plus tard, dans la plus stricte intimité de la salle de la mairie, aux vacances de Pâques 1922. En l'absence de monsieur le maire, le lieutenant-colonel Charles Daguilhon, retenu en Normandie par une de ces réunions de yearling qu'il affectionnait tant, les consentements des nouveaux époux furent recueillis par Louis Lacoste, l'éternel premier adjoint.

Au sortir de la mairie de Daumazan, Louise ouvrait le cortège des proches, un bouquet de tulipes à la main. Et Jeanne apparut, dans la lumière tendre d'avril, rayonnante, vêtue d'une simple robe en tissu grège pourvue de cinq rangs de franges à la mode du jour, un sautoir de perles autour du cou complaisamment prêté par la femme du pharmacien, un bandeau de fleurs naturelles dans les cheveux. Au pas de la marche nuptiale diffusée par un gramophone à cornet en cuivre de la marque La Voix de son maître, Jeanne, les genoux tremblants, pénétra dans la salle de la maison commune aussi émue que s'il s'agissait d'une première union. Derrière elle, elle entendait les chuchotis admiratifs des quelques invités de la noce. Elle formait, il est vrai, avec Vincent Esquirol en costume sombre, un bien joli couple, dans l'air de ce temps anticonformiste qui, en raccourcissant les jupes des femmes au niveau du genou, faisait souffler sur la France un air de renouveau et de folie.

7

Jours de peines, jours de joies

Comme tous les autres jours, en se levant ce matin-là, Charles alla machinalement jeter un coup d'œil à la fenêtre. Par les carreaux opacifiés d'une bonne couche de givre, il distingua dans l'aube blafarde qui se levait la silhouette momifiée du massif de buis trônant au milieu du parterre de rosiers. Le thermomètre avait plongé largement en dessous de moins dix degrés, la nuit avait dû être glaciale. Ce n'était pas encore aujourd'hui qu'il neigerait et une bise tranchante comme la lame d'un couteau jetait un souffle glacé sur Toulouse. Pensivement, il s'habilla, contemplant le décor familier. En l'espace de deux ans, cette petite chambre au rez-de-chaussée d'une aile moins populeuse de l'hôpital Larrey était devenue son chez-lui. Sur une petite étagère de bois blanc s'entassaient quelques livres empruntés à la bibliothèque de l'hôpital ou prêtés par Rose, le rayon de soleil de sa vie.

Depuis deux ans, Charles vivait avec elle une relation tendre et fusionnelle. Le seul nuage qui en obscurcissait l'horizon était l'hostilité manifestée par les parents de la jeune femme devant toute intention de concrétiser leur amour. Pas question d'un mariage qui serait une mésalliance, avait tranché Hyppolite de Saint-Orens qui escomptait sur le temps pour mettre un terme à cette passion déraisonnable. Seul l'entêtement de Rose, son esprit frondeur et un rien rebelle avaient permis à leur amour de résister à l'opposition paternelle, une opposition largement partagée par ses deux sœurs aînées, Agnès et Mathilde, tout aussi soucieuses de respectabilité. Faute d'être reçu comme un gendre en puissance dans l'hôtel particulier que les Saint-Orens habitaient à deux pas de la rue du Vieux-Raisin, ils avaient multiplié les escapades printanières et estivales chez les Darexy, à Pamiers. La porte de la belle demeure dont la vue plongeait sur les canaux de la Venise ariégeoise leur était grande ouverte. Un courant de sympathie naturelle passait entre les deux hommes et Charles avait trouvé dans cette maisonnée un peu de cette chaleur familiale qui lui faisait défaut.

À sa grande surprise, ce vendredi 24 janvier 1919, le jour où Lénine et Trotski appelaient à la formation de l'Internationale communiste en estimant les vieux partis socialistes en faillite complète, alors qu'il s'apprêtait à passer une matinée à lire, Charles Marre fut convoqué par le major Delmas. Prévenu par Joséphine Cancès, une infirmière revêche qui de temps à autre remplaçait l'aimable personnel soignant de son bâtiment, quelque peu surpris, Charles se présenta à 14 h 30 au bureau du toubib. Qu'est-ce que le major, un bonasse médecin militaire à la moustache joviale, pouvait bien lui vouloir ? Le calot à la main, il frappa à la porte vitrée, attendant une fraction de seconde que le caporal faisant fonction de secrétaire lui lance un « entrez ! » sonore, sans lever la tête pour autant des papiers sur lesquels il était penché.

— J'ai rendez-vous avec le major…

— Tu es le deuxième classe Charles Marre, c'est ça ?

— Oui, en effet…

— Assieds-toi ! Le major va te recevoir dans cinq minutes !

— Qu'est-ce qu'on me veut ?

— Ben, tu lui demanderas.

— Il vous a rien dit ?

— Non ! J'en sais rien mon vieux et puis tu crois que ça m'intéresse ?

Charles se le tint pour dit et, un peu angoissé, tordant nerveusement son calot entre ses mains, il alla s'installer sur une étroite banquette en bois blanc qui jouxtait la porte vitrée. Il n'eut pas longtemps à attendre. À peine assis, la porte du cabinet s'ouvrit à la volée et le major parut. Grand, bien bâti mais doté d'un ventre de sénateur qui trahissait un penchant naturel pour les bonnes tables, Joseph-Antoine Delmas affichait la cinquantaine glorieuse de ces bons vivants de la IIIe République adeptes assidus des repas de corps de garde agrémentés de virées coquines aux boxons, chez les dames de petite vertu. Le crâne dégarni, ce franc-maçon à la bouille joviale, initié comme Gambetta à la « Clémente Amitié » de Cahors, était profondément humaniste et exerçait la médecine comme un sacerdoce. À son apparition, Charles se leva comme un ressort, esquissant un garde-à-vous approximatif.

— Vous voulez me voir, major…

— Ah ! c'est toi, Charles Marre ?

— Oui.

— Allez, entre.

— Qu'est-ce que vous me voulez ? demanda Charles, la voix teintée d'un brin d'inquiétude.

— Assieds-toi, fit le médecin en passant lui-même derrière un bureau encombré de paperasses et où traînait un stéthoscope.

— J'ai… J'ai fait quelque chose qui n'allait pas ?

— Non, non, répondit le major en ajustant une paire de lorgnons en acier sur l'arête de son nez pour le fixer d'un regard intense. Comment te sens-tu aujourd'hui ?

— Comment ça, comment je me sens ?

— Tu vas bien ?

— Oui, pas plus mal qu'hier. Toujours pareil.

— Ton matricule ?

— 17970.

— Tu en es sûr ?

— Oui. Je me le répète assez souvent pour ne pas l'oublier !

— Classe ?

— Euh… 1909, je crois ! Enfin, c'est celle qu'on m'a dit…

— Régiment ?

— On m'a rattaché au 14e RI au sortir du lazaret en Allemagne.

— Né le ?

— Mars 1889…

— Quel jour ?

— Je… je n'arrive pas à bien m'en souvenir.

— Tu as encore quelques difficultés à fixer les dates mais on dirait que ça va mieux. Tu as l'air moins absent que la première fois que je t'ai vu.

— J'ai parfois des maux de tête.

— Ça te prend souvent ?

— Parfois… Ce n'est pas régulier.

— Bah ! Ça passera avec le temps. Voyons ça, fit le médecin. Tu es arrivé ici le 20 décembre 1916.

— C'est vous qui le dites.

— C'est inscrit sur ta fiche ! Ça fait donc deux ans et un mois !

— Assurément.

— Tu as l'air de te plaire chez nous. Faut dire que tu as trouvé une chaussure à ton pied, commenta le médecin, l'œil égrillard.

— C'est un problème ?

— Non… Mais maintenant que la guerre est finie, vois-tu, l'armée française n'a pas besoin d'autant d'hôpitaux.

— Que voulez-vous dire ?

— On réduit la voilure au service de santé !

— La voilure ? Euh… Je… Je ne comprends pas.

— Si tu préfères, on ferme tous les hôpitaux d'évacuation auxiliaires, ceux qu'on avait ouverts aux quatre coins du département pour répartir le flot des blessés afin de concentrer les patients sur les hôpitaux principaux. Concrètement, ça veut dire que j'ai besoin de tous les lits disponibles ici à Larrey.

— En quoi cela me concerne-t-il ?

— Pour faire de la place et accueillir des blessés plus lourdement atteints, les patients les plus légers, comme toi, vont être rendus à la vie civile, démobilisation oblige. Ce qui veut dire que dans une semaine, tu percevras un Abrami !

— Un quoi ?

— Un costume civil pour aller planter tes choux ailleurs ! Ta chambre va servir pour un type plus gravement atteint que toi ! Désolé mon vieux, mais au vu de tes pathologies, je ne peux te garder ici plus longtemps.

— Et où vais-je aller ?

— Le bureau des admissions te fera sans difficulté un bon d'hébergement pour deux nuits dans un hôtel de la ville. Après, ça sera à toi de te débrouiller avec le petit pécule que l'on te remettra.

— Me débrouiller… balbutia Charles, anéanti à la perspective du gouffre inconnu qui s'ouvrait devant lui.

— Oh pour toi, soldat, conclut le major, je ne me fais pas trop de souci. J'ai des cas bien plus préoccupants que le tien ! Ta jolie Rose ne te laissera pas coucher sous les ponts, hein !

Abasourdi par cette nouvelle qui bouleversait toute son existence, Charles serra machinalement la main du major et sortit du bureau du toubib comme un boxeur sonné après un uppercut. Il traversa le secrétariat sans que l'infirmier de service ne daigne lever la tête. Machinalement, il tourna à droite. Il se sentait désemparé, privé des repères familiers qu'il s'était construits jour après jour depuis deux ans. Comme un zombi, l'air absent, il descendit les grandes marches de l'escalier de tomettes rouges, puis emprunta un large couloir ponctué de portes vitrées. Lui si familier de l'hôpital, il errait sans savoir où il allait ! Ainsi, il traversa le sinistre pavillon des tuberculeux et celui encore plus redouté où, depuis le mois décembre 1918, les malades atteints par la troisième vague de grippe espagnole tentaient de survivre à une pandémie qui avait fait plus de morts que la guerre mondiale elle-même. Finalement, il regagna sa chambre et c'est là que, deux heures plus tard, en fin d'après-midi, Rose le retrouva assis sur le rebord de son lit, comme hébété.

— Que vais-je devenir, Rose ? Deux jours d'hôtel et puis la rue !

— D'abord chéri, il n'est pas question que vous vous retrouviez dans un de ces hôtels minables où les femmes de petite vertu amènent leurs amants de passage !

— Mais où aller ? Je n'ai pas de maison…

— Chez moi !

— Mais Rose, vous savez parfaitement qu'il ne saurait en être question, avec vos parents !

— Je vais louer un appartement !

— Avec quoi ?

— J'ai de l'argent, Charles ! Qu'est-ce que vous croyez !

— Mais Rose, vous savez que les femmes, même aujourd'hui, quelle que soit leur condition sociale, n'ont pas la libre disposition de leurs biens !

— Mon père a des relations… Et s'il le faut, je demanderai à Daniel Darexy de m'aider ! Je sais que je peux compter sur lui !

— Est-ce que vous vous rendez compte dans quelle situation délicate vous allez vous mettre avec vos parents ?

— Moi, je vous aime Charles !

— Rose, vous avez tout à perdre à me mettre en balance avec ce que vous avez de plus cher !

— Et pourquoi donc ?

— On n'a qu'une famille.

— Mon amour pour vous, Charles, est sincère et entier…

— Tout comme le mien, ma chérie, murmura Charles en lui prenant les mains. Mais je ne veux pas être à l'origine d'une quelconque brouille avec les vôtres !

— Daniel vous trouvera une chambre près de chez nous pour que nous puissions nous voir tous les jours.

— Ça va coûter cher.

— Qu'importe !

— Je n'ai pas besoin de grand-chose, vous savez ! Je me contenterai d'un galetas, d'une turne.

— Mais Charles, vous n'y pensez pas !

— Un simple lit, une cuvette et un broc pour cabinet de toilette me suffiront

— Laissez-moi faire !

Sept jours plus tard, le jeudi 30 janvier 1919, en début d'après-midi, sous un timide rayon de soleil glacé, Rose, gantée et chapeautée comme il se doit pour une femme du monde, emmitouflée dans un élégant manteau de drap gris orné d'un splendide col de renard argenté, suivie d'un Charles fraîchement démobilisé le matin même, s'engouffra dans l'entrée d'un immeuble cossu de la rue Perchepinte. La bâtisse, construite sur quatre étages en cette matière qui faisait de Toulouse une ville rose, sentait bon la bourgeoisie du cru. La dimension des fenêtres, closes par des persiennes à jalousies, laissait supposer des pièces de réception de belle taille. L'édifice appartenait à Noël Naudi, une relation d'affaires d'Hyppolite, installé sur la place de Toulouse depuis 1886 comme marchand de biens et qui, nourrissant des ambitions politiques, flirtait avec le radicalisme ambiant. La porte cochère franchie, Rose avisa dans la pénombre de l'entrée une vieille femme maigre, courbée en deux, toute vêtue de noir. Elle passait une serpillière humide sur le dallage de briques rouges, qui le rendait presque glissant.

— Bonjour, fit Rose en soulevant avec distinction la voilette de son chapeau cloche.

— Madame…

— Je suis mademoiselle de Saint-Orens. Nous venons pour la chambre.

— Ah oui ! On m'a prévenue. Je vais vous donner la clé, ajouta-t-elle en se redressant péniblement pour les gratifier d'un sourire accueillant. Excusez-moi de ne pas vous y conduire mais avec mes rhumatismes…

— Faire le ménage tous les jours dans cet escalier doit être difficile pour vous, fit Charles compatissant.

— Ah oui ! Monsieur est d'ailleurs bien bon de me garder, faut dire qu'il y a plus de trente ans que je suis à son service ! Si vous saviez, j'ai connu…

— C'est à quel étage ? coupa Rose qui n'avait guère envie de s'étendre plus longuement sur les souvenirs de la concierge, de son temps de domestique.

— Au quatrième, mademoiselle ! Vous ne pouvez pas vous tromper. C'est la troisième porte à droite ! C'est la seule qui n'a pas de nom dessus.

— Et pourquoi donc ?

— C'était la chambre de ce pauvre Firmin Lafuste. Faudra sûrement faire le ménage et aérer un peu, vu qu'elle est inoccupée depuis presque cinq ans.

— Pourquoi dites-vous « ce pauvre » ?

— Il a été tué dès les premiers jours en 1914. Tout est resté comme il l'a laissé le jour de la mobilisation.

— Il n'avait donc pas de famille ?

— Non, personne n'est jamais venu chercher ses affaires !

Les marches de l'escalier, bien cirées, craquaient sous leurs pas. Ici, sur les deux premiers étages, tout sentait le bon goût que peut procurer la rente. Au troisième, l'aisance se dissipait et l'habitat devenait plus commun, réservé à deux ménages d'employés. Au quatrième, sous les combles, le luxe des deux étages nobles laissait la place à l'univers rudimentaire et banal des domestiques. Ici, les portes des chambres de bonnes s'alignaient en une succession répétitive le long d'un couloir timidement éclairé en son milieu d'une vingt-cinq watts poussive. Les WC, un simple placard avec un seau hygiénique et des feuilles de journal découpées, étaient au bout du couloir, le coin toilette, un abreuvoir d'eau froide pompeusement baptisé salle d'eau, à l'autre bout ! La troisième porte à droite, au chambranle décoré d'un panache de trous de vers formant une voie lactée, était la bonne. Sans hésiter, Rose donna deux tours de clé et poussa le battant de hêtre, ouvrant sur une pièce obscure qui sentait le renfermé. Sur les pas de sa bien-aimée, Charles chercha vainement un interrupteur à côté du chambranle de la porte.

— Tiens… Il n'y a donc pas l'électricité ici, constata-t-il.

— Non, c'est inutile.

— Pourtant, elle arrive dans le couloir.

— Les domestiques n'en ont pas besoin, expliqua Rose. Toute la journée, ils sont au travail et une chandelle suffit pour aller se coucher le soir.

— Ah ! J'aperçois un fenestron…

— Ouvrez vite, mon ami ! J'angoisse dans le noir.

Charles manœuvra prestement la crémone de la petite lucarne qui s'ouvrit en couinant. Il repoussa le volet pour laisser entrer un flot d'air glacé, révélant une chambre exiguë au décor assez sinistre pour émouvoir un cœur endurci ou inspirer Zola. Les murs, lépreux, sans autre parement que la brique crue, transpiraient la misère sociale des petites gens. Ici la précarité régnait en maître. Réduit au strict minimum, le mobilier se composait d'une couche étroite qui tenait plus du bat-flanc que du lit, d'une table en bois blanc encombrée d'un fourbi hétéroclite, d'une chaise branlante et d'une malle-coffre débordant de vêtements sales et usagés. Une épaisse couche de poussière à décourager une femme de ménage nappait le tout d'un voile grisâtre et gluant.

— Mon Dieu ! murmura Rose en découvrant

avec effarement la vétusté de la pièce.

— Quel désordre ! Un vrai gourbi, n'est-ce pas ?

— C'est ignoble ! Ah ! Daniel m'avait bien averti qu'il ne fallait pas s'attendre à trouver un palace, mais de là à imaginer une telle soupente !

— Pour moi, Rose, avec vous à mes côtés, c'est le plus merveilleux nid d'amour !

— Ah non, Charles ! Vous ne pouvez habiter dans un tel taudis ! Je m'y oppose et d'ailleurs, je n'oserai jamais venir vous y rejoindre !

— Où voulez-vous que j'aille ?

— Autant vous trouver une chambre d'hôtel !

— Avec quoi la payer, ma chérie ?

— Avec ça, s'il le faut, répliqua-t-elle en ôtant son gant d'un geste nerveux pour lui tendre une bague en or où brillait un magnifique saphir.

— Mais Rose…

— C'est la bague de fiançailles de ma grand-mère. Elle me l'a donnée avant de mourir. Au Crédit municipal, ils sauront bien m'en donner quelque chose !

— Rose, jamais je ne pourrai accepter…

— Notre amour, Charles, mérite bien ce petit sacrifice !

Finalement, Rose n'avait pas eu à se résoudre à de telles extrémités. Mise au courant de ces déboires par téléphone, sa sœur Camille avait prestement adjuré Daniel, son mari, de s'employer à trouver à Charles un meilleur hébergement et de leur faire crédit s'il fallait le temps nécessaire. Faisant jouer ses relations dans le milieu médical, Darexy avait réussi à dégoter un petit meublé, rue du Languedoc, où Charles Marre avait emménagé une semaine plus tard, après un bref passage dans une pension de famille tenue par une vieille fille acariâtre, place Jeanne-d'Arc. Quoique banalement meublé avec un mobilier bon marché en pitchpin, le petit appartement, une pièce avec coin cuisine au quatrième étage d'un immeuble de standing, était clair et lumineux, agréable et propre sans être luxueux. Il n'avait rien de comparable avec l'ignoble galetas que Naudi lui avait proposé, gratuitement il est vrai.

Dans ce petit appartement, où l'unique fenêtre donnait sur cette artère toulousaine très fréquentée, Charles s'astreignait à un rythme de vie régulier, privilégiant comme le corps médical le lui avait recommandé de longues périodes de sommeil. En dehors de sa promenade quotidienne, il passait de grands moments à faire des exercices pour stimuler sa mémoire. Ainsi, il lisait beaucoup et se forçait à écrire deux ou trois jours plus tard ce qu'il se rappelait de ses lectures. S'il fixait assez bien désormais l'antériorité récente des jours et des semaines écoulées, s'il arrivait à se faire de nouveaux souvenirs, il avait plus de difficulté avec le passé lointain, amputé de lien affectif. « Une amnésie rétrograde liée aux traumatismes des bombardements, avaient diagnostiqué sans hésitation les médecins militaires. Ça reviendra, petit à petit. Enfin, pour ce qui est du passé proche… Le reste, vous l'avez définitivement oublié, hélas ! »

Rose venait le voir deux fois par jour, le matin en allant prendre son service à l'hôpital Larrey et en fin d'après-midi, sa journée terminée. Elle restait trop peu au goût de Charles, s'arrachant toujours à regret de ses bras. Mais comment pouvait-elle faire autrement ? Ses parents préféraient continuer d'ignorer l'existence de Charles, espérant toujours lui trouver un parti plus conforme à la respectabilité de leur statut social. Dans l'appartement, elle s'était fait une obligation d'apporter une touche féminine. Sans aller jusqu'à faire du ménage ou un rangement quelconque, tâches qu'elle avait, dans le plus grand secret, persuadé la petite Marie d'accomplir, elle veillait à ce qu'il y eût toujours un petit bouquet de fleurs fraîches posé sur la table.

Trois semaines après avoir installé Charles, rue du Languedoc, le 4 mars 1919, alors que ses parents étaient partis pour trois semaines en cure thermale, le directeur de l'hôpital Larrey la convoqua dans son bureau. La guerre étant désormais terminée, son engagement comme soignante bénévole devenait caduc au 1er avril 1919. Rose devait donc quitter un service où elle avait d'ailleurs donné toute satisfaction mais qui, avec les démobilisations massives et le retour dans leur foyer de nombreux soldats blessés, aurait de toute façon moins besoin de personnel. Cette nouvelle la contraria profondément. Non seulement elle perdait là une occasion de faire la preuve de cette utilité sociale dont les femmes avaient largement témoigné tout au long de cette guerre, mais aussi l'occasion quotidienne de pouvoir aller et venir à sa guise sans en rendre de compte à ses parents. Très émue, Rose se précipita chez Charles pour trouver un réconfort dans ses bras.

— Comment vous retrouver tous les jours sans éveiller leurs soupçons ?

— Mon Dieu, Rose, je ne peux imaginer une journée sans vous !

— Hélas Charles…

— Ne soyez pas cruelle !

— Quel prétexte vais-je pouvoir évoquer ?

— Nous trouverons une solution. Et puis, rien ne presse. Vos parents sont encore pour deux semaines à La Bourboule pour prendre les eaux.

— Certes, mais quand ils reviendront…

— Il sera toujours temps d'aviser, répondit Charles pour calmer l'angoisse qui l'oppressait et lui faisait battre si fort le cœur contre le sien.

— Ah mon ami, puisse le ciel vous entendre et nous venir en aide, murmura, nichée dans le creux de son épaule, une Rose de Saint-Orens qui n'aurait sûrement pas invoqué les voies du Seigneur si elle avait un seul instant imaginé ce que le destin lui réservait.

Ce lundi 24 mars 1919, un ciel bas et gris noyait Toulouse dans une atmosphère cotonneuse qui désorientait même les pigeons errant des toits de la cathédrale Saint-Étienne à ceux de la basilique Saint-Sernin. Le jour avait eu du mal à se lever, donnant au ballet matinal des arroseuses municipales qui aspergeaient généreusement le pavé toulousain un air fantomatique digne du grand Londres de Sherlock Holmes. Un petit vent du nord faisait remonter frileusement le col des ménagères parties au marché Victor-Hugo, un espace commercial ouvert depuis 1892. Ce matin-là, Rose, qui n'était pas de service à l'hôpital, s'était prélassée en de longues ablutions dans la salle de bains, un raffinement d'un luxe inouï pour l'époque, sollicitant à intervalles réguliers la petite Marie pour lui apporter de l'eau chaude dès qu'elle sentait la température du bain diminuer. Devant la glace de sa coiffeuse Louis XV, Rose achevait de s'apprêter, travaillant avec soin à un maquillage d'ombre pour agrandir son regard avant de souligner sa bouche d'un trait de « rouge à lèvres », nouvel accessoire désormais indispensable à la séduction féminine.

— Mademoiselle ! Mademoiselle…

— Marie, vous voyez bien que je suis occupée.

— Mademoiselle… Y a un gendarme qui veut vous voir !

— Moi ?

— Oui, il a demandé à parler à mademoiselle en personne.

— Un gendarme ?

— Oui, mademoiselle. Enfin, il s'est présenté comme tel.

— Eh bien, qu'est-ce que vous attendez ? répondit Rose le visage soudain marqué d'un voile d'inquiétude… Faites-le entrer !

— Ici, mademoiselle ?

— Mais non, idiote ! Au petit salon, bien sûr !

Rose boutonna fiévreusement les deux derniers boutons du col de son chemisier en soie grège. Qu'est-ce que la maréchaussée pouvait bien lui vouloir ? Elle n'avait été ni victime ni auteur de troubles à l'ordre public ! Elle n'avait rien à se reprocher et personne à sa connaissance n'avait porté plainte contre elle. Et puis ici, en ville, c'était d'ordinaire la police à qui on avait affaire. Un dernier coup d'œil dans la glace pour vérifier si rien ne clochait et elle se leva pour traverser la pièce d'un pas décidé. Écartant la lourde tenture de velours grenat qui encadrait le double battant de la porte de la chambre, la gorge nouée par une irrépressible angoisse, elle s'engagea dans le large couloir qui desservait l'étage noble de l'hôtel particulier des Saint-Orens.

En poussant la porte du salon, Rose découvrit la silhouette élancée d'un homme bien bâti, sanglé dans une vareuse ceinte du baudrier de cuir fauve attaché au ceinturon et supportant le réglementaire étui à jambon du pistolet d'ordonnance modèle 1892. Le képi sous le bras, le cheveu coupé court, les guêtres bien cirées, assez luisantes pour qu'on puisse presque s'y mirer, le gendarme lui tournait le dos, promenant un regard intéressé et scrutateur sur les pièces d'orfèvrerie exposées dans une vitrine Napoléon III. À l'entrée de Rose, il se retourna avec autant de vivacité que s'il avait été piqué par un moustique. L'homme avait la quarantaine finissante. Il respirait la bonté et son charisme tenait peut-être à cette couleur émeraude qui donnait à ses yeux un regard à la fois profond et charmeur.

— Mademoiselle de Saint-Orens ?

— Oui, c'est moi.

— Vous êtes bien la fille d'Hyppolite et Élisabeth de Saint-Orens, ayant élu domicile ici même ?

— Oui.

— J'ai une pénible nouvelle à vous annoncer, mademoiselle… Vos parents…

— Mes parents ?

— Oui, vos parents ont été victimes d'un tragique accident.

— Un accident dites-vous ?

— Oui, leur voiture a chuté dans un ravin.

— Ils sont blessés ?

— Hélas, mademoiselle…

À ces mots, Rose se liquéfia. Tétanisée, aussi figée que la statue du commandeur de Don Juan, c'est presque une autre personne qui entendit les propos du militaire. Elle écouta les mots, la succession des syllabes mais sans les comprendre vraiment. Submergée de douleur, elle n'en saisissait plus le sens. Ils entraient dans sa tête pour se mélanger en une cacophonie lugubre et former un tumulte de sons qui perdaient dans les synapses de son cerveau toute cohérence et toute signification. Les phrases simples que prononçait le gendarme, empreintes de compassion, rebondissaient en elle comme les balles de tennis qu'une jeune prodige du nom de Suzanne Lenglen, déjà championne du monde à quinze ans sur terre battue en 1914, pouvait échanger sur les courts.

Rose était à deux doigts de défaillir. Brusquement, elle sentit ses jambes flageoler et le sol se dérober sous ses pas. Instinctivement, elle chercha alors un appui et sa main accrocha au passage une délicieuse bonbonnière en faïence de Martres-Tolosane dont le couvercle se brisa en éclats sur le parquet ciré. La devinant proche de l'évanouissement, le gendarme s'avança pour la soutenir d'un bras charitable. Il la guida jusqu'au bord de la confortable méridienne qui meublait le salon Napoléon III. Marie, la petite bonne, qui avec sa curiosité naturelle devait comme à son habitude écouter la conversation, l'oreille collée contre la porte, se précipita pour la secourir.

Rose reprit vite ses esprits et ses yeux s'embuèrent aussitôt de larmes qu'elle s'efforça de contenir tant bien que mal en présence du militaire. Enfant, on lui avait enseigné à maîtriser ses émotions. Les personnes de qualité ne devaient pas se donner en spectacle devant des inconnus, lui avait-on seriné. Mais dès que le gendarme se fut retiré non sans l'avoir assurée de ses condoléances, Rose éclata en sanglots, la tête blottie entre ses mains. Marie ne savait que faire face à ce torrent de larmes. En désespoir de cause, elle commença à réciter comme les sœurs de la Charité de Sainte-Marie-de-Nevers lui avaient appris à le faire dès son plus jeune âge : « *Pater noster qui est in caelis, sanctificetur nomen tuum, adveniat regnum tuum*... »

Quand mademoiselle eut réussi à dominer son flot de larmes, la petite Marie, tout aussi peinée que sa jeune patronne de la disparition de ses maîtres, s'affaira dans un réflexe professionnel à voiler rapidement tous les miroirs de la maison de crêpe noir et à allumer des cierges conformément à l'usage social du temps. Rose, les yeux tout rougis et gonflés, dominant tant bien que mal les spasmes nerveux qui l'agitaient, réussit à joindre ses sœurs Agnès et Camille par téléphone et envoya un câble à Mathilde, les adjurant d'arriver au plus vite toutes les trois. Anéantie, vidée, elle se laissa tomber sur la méridienne Napoléon III, refusant de toucher à la collation que Marie avait préparée à son intention. Entre deux sanglots, elle chargea la jeune bonne de passer rue du Languedoc pour prévenir Charles et de porter à la teinturerie deux robes et trois chemisiers à teindre en noir afin qu'elle puisse prendre le grand deuil sans tarder. D'ici là, en effet, il n'était pas question de sortir, ni de s'afficher en public. Seule la prière et le recueillement pouvaient être un réconfort à l'immense chagrin qui submergeait son âme.

Deux jours plus tard, toute la famille étant réunie, les corps d'Hyppolite et d'Élisabeth de Saint-Orens arrivèrent dans des cercueils plombés. Mathilde et Agnès, plus pieuses que Camille et Rose, regrettaient que de telles circonstances accidentelles n'aient pas permis de réciter le *Confiteor*, la prière des agonisants. Mais qu'importe, sous l'autorité de l'entrepreneur des pompes funèbres, le cérémonial des funérailles s'enclenchait comme une mécanique bien réglée. D'immenses draps noirs parsemés de larmes d'argent encadraient la porte cochère de l'hôtel particulier, indiquant à tous un enterrement de première classe : même dans le deuil, l'inégalité sociale perdurait et la mort des personnes de qualité comme les Saint-Orens ne pouvait se confondre avec celle des gens du peuple ou de basse extraction. Toutefois, l'heure n'était plus aux démonstrations bruyantes des pleureuses d'antan, laissant place davantage au recueillement intimiste qu'aux manifestations de peine exagérées.

Au vu de sa délicate situation, Charles s'était contenté d'accomplir une visite toute protocolaire pour ne pas heurter les susceptibilités des deux sœurs aînées en de telles circonstances. Pas question pour lui de s'afficher ouvertement comme le gendre putatif, de participer à la veillée funèbre, de figurer dans les rangs de la famille ou encore de prêter son bras à Rose pour la conduire à l'église. Anonyme il était, anonyme il devait rester. Charles, son Abrami orné au revers d'un large bandeau de crêpe noir, la tête coiffée d'un chapeau melon que Rose lui avait acheté, avait tenu simplement à prendre place parmi la foule nombreuse des amis des défunts qui, à 10 heures, après une messe à la cathédrale Saint-Étienne, accompagnèrent le corbillard à cheval à travers les rues de Toulouse au cimetière de Terre-Cabade.

Charles suivait le flot noir de ceux qui, après une dernière prière du curé, défilèrent à pas lents, la mine sombre, la mâchoire crispée, devant la famille alignée pour un ultime hommage aux défunts. Placé en fin de cortège, il avançait entre deux rangs de caveaux au pas des coups de goupillon qui aspergeaient d'eau bénite les deux bières autant que l'assistance. Arrivé à la hauteur des catafalques, Charles était sur le point de tremper à son tour le goupillon dans le sceau en argent pour imiter le geste auguste de la femme qui le précédait quand Rose, disparaissant sous d'immenses voiles noirs au point d'être à peine reconnaissable, fit preuve d'une audace sociale qui stupéfia l'assistance. Lui posant sa main gantée de noir sur l'avant-bras, elle le fit délibérément ranger à côté de la famille, officialisant la position nouvelle qu'elle entendait désormais le voir occuper. De retour à l'hôtel particulier, la cérémonie terminée, elle insista pour qu'il partage la collation qui réunissait les plus proches.

— Croyez-vous, Rose, que ma place soit parmi les vôtres en ces moments ?

— Et pourquoi ne le serait-elle pas ?

— Je ne voudrais pas… Enfin je ne fais pas partie de la famille.

— Mes parents ne vous avaient pas fermé la porte, que je sache !

— Vous savez très bien qu'ils ne tenaient guère à me recevoir.

— Soit ! Mais maintenant, les choses sont différentes, trancha-t-elle.

— N'est-ce pas aller au-devant de divergences familiales ?

— Je suis majeure, Charles. Alors que ça plaise ou non à certains, j'entends désormais vivre ma vie comme je l'entends et je défie quiconque de s'opposer à notre bonheur !

— Tout de même, Rose.

— Dois-je ajouter, Charles, que j'ai besoin de vous ? Votre présence me réconfortera dans ces moments difficiles…

Charles s'était incliné. Par-delà les sentiments qu'il lui vouait, que n'aurait-il pas fait pour elle ? Il lui devait tout… Ne l'avait-elle pas secouru quand il était désemparé ? Il s'efforça néanmoins de se faire le plus discret possible notamment quand la question successorale fut d'actualité. Rester dans l'ombre en ces circonstances lui paraissait la meilleure attitude. Ainsi demeura-t-il debout, adossé à la cheminée, volontairement à l'écart, lors de la réunion de famille qui eut lieu dès le lendemain. Réunis dans le grand salon, le notaire, maître Sarrazin, après avoir entendu les uns et les autres, esquissa les termes d'un arrangement possible entre les quatre sœurs, assistées des trois maris.

— À Mme Agnès de Saint-Orens, épouse de M. Philippe de Castera, présentement magistrat de la cour d'appel de Bordeaux, un tiers des valeurs et des titres, la belle maison de Guillemery avec son parc et ses dépendances dont feu madame votre mère était propriétaire, ainsi que les trois immeubles de la Côte-Pavée et celui de Jolimont… À Mme Mathilde de Saint-Orens, épouse de Maxime de la Jonchère, lieutenant au 20e régiment de dragons, un tiers des valeurs et des titres et les immeubles de rapport sis rue Alsace. À Mme Camille de Saint-Orens, épouse du docteur Darexy, quinze pour cent des titres, trente pour cent des parts de la Tuilerie, le pavillon des Ponts-Jumeaux, la petite maison des bords du canal, les terrains de Lardenne et l'hôtel particulier où nous sommes aujourd'hui. Enfin, à Mlle Rose de Saint-Orens, le restant des valeurs, soixante-dix pour cent des parts de la Tuilerie, les maisons du quartier des Minimes, le domaine de Ghuilot avec ses cinq fermes et l'appartement de la rue de la Pomme, héritage de feu votre mère…

— Vous êtes bien sûre, Rose, de vouloir garder cette propriété agricole ? avait demandé Maxime qui se serait bien vu comme gentleman farmer.

— Oui, c'est la terre de mon enfance, le berceau des Saint-Orens. J'y suis très attachée. Il faut bien quelqu'un pour s'en occuper et je crois que le calme de la vie à la campagne peut être bénéfique à Charles. N'est-ce pas Daniel ?

— Je le crois aussi. Et de mon côté, je caresse le projet dans quelques mois de m'installer à Toulouse comme médecin. D'ici là, Rose peut continuer à habiter ici.

— Eh bien soit !

— Nous sommes tous d'accord, maître. Quant à l'argent liquide, il sera partagé en parts égales.

— Parfait ! Dans ce cas, je vous prépare les papiers. Ah, si toutes les successions se passaient avec autant de sérénité ! avait conclu maître Sarrazin.

Les semaines suivantes, Charles continua à habiter dans son petit meublé de la rue du Languedoc, ce qui ne l'empêchait pas d'entourer Rose de tout l'amour qu'il nourrissait pour elle. Face à la désorganisation de son quotidien après la disparition brutale de ses parents, il savait faire preuve, au-delà de sa disponibilité, d'empathie et de compassion. Charles arrivait ainsi tous les jours vers 12 h 15 pour déjeuner avec elle. En général, elle l'attendait dans le grand salon, assise dans une bergère Louis XVI, feuilletant *Le Petit Écho de la mode*, ce magazine féminin fondé en 1880 par Charles de Penanster, ou faussement occupée à un trompeur ouvrage de dame. Après une étreinte rapide, ils passaient à table. Toutefois, en cette période de grand deuil, pas question pour eux de faire ripaille à l'image de ces solides agapes dont les hommes politiques avaient le secret. Le repas, servi par Marie dans la salle à manger sur une nappe d'une blancheur immaculée, restait simple, presque frugal par rapport aux usages d'une maison qui d'ordinaire ne lésinait pas sur la dépense.

Pas question non plus pour eux d'envisager une sortie au théâtre du Capitole pour écouter ce bel canto dont raffolait Rose, d'aller au cinéma voir le denier film d'Abel Gance ou de Charlie Chaplin, encore moins d'assister à un concert de Pasdeloup. La seule distraction socialement convenable, après le café, était la promenade. Leurs pas les conduisaient donc fréquemment vers ce Grand Rond que les Toulousains appellent familièrement Boulingrin. Si la pluie menaçait, ils préféraient flâner vers la rue Alsace pour pouvoir se réfugier en cas d'averse au Capitole, ce grand magasin qui avait ouvert ses portes en 1904. C'était là bien souvent l'occasion pour Rose de faire quelques emplettes. Elle en profitait pour composer progressivement à Charles une garde-robe plus digne de lui. Elle finissait par abhorrer son costume national car il lui rappelait trop les malheurs d'une guerre qu'elle voulait désormais oublier comme nombre de ses contemporains.

— Regardez ce modèle de veston en tweed ! Il est beaucoup plus seyant que votre vieil Abrami, ne trouvez-vous pas ?

— Le tissu est de qualité, fit Charles en effleurant du bout de ses doigts le revers de la veste.

— Il vous irait comme un gant !

— J'en conviens, Rose.

— Regardez Charles, il est même disponible en petite mesure.

— Oui, le prix affiché s'en ressent, commenta Charles en jetant un œil aiguisé sur l'étiquette suspendue à la manche.

— Eh bien quoi, le prix ? C'est une mesure industrielle.

— Il en est sûrement des moins onéreux en version confection.

— Voyons Charles, vous n'oseriez pas me faire honte ?

— Grand Dieu, ma chérie ! Vous savez bien que je n'ai d'autre souci que votre bonheur !

— Alors, laissez-moi faire, avait-elle conclu d'un geste de la main, et elle appela le chef de rayon.

Elle avait pris l'habitude, une fois par semaine, de glisser subrepticement dans la poche intérieure de sa veste quelques billets de cent francs. Par délicatesse, Rose ne voulait pas avoir l'air de lui faire l'aumône à tout bout de champ. Sans ignorer l'impérieuse nécessité de pourvoir à ses petits besoins, elle ne désirait pas non plus officialiser un geste qui l'aurait mis mal à l'aise. Combien de fois Charles ne lui avait-il pas dit n'avoir besoin de rien ? Respectueuse de sa fierté d'homme, sachant qu'il ne touchait toujours aucune pension d'ancien combattant comme nombre d'éclopés de cette Grande Guerre, elle se gardait soigneusement de lui faire remarquer qu'il était financièrement entièrement à sa charge. Charles menait désormais l'existence facile d'un homme qui peut vivre sans travailler. Il prenait goût à cette vie-là. Descendre acheter son journal, acheter des fleurs à ces marchandes des quatre-saisons pour les offrir à Rose, s'arrêter boire un bock au café-glacier Albrighi, flâner sous la tiède caresse du soleil matinal sur le boulevard de Strasbourg… Tout était si simple !

En ce début d'été 1919, désormais bien loin de l'hôpital Larrey où il avait passé un peu plus de deux ans, Charles se reconstruisait de jour en jour auprès de Rose. Ses maux de tête devenaient plus espacés, ses souvenirs s'enracinaient dans le terreau d'une mémoire fraîche qui ne demandait qu'à être cultivée. Certes parfois encore, la nuit, une indescriptible angoisse le saisissait brusquement. Dans un demi-sommeil, il croyait alors ouïr des cris, des explosions, le staccato des mitrailleuses. S'il se bouchait les oreilles pour ne pas les entendre, enfouissant la tête dans les profondeurs de l'oreiller, cette cacophonie de sons dantesques se transformait en images qui revenaient en boucle, comme un cauchemar. Et immanquablement Charles se réveillait en nage. Il se levait, faisait quelques pas dans la pièce, buvait un verre d'eau, histoire de chasser ces obsessions du temps d'avant. Ah ! Heureusement qu'il avait Rose… Tragiquement libérés de l'opposition parentale à un avenir commun, rien ni personne ne s'opposait plus à leur mariage. Celle qu'il chérissait le plus au monde avait d'ailleurs la même espérance.

— Si vous saviez combien cette grande maison me semble vide ! Seule ici, je supporte mal cet ennui.

— Il y a la petite Marie et Adolphe…

— Mais Charles, les domestiques, fussent-ils presque de la famille, ne tiennent pas compagnie !

— Il faut être patiente, ma chérie.

— Oui, dans quelques mois enfin mon grand deuil sera achevé et nous pourrons alors nous marier.

Les six mois réglementaires écoulés, le temps de publier les bans, leur mariage eut lieu à l'église de la Dalbade, le samedi 10 janvier 1920. Quoique le mariage fut sobre et simple, le deuil étant récent, la meilleure société toulousaine se pressait à la cérémonie nuptiale. Ce jour-là, pour Rose, vêtue d'une robe grise de demi-deuil portant la griffe d'un grand couturier, et pour Charles, arborant pour l'occasion queue-de-pie et chapeau haut de forme, c'était le plus beau jour de leur vie. À la sortie de l'église, la foule des invités jetait pétales de roses et poignées de riz, symboles de bonheur et de prospérité. Bien sûr, le souvenir d'Hyppolite et d'Élisabeth, les parents de Rose décédés tragiquement quelques mois plus tôt, était dans toutes les mémoires. Mais une aube nouvelle s'ouvrait sous leurs pas comme sous ceux de cette Europe qui émergeait péniblement de la guerre. Ce jour-là en effet, le traité de Versailles, signé quelques mois plus tôt en juin 1919, entrait en vigueur, amputant l'Allemagne d'un huitième de son territoire, coupant la Prusse-Orientale par le corridor de Dantzig du reste du pays, réduisant son armée à cent mille hommes, lui confisquant toutes ses colonies et la condamnant à de lourdes réparations comme si elle était la seule responsable de la guerre.

Deux mois plus tard, le lundi 15 mars 1920, alors que la même Allemagne de Weimar faisait face au coup d'État des généraux Kapp et Lüttwitz, Charles et Rose quittèrent l'hôtel particulier des Saint-Orens en fin de matinée pour prendre la direction du domaine de Ghuilot. Marie, la petite bonne, et Germaine, la cuisinière, les suivraient avec les impedimenta dans la voiture de déménagement. Dans la cour, laissant Adolphe le chauffeur charger les oubliés de dernière minute, Charles huma longuement l'air frais. Le KG sans nom ni passé avait conscience de tourner définitivement une page. Le pâle soleil qui baignait les rives de la Garonne toute proche lui sembla de bon augure. Cette lumière crue n'inaugurait-elle pas une nouvelle vie ? La nouvelle voiture, une rutilante Panhard Levassor X26 de couleur bleue, un modèle doté d'un moteur de trois litres sans soupapes, acheté en remplacement de la luxueuse Renault ES Labourdette qui avait été fatale à Hyppolite et à son épouse, ne concrétisait-elle pas ce nouveau départ ?

Une heure plus tard, parvenue aux limites de l'Ariège et de la Haute-Garonne, la Panhard Levassor quittait la modeste départementale à l'orée du bourg de Lézat-sur-Lèze, une charmante bourgade débordante d'activité. Elle s'engagea sur un chemin vicinal et cinq kilomètres plus loin franchit une immense grille en fer forgé donnant accès à une allée bordée de platanes centenaires. Perdue au milieu d'un moutonnement de collines, Charles distingua entre les branches des arbres encore dépourvus de feuilles une grande bâtisse à deux étages en brique rouge, érigée au bout du chemin, sur un semblant de terre-plein qui voulait se donner des allures de motte féodale.

Flanqué de deux massives tourelles carrées qui lui conféraient un petit air aristocratique, percé de larges baies qui laissaient entrer la lumière à flots, le bâtiment révélait au premier coup d'œil une origine remontant à la fin du XVIIIe siècle. La vitre de la voiture baissée, au risque d'attraper un mauvais courant d'air, Charles se dévissait le cou pour découvrir le paysage.

— Nous voilà à Ghuilot, fit Rose en ouvrant la portière sur le marchepied de la voiture.

— Mais c'est une magnifique propriété, laissa échapper Charles en promenant un regard émerveillé sur ce panorama bucolique.

— Voyez-vous, Charles, c'est la terre de mes meilleurs souvenirs, là où j'ai passé les plus heureuses vacances de mes années d'enfance, fit Rose la voix teintée d'une certaine nostalgie.

— Je comprends mieux ma chérie votre désir de vouloir à tout prix garder ce domaine ! Vivre ici doit être bien agréable…

— Mon père en goûtait en effet l'apaisante sérénité mais ma mère ne s'y plaisait pas vraiment.

— La maison n'est-elle point confortable ?

— Oh si ! Mon père y a même fait installer le téléphone !

— Pourquoi donc votre mère alors…

— Elle trouvait Ghuilot trop calme, un peu loin de tout. Maman a toujours préféré l'agitation de la ville, les magasins… Elle ne consentait à y passer deux mois l'été que pour fuir la chaleur toulousaine.

— Cent trente-deux hectares de terres, m'avez-vous dit ?

— Oui, les terres sont réparties sur cinq métairies. On en voit trois d'ici… Regardez, Charles, fit Rose en levant sa main gantée à l'horizontale. Voilà Canalis, Ganelle et en contrebas on aperçoit le toit de Nartus. Celle de Burret est cachée par la colline et celle de Gallau là-bas, derrière le bois.

Rose lui commentait le paysage quand, sorti d'on ne sait où, sans crier gare, un homme d'âge mûr émergea devant le capot de la Panhard. De taille moyenne, habillé d'une robuste veste de drap épais et d'un pantalon de coutil marron, il se porta à leur hauteur, ôta prestement un béret noir pour découvrir un crâne marqué d'une calvitie bien avancée. Contre un minuscule logement et l'usage d'un bout de jardin, Roger Escaich et sa femme servaient de gardiens et d'homme et de femme à tout faire à Ghuilot. Les épaules légèrement voûtées par l'âge qui avançait ne l'empêchaient pas d'être vigoureux et son visage buriné par les saisons et les jours ressemblait à ces noueux ceps de vigne qui couraient sur un lit de cailloutis aux flancs des coteaux les plus raides pour donner un petit vin souple et gouleyant. Derrière des yeux noirs sans cesse en mouvement, le visage buriné de rides profondes révélait une fidélité sans faille et un solide bon sens paysan.

— Ah mademoiselle ! Je ne vous attendais pas de si bonne heure…

— Bonjour Roger ! Je vois que vous avez reçu mon télégramme…

— Oui mademoiselle. Et comme vous l'avez demandé, j'ai allumé le calorifère. Hier, ma femme vous a aussi ouvert les fenêtres pour faire rentrer le soleil et demain je vous porterai un autre charreton de bois.

— À la bonne heure ! Il fera ainsi moins froid dans cette vieille maison.

— C'est bien la première fois que vous venez aussi tôt dans l'année.

— Il faut un début à tout, Roger.

— Dites, mademoiselle, c'est vrai que vous allez habiter ici avec…

— Tout à fait ! Nous nous installons de façon définitive à Ghuilot. D'ailleurs, je vous présente mon mari, Charles. C'est un grand blessé de la guerre et l'air de la campagne lui fera du bien.

— Monsieur…

— Charles Marre.

— J'espère que monsieur se plaira ici, balbutia Roger instinctivement avec une prudente réserve face à ce type qu'il ne connaissait pas, puis il ajouta par réflexe : Je trouve que mademoiselle a grandi !

— Ah non Roger ! le reprit gentiment Rose dans un sourire qui découvrait une dentition parfaite. Vous me dites ça chaque année, je n'ai pas grandi depuis l'année dernière ! Dites plutôt que j'ai vieilli.

— Oh mademoiselle ! Ça… je ne me le permettrais pas.

— Et puis Roger, il va falloir vous habituer aussi à dire madame !

— C'est vrai que mademoiselle est mariée maintenant… Ah ! tant que j'y pense, ma femme a fait un peu de ménage et elle vous a tué un poulet pour midi. Germaine n'aura qu'à l'enfourner ! Ce tantôt, le père Coussy a livré deux pains de glace pour la glacière, encore qu'en cette saison, on n'en ait guère besoin.

— C'est parfait ! Merci Roger… Ne vous inquiétez pas, Marie s'en occupera, fit Rose avant de se retourner vers son mari et de lui dire en le prenant par le bras : Allez, venez, Charles, entrons… Pendant qu'Adolphe décharge nos bagages, je vous amène faire le tour du propriétaire.

Rose l'entraîna à travers un vaste hall décoré de tableaux de Despax et autres artistes toulousains. Charles trouva le domaine de Ghuilot tout de suite à sa convenance. Sans doute aurait-il fallu être bien difficile pour qu'il en fût autrement ! La belle demeure avec son salon Restauration, sa vaste pièce de réception, son bureau, sa bibliothèque, son billard, ses huit chambres, ses trois salles de bains et sa cuisine digne d'un manoir offrait, il est vrai, les volumes d'une confortable gentilhommière apte à satisfaire le notable le plus exigeant. Certes, par inclination naturelle, Charles préférait déjà la campagne à la ville. Fallait-il voir d'ailleurs dans ce penchant une rémanence sourde de cette vie d'avant dont il avait perdu tout souvenir ? Du perron bordé d'une rambarde en pierre du Plantaurel, il apercevait la chaîne des Pyrénées qui barrait l'horizon de sa majestueuse silhouette tutélaire. Cette vision le ravissait. Et à contempler le trait sombre qu'elles dessinaient dans le ciel printanier, Charles ne pouvait s'empêcher de les trouver familières…

C'est ainsi que Charles Marre commença de mener à Ghuilot, aux côtés de sa femme Rose, une existence des plus agréables. Au gré des caprices printaniers de la météo, il passait de longs moments dans la bibliothèque, confortablement installé dans un fauteuil Empire, dévorant avec un insatiable appétit les ouvrages traitant aussi bien des innovations dans l'agriculture que de la Révolution française. Si le soleil était de la partie, Charles faisait de nombreuses promenades, parcourait le domaine en tous sens ou bien s'adonnait aux travaux de jardinage. Charles s'intéressait à tout, manifestant sur nombre de sujets, une très vive curiosité intellectuelle. Jour après jour, Rose le voyait ainsi s'épanouir, s'affirmer. Il gagnait en assurance et l'ex-KG un peu paumé de l'hôpital Larrey s'estompait progressivement derrière la stature d'un aimable gentleman-farmer. Il éprouvait le bonheur de joies oubliées comme celle de taquiner le goujon et découvrait celle de monter à cheval.

Un mois et demi après leur installation dans cette oasis de sérénité éclata la grande grève des cheminots. Déclenché à la faveur du 1er Mai, le mouvement social vira rapidement à la grève générale, paralysant tout le pays en un temps où le ferroviaire assurait l'essentiel du transport intérieur. La proximité de la révolution russe faisait craindre le pire. Au domaine de Ghuilot, loin de l'agitation des grandes villes, dans la douceur sucrée d'un printemps qui voyait éclore les premières éphémères, les nouvelles du front social arrivaient atténuées, assourdies, déformées par le prisme des journaux dont Rose et Charles faisaient la lecture tous les jours, après le café, dans le salon Restauration, confortablement installés dans de moelleux fauteuils pendant que la petite Marie débarrassait la table de la salle à manger.

— Le gouvernement a fait arrêter Pierre Monatte.

— Qui est-ce ? demanda Rose sans lever la tête, occupée à feuilleter un magazine féminin.

— Le directeur de *La Vie ouvrière*, l'un des animateurs de la IIIe Internationale, d'après l'article…

— Hum ! Encore un de ces vauriens de communistes, maugréa Rose avant d'ajouter : Il a bien fait !

— Vous ne les aimez pas beaucoup, lui répondit Charles en souriant.

— Les aimer ? Regardez donc la Russie ! Le pays est à feu et sang… Comment peut-on aimer des gens qui cherchent à installer la dictature du prolétariat !

— Le régime du tsar n'était guère je crois un modèle de démocratie…

— Peut-être mais le gouvernement de ce monsieur Kerenski ne se proposait-il pas de l'établir ?

— Il paraît, murmura Charles, les yeux perdus dans les trois colonnes de *La Dépêche*.

— Enfin, si tout cela pouvait concourir à remettre un tant soit peu d'ordre dans notre propre pays ! Cette Chambre bleu horizon est bien trop molle à mon goût pour redresser la situation. Ce qu'il nous faut, c'est un gouvernement fort car si ça continue, vous verrez, mon ami, que comme en Italie, les intérêts des possédants et des propriétaires seront bientôt menacés par ces gueux !

— N'êtes-vous pas un peu alarmiste, Rose ?

— Ouvrez les yeux, Charles ! Tenez, lisez donc la dernière tribune de Maurras dans *L'Action française*, fit Rose en lui tendant un journal posé à côté d'elle sur une table basse. C'est limpide !

Ainsi, mois après mois, Charles Marre s'installa politiquement dans la peau d'un de ces notables provinciaux d'une France vivant les derniers feux de l'âge d'or des rentiers. Comment ne pas prendre goût à cette vie facile où les jours se suivaient dans la plénitude d'une harmonie renouvelée ? Avec Marie, Germaine et Adolphe pour les servir, jouissant des confortables revenus de l'héritage de ses défunts propriétaires, le domaine de Ghuilot offrait le cadre idéal d'une existence paisible où la monotonie du temps était rompue tous les quinze jours par une journée à Toulouse où, avec Rose, ils couraient boutiques et magasins, achevant leur virée par une séance de cinéma ou par une représentation au Capitole de ce bel canto dont ils raffolaient tous deux. Et le soir, au retour, dans la Panhard Levassor conduite par Adolphe, Rose s'endormait sur son épaule…

Au bel été succéda un automne flamboyant. Daniel Darexy, qui avait obtenu en juin un poste de médecin à l'hôpital de La Grave, habitait désormais l'hôtel particulier des Saint-Orens. Ayant rapatrié toute sa famille sur la Ville rose, la maison de Pamiers louée, il venait avec Camille les visiter très régulièrement, en fin de semaine. Les deux sœurs, très proches, avaient toujours du plaisir à se retrouver, partageant papotages et petits secrets tandis qu'après le repas, les hommes disputaient une amicale partie de billard ou d'échecs. En ce début septembre 1920, les sixièmes Jeux olympiques à Anvers battaient leur plein, mais c'est la chasse qui occupait surtout les deux hommes. Daniel Darexy avait fait découvrir à son beau-frère les plaisirs cynégétiques et ils se livraient à de folles traques tous les week-ends dans les collines avoisinant le domaine de Ghuilot. Dans une nature où les pratiques agricoles restaient faiblement industrialisées, le gibier pullulait et chaque partie se soldait par des tableaux dignes des plus grands nemrods.

L'aube des mauvais jours ne ralentissait pas leurs ardeurs et Charles, qui avait fait l'acquisition d'un épagneul français, sortait tous les jours. Ainsi le jeudi 11 novembre, alors qu'à l'Arc de Triomphe se déroulaient les premières cérémonies d'honneur au Soldat inconnu et que les gelées matinales déplumaient les platanes de l'allée cavalière du domaine de Ghuilot, il était parti de bonne heure chasser la bécasse, laissant Rose se prélasser sous l'édredon de plume en attendant que Marie lui porte le petit déjeuner. Depuis le début du mois, délaissant la traque du lapin, Charles s'était pris d'intérêt pour ce gibier si singulier. Bien renseigné par les paysans sur les lieux des « tenues », il battait la broussaille matin et soir pour débusquer cette mordorée dont les crochets déroutants rendaient le tir si sportif !

Comme d'habitude, ce matin-là, Charles rentra vers 11 heures, fourbu mais heureux. Il avait ainsi largement le temps de faire un brin de toilette avant de rejoindre Rose au salon où, à cette heure, elle lisait d'ordinaire *La Dépêche* qu'Augustin Mirouze, le facteur, portait tous les jours au domaine. Aussi, grande fut sa surprise en arrivant de trouver la porte du garage grande ouverte. Où pouvait être à cette heure la Panhard Levassor ? Rose ne lui avait pourtant pas dit qu'elle devait sortir… Pourquoi un départ si précipité ? Son front se barra d'une ride d'inquiétude. Déposant son fusil sur le râtelier, il se précipita à la cuisine où Germaine, occupée à confectionner une tarte aux poireaux, le renseigna.

— Madame est partie consulter le docteur Vergé à Lézat.

— Le docteur Vergé ? Mais pourquoi donc ? Madame est malade ?

— Je ne crois pas, monsieur. Un peu pâlotte tout au plus…

— Vous êtes sûre de ne rien me cacher ?

— Oh monsieur !

— Dites-moi la vérité !

— Eh bien, monsieur… Comment vous dire ?

Je crois que c'est un problème de femme…

Avec un médecin comme beau-frère, il n'était pas d'usage d'aller voir un autre praticien. Il fallait donc que l'affaire soit urgente et importante. Charles n'avait rencontré le docteur Vergé qu'une seule fois, pour soigner un anthrax douloureux. Le docteur, un jovial quadragénaire au teint rose, exerçait depuis une quinzaine d'années avec une conscience professionnelle qui faisait l'admiration de tous. Thérapeute confirmé, il avait refusé la proposition d'un collègue toulousain qui désirait céder un cabinet prestigieux et une clientèle fortunée. La visite chez Vergé confirma les inquiétudes de Rose sur l'irrégularité de son cycle féminin. Elle était tout simplement enceinte de deux mois. Aux termes d'une grossesse normale, la naissance était prévue pour la mi-mai.

8

Renaître...

Charles était fou de joie. La perspective d'avoir un premier héritier le comblait d'un légitime bonheur paternel. Mais il avait aussi d'autres motifs de félicité. L'enfant à naître sous leur toit aurait un nom, une véritable ascendance, une filiation reconnue, une identité authentique, bref tout ce qu'il avait, lui, définitivement perdu dans cette guerre qui avait broyé les hommes à n'en laisser que des litanies de noms sur le granit des monuments aux morts. Charles mit dès lors tout en œuvre pour faire à sa jeune épouse une vie la plus douce possible. Laissant son fusil calibre 12 au râtelier et son épagneul se prélasser devant la cheminée du salon, il consacrait tout son temps à satisfaire les moindres désirs de Rose. Ainsi, à peine manifestait-elle l'envie de s'asseoir, que son mari avançait les bras d'un fauteuil. De même, au prétexte qu'Adolphe, le chauffeur, conduisait la Panhard Levassor sans éviter les nombreux nids-de-poule qui parsemaient les routes du pays, Charles passa le permis pour les automobiles à pétrole. Et quand il fallut choisir le lieu où Rose devrait enfanter, fort de sa nouvelle autorité de père de famille, Charles trancha.

— Germaine m'a dit que c'est d'ordinaire Mme Esquirol qui assiste le docteur Vergé comme sage-femme.

— Ah non, Rose ! Il ne saurait être question que vous accouchiez ici !

— Mon Dieu mais pourquoi cet emportement Charles ?

— Avez-vous songé aux soins que votre état peut nécessiter ?

— Ma grossesse se passe pour le mieux. Et puis c'est là que nombre de Saint-Orens sont nés.

— Rose, nous ne sommes plus au XIXe siècle !

Un mois avant la date supposée de la délivrance, fin avril, Charles transporta donc Rose à Toulouse, dans l'hôtel particulier des Saint-Orens, pour y achever sa grossesse sous l'œil vigilant de son beau-frère. Ainsi entourée, Rose guettait les signes avant-coureurs de sa parturition. Aux premières douleurs, Charles la conduisit dare-dare à la maternité de l'hôpital de La Grave. Daniel Darexy avait insisté pour que la naissance ait lieu là, arguant de la compétence de ses confrères obstétriciens. À l'issue de trois heures de « travail », le bébé qu'elle mit au monde était une magnifique petite fille au teint clair de trois kilos six cents. Ils la prénommèrent Marie-Élisabeth, un prénom choisi en l'honneur des deux grands-mères de Rose, précocement disparues. Était-ce l'effet du vent d'autan qui charriait les fumées des usines, le bébé toussotait de façon chronique si bien que le docteur Mazas, le pédiatre, leur conseilla la campagne.

— L'air y sera moins chargé de miasmes, expliqua-t-il.

— Marie-Élisabeth n'est-elle pas trop petite pour envisager un tel voyage, docteur ?

— Non et je vous dirais même que le plus tôt sera le mieux… Avant les premières grosses chaleurs de juillet en tout cas ! Partez de préférence un matin de bonne heure.

Le 7 juin, la mère et l'enfant regagnèrent par une matinée radieuse le domaine de Ghuilot, sous la conduite de Charles au volant de la Panhard Levassor. De fait, en plus du bon air, loin du tumulte de la ville, loin des pétarades des moteurs à explosion qui remplaçaient dans les rues de la Ville rose de plus en plus les charrettes et les chevaux, les saisons et les jours étaient ici assez empreints de cette lumineuse sérénité qui permet d'atteindre la dimension de l'éternel. Quel meilleur cadre pouvait permettre l'épanouissement d'un enfant ? C'est ainsi, au gré des promenades en landau dans l'allée cavalière du domaine, que Marie-Élisabeth s'éveilla à la vie sous l'œil émerveillé et attendri de ses parents.

Sur les conseils d'Agnès, sa sœur aînée, Rose avait engagé une gouvernante pour s'occuper de la petite Marie-Élisabeth et la seconder dans ses tâches maternelles. Irène Labeur, une veuve d'une cinquantaine d'années, avait ainsi fait son entrée au domaine de Ghuilot, rejoignant les fidèles serviteurs de la maisonnée. Femme d'expérience qui avait élevé elle-même trois enfants, la présence d'Irène permettait à Rose et à Charles de s'échapper plus fréquemment. Ainsi pouvaient-ils aller à Toulouse pour écouter un concert ou voir une pièce de théâtre, assister au carnaval de Nice, partir en voyage à Rome ou passer quelques jours au Grand Hôtel de Font-Romeu qui depuis 1913 accueillait une clientèle huppée, autant d'escapades facilitées par les confortables revenus du couple que par la quasi-disparition des maux de tête dont Charles avait longtemps souffert.

Les années passaient et les échos de cette France, empêtrée dans les problèmes économiques comme dans celui du règlement des réparations que l'Allemagne devait payer, d'un pays incapable de retrouver le temps béni d'une

Belle Époque définitivement balayée par cette guerre mondiale, parvenaient à Ghuilot toujours atténués. Aux côtés de Rose, Charles Marre était devenu mois après mois un de ces hobereaux d'une France provinciale arc-boutée sur les restes d'une chimérique splendeur. Fruit de son mariage et de son installation au domaine, il s'était imbibé inconsciemment des valeurs d'une classe au point d'en épouser la mentalité et d'avoir la « réactance » passionnelle. Ainsi, en parcourant *L'Express du Midi*, en juin 1924, prenant le café avec Rose dans le salon après le repas, Charles ne put s'empêcher de fulminer :

— Encore une bande d'incapables !

— De qui parlez-vous, mon ami ?

— De ce gouvernement du Cartel des gauches, répondit Charles.

— Eh bien ?

— Chautemps, Daladier, Meyer, Queuille… Voilà les piliers de notre nouveau gouvernement ! Que des radicaux-socialistes ! Je ne leur donne pas trois mois pour organiser la ruine du pays !

— Vont-ils augmenter les impôts ?

— Il y a fort à parier que oui, hélas, fit Charles.

— Mais qui peut faire confiance à des types de cet acabit ?

— Personne ma chère, ils conjuguent bêtise et incompétence ! Ils vont livrer le franc à la spéculation la plus effrénée ! Voyez-vous, Rose, les affaires exigent avant tout stabilité et confiance et avec eux l'argent va fuir le pays.

— Tout va à vau-l'eau !

— Vous ne croyez pas si bien dire… Savez-vous que j'ai lu pas plus tard qu'hier dans *L'Express* qu'à Toulouse, la ville allait organiser un concours de bébés avec un grand défilé le 14 juillet au Grand Rond…

— Mais pourquoi exhiber des enfants ?

— Pour distinguer les plus beaux ou les plus orignaux qui recevront un prix et un diplôme !

— Pauvre France !

Quoique le contexte économique fût illusoirement euphorique, les années folles qui s'enchaînaient eurent pourtant de quoi combler Rose et Charles de bonheur. À la naissance de Marie-Élisabeth, succéda celle d'Henriette en octobre 1925. Trois ans plus tard, le 27 août 1928, la venue au monde d'Edmond acheva de les combler de félicité. Enfin un fils ! Charles était aux anges. La vision de ce gros bébé joufflu qui lui rendait naïvement ses risettes l'envahissait d'une légitime bouffée d'orgueil. Cette naissance le remplissait d'autant plus d'espérance que ce jour-là toutes les gazettes du pays titraient sur la signature du pacte Briand-Kellogg, un accord historique signé entre quinze grandes puissances qui mettait désormais la guerre hors la loi. N'y avait-il pas plus beau présage pour la naissance d'un enfant que cet engagement au règlement des conflits par des moyens pacifiques ?

Cet heureux événement poussa Charles l'année suivante à concrétiser un projet qu'il mûrissait depuis plusieurs mois : ajouter le nom de Saint-Orens à son propre patronyme. Oh, ce n'était pas par gloriole de la particule, encore qu'il ne fût pas insensible au prestige ornemental qu'elle représentait. Mais ainsi, en s'accrochant aux racines de la famille de sa femme, il apportait une solution partielle à ce problème d'identité qui n'avait jamais cessé de lui occuper l'esprit : qui était-il ? D'où venait-il ? Charles, après s'en être ouvert à Rose, prit donc rendez-vous avec maître Lacoste, l'avocat de la famille, pour se renseigner. L'homme de loi lui expliqua que sur la base juridique des lois du 6 fructidor An II et du 11 germinal An II, cette demande exceptionnelle, dûment publiée au *Journal officiel*, devait être ensuite adressée au procureur de la République qui instruirait un dossier nourri de toute une foule de pièces. Assurément, les démarches administratives promettaient d'être longues mais devenir Charles Marre de Saint-Orens, retrouver une filiation à quoi se raccrocher devait se mériter !

— Tenez, Rose… Vous n'avez qu'à signer ici…

— Où ça ?

— Là, en bas de page, et n'oubliez pas vos initiales…

— Ah si vous saviez, Charles, comme cette initiative me va droit au cœur !

— Ainsi Rose, votre nom ne disparaîtra pas… Et moi, j'aurai enfin une identité choisie au lieu de celle qu'on m'a donnée. Une identité dont je ne sais rien, si elle est celle d'un héros ou d'un voyou…

— J'y consens d'autant plus que je n'ignore pas combien vous souffrez de cette situation.

— J'espère simplement que personne n'y fera opposition…

— Il ferait beau voir, répondit sèchement Rose.

Après des mois d'attente, la procédure judiciaire avait fini par aboutir et en avril 1932, un décret du garde des Sceaux l'autorisa officiellement à adjoindre le nom des Saint-Orens au sien. Les mains tremblantes, il relut quatre fois la lettre de la chancellerie. Une vague d'immense bonheur le submergea. Pour Charles, c'était un grand jour, presque aussi beau que celui de son mariage avec Rose. Porter ce nom, c'était une renaissance. Il en tirait une fierté qui lui faisait instinctivement redresser la tête. Son statut social s'en trouvait légitimé et il pouvait promener un regard souverain sur les gens comme sur les choses. Mais au-delà même de la respectabilité que ce patronyme impliquait, il existait ! Toute trace d'origine honteuse était effacée. En affaires comme dans tous les actes de la vie publique, il était désormais quelqu'un. Porter ce nom ne lui permettrait-il pas d'assumer les responsabilités qu'il avait toujours hésité à prendre ?

Comme beaucoup de ses contemporains, Charles fréquentait alors le monde des anciens combattants du canton. On lui avait déjà proposé la présidence de la section locale. Mais Charles ne se sentait pas prêt, doutant de lui-même. À l'instar de tant d'autres de ces héros anonymes, marqué du sceau du pacifisme ambiant, il voulait espérer que cette guerre serait la « der des ders ». S'ils étaient près de trois millions à appartenir à une association, par-delà les clivages politiques de ces amicales d'anciens soldats, tous voulaient ériger la fraternité comme valeur morale et se proposaient d'unifier une société politiquement divisée. Charles, imprégné des convictions d'une famille qu'il avait faite sienne, avait adhéré tout naturellement à l'Union nationale des anciens combattants, une organisation plutôt conservatrice, rivale de l'Association républicaine des anciens combattants, fondée par Henri Barbusse, proche, elle, de la SFIO et du PC.

Toutefois, par une salutaire prudence, Charles resta toutes ces années-là en dehors de tout mouvement d'anciens combattants d'obédience politique. Il se garda ainsi d'adhérer à ces Croix-de-Feu du colonel de La Rocque, n'affichant aucune idée en dehors des discussions qui allaient bon train dans le salon familial à l'heure du café en écoutant la radio. Un nouveau poste de radio, un splendide Pathé 10 acquis au prix de trois mille sept cent cinquante francs en février 1936, trônait d'ailleurs depuis quelques semaines au salon en remplacement du vieux Radiola de 1926. Il leur permettait désormais de suivre plus confortablement et avec moins de parasites et de crachotements les actualités héroïquement captées par une antenne filaire qui traversait tout le plafond de la pièce. Tous les soirs, Charles et Rose écoutaient avec ferveur Radio-Toulouse, une dynamique station privée, créée en avril 1925 par Jacques Trémoulet, initiative concurrencée par le lancement quelques jours plus tard de Toulouse-Pyrénées, la radio d'État émettant sur le réseau PTT. C'est par le biais de ce poste qu'ils assistèrent au triomphe du Front populaire, victoire qui provoqua crainte et effroi chez tous les possédants.

— Avez-vous entendu ce discours ? J'en ai des frissons…

— Oui… Je suis comme vous. Léon Blum et ce gouvernement m'inspirent les plus grandes inquiétudes !

— Mon Dieu, Charles ! Mais qu'allons-nous devenir ?

— Face à l'orage, Rose, il faut savoir faire le dos rond. Les représentants du patronat n'avaient pas d'autres solutions que de signer ces accords de Matignon.

— Quinze jours de congés payés ! A-t-on jamais vu ça ?

— Passe encore pour ces deux semaines. On s'arrangera dans les usines pour en profiter pour faire l'entretien des machines. Et puis si ça repose les ouvriers, nous rattraperons ces quinze jours en gains de productivité. Ce qui m'ennuie le plus, voyez-vous, Rose, c'est cette semaine de quarante heures !

— Et toutes ces grèves qui paralysent le pays… Rendez-vous compte, maintenant ils dansent dans les ateliers !

— Je vous l'accorde ! Ces grèves de la joie sont catastrophiques pour la production.

— Les ouvriers de notre Tuilerie ne vont-ils pas eux aussi arrêter le travail ?

— Rassurez-vous, Jourdan les tient bien en main. Il saura mater les meneurs si besoin est !

— Oh Charles ! J'ai peur… Ces bolcheviques vont tout nous prendre !

— Je fais confiance au Comité des forges pour organiser la résistance. Il nous faut dès à présent nous préparer à livrer notre « bataille de la Marne ».

Les classes populaires parties à la découverte de la mer, le spectre de la révolution éloigné, l'été apaisa leurs craintes immédiates et la perspective des Jeux olympiques à Berlin mobilisa l'attention des masses. Comme bien des Français, Rose et Charles suivirent à la radio la cérémonie officielle d'ouverture, en présence du *Reichsführer* Adolf Hitler. Au micro, le commentateur glorifiant sans vergogne l'ordre nouveau, soulignait que la plupart des délégations, et la France n'y faisait pas exception, défilaient le bras tendu, effectuant sans état d'âme un salut nazi d'allégeance aux valeurs du régime. Les principes de l'olympisme défendu par Pierre de Coubertin étaient-ils bafoués ? Les propos du baron, opposant la race des forts et la race des faibles, pouvaient prêter à confusion… À la fin de la cérémonie, alors que retentissait le *Horst Wessel Lied*, le chant de guerre du parti nazi, Rose ne put s'empêcher de jeter à Charles, qui lisait le dernier numéro de *Gringoire* :

— Voilà un homme qui sait tenir son peuple !

— Sans doute, mais c'est un barbare, Rose… Un barbare et un boche !

— Je trouve certes moi aussi cet Allemand un peu brutal, mais reconnaissez mon ami, que la manière forte…

— D'abord, apprenez que ce M. Hitler n'est pas un Allemand mais un Autrichien de naissance !

— Soit mon ami, mais vu de ce côté-ci du Rhin, je ne vois guère de différence.

— Ce type-là est dangereux, Rose. Il risque de conduire l'Europe à la guerre.

— Préférez-vous Staline ?

— Dieu nous préserve d'un tel péril !

— Alors, comprenez que c'est le seul rempart que nous ayons contre le bolchevisme en Europe !

— Autant choisir entre la peste et le choléra !

— Ne voyez-vous donc pas les menaces que nous fait courir ce gouvernement du Front populaire ? Si nous n'y mettons pas bon ordre, Charles, demain la populace campera dans le parc et se régalera des bouteilles de vin de votre cave !

— J'en suis convaincu mais par goût, vous voyez, Rose, je préférerais à tout prendre quelqu'un comme ce Benito Mussolini. Il me semble davantage correspondre à notre tempérament latin.

— Ne fait-il pas trop le fier-à-bras ?

— Préférez-vous la clique de Léon Blum ?

— Grand Dieu non ! Mais ce Mussolini, hum… Je le trouve quelque peu grotesque avec ses pantomimes d'empereur romain.

— Il a pourtant remis le pays sur les rails. Regardez, nombreux sont ses succès : la bataille du blé, la remise en état des forums de la Rome antique, l'assèchement des marais Pontins…

Même les trains arrivent désormais à l'heure en Italie !

— Ce gouvernement du Front populaire noyauté par les communistes de Thorez ferait bien de s'en inspirer, soupira Rose.

— Sans oublier que le pays n'est plus paralysé par les grèves !

— Ah mon ami ! Notre pays saura-t-il trouver comme eux un sauveur ?

— Hélas, Joffre, Foch, Nivelle, Mangin… Tous les grands chefs de guerre ont en effet disparu.

— Il ne reste que ce maréchal Pétain qui a été ministre de la Guerre en 1934…

— Il approche les quatre-vingts ans !

— Peut être… Mais moi, vous voyez, Charles, je trouve que c'est un très beau vieillard, répondit Rose avant d'ajouter : Et puis les cheveux blancs, ça inspire confiance !

— Hum, je vais donc me bonifier avec l'âge, plaisanta Charles.

— Comment ça ?

— N'avez-vous pas remarqué que je commence à mettre les premiers !

— Hélas, mon ami, avec la situation internationale, je crains que vous n'ayez pas fini !

La fin des années trente laissa en effet l'un et l'autre pleins de doutes. Où était le devoir ? Où était la vérité ? Quelle conduite tenir ? Droite et gauche assumaient gaillardement leurs incohérences idéologiques par la rencontre musclée sur le pavé de Paris des Faucons rouges et des Camelots du roi. Soulagés par la victoire de Franco sur un *Frente popular* qu'ils vilipendaient, Charles et Rose fermaient les yeux sur la guerre civile atroce qui avait balayé le régime légal de la République espagnole. Comme beaucoup de leurs contemporains, ils étaient inquiets de la cascade des agressions allemandes. À l'heure où une Delage D8 était venue remplacer la Panhard Levassor, les reculades d'une Europe en proie à l'angoisse du spectre de la guerre n'étaient pas faites pour les rassurer. La « danse de Saint-Guy de la paix », selon le mot de Montherlant, n'atténuait pas vraiment leurs appréhensions. Approuvant comme la majorité des Français la signature des accords de Munich en 1938, sans être vraiment réconfortés par le gouvernement Daladier qui succéda à Blum en promulguant des décrets-lois dignes d'une dictature, toute la famille des Saint-Orens aborda la première semaine de septembre 1939 dans le doute et le désarroi d'une fatalité qui les dépassait pour les accabler.

Passé l'émotivité de la mobilisation générale où hommes et femmes s'embrassaient à bouche en veux-tu sur les quais des gares de province dans une communion populaire et fraternelle, la « drôle de guerre » anesthésia durablement leurs angoisses. Dans un conflit sans réelle offensive, dans un affrontement où tirer un coup de feu contre l'ennemi pouvait entraîner des sanctions, tout ça ne faisait-il pas d'excellents Français comme le chantait Maurice Chevalier sur les ondes ? Cette guerre non désirée tournait à la partie de campagne, véritable prolongation militaire de ces colonies de vacances chères à Léo Lagrange, le chantre des loisirs populaires du gouvernement Blum. Cramponnés aux informations de Radio-Toulouse, Rose et son mari suivaient tant bien que mal l'actualité, se félicitant que Charles, à l'état civil incertain mais au lourd dossier médical, n'eut pas même été mobilisé dans la territoriale.

Mais de Ghuilot, la guerre semblait bien loin et les enfants de Charles et de Rose, à l'abri des combats : Marie-Élisabeth, qui avait passé avec succès la seconde partie de son bachot en juin 1939 pour entreprendre des études de pharmacie à Toulouse, ne courait pas grand risque. Les deux cadets, Henriette, pensionnaire à Notre-Dame-de-Nevers, et Edmond, au collège de Sorèze, guère plus, tout comme leurs cousins germains, trop jeunes pour porter les armes. Ses trois beaux-frères, placés en position d'affectés spéciaux, le seul membre de la famille qui fût partie prenante de ce conflit était Maxime de la

Jonchère. Officier de carrière au 20e dragons, longtemps en garnison à Limoges où Mathilde et ses enfants étaient restés à la déclaration de guerre, il servait présentement depuis la dissolution de son régiment en septembre 1939 comme lieutenant-colonel dans une unité de cavalerie qui venait d'être envoyée dans un secteur calme sur la frontière luxembourgeoise.

Naïvement, Charles et Rose, comme des millions de Français, croyaient que la France avait la meilleure armée du monde. D'ailleurs, Paul Reynaud n'avait-il pas affirmé : « Nous vaincrons parce que nous sommes les plus forts » ? Après des mois d'une « drôle de guerre », ils avaient naturellement applaudi quand le même Paul Reynaud, devenu président du Conseil, avait annoncé en avril 1940 que la route du fer était coupée. Depuis septembre 1939, Rose et Charles avaient pris l'habitude de dîner plus tôt afin d'écouter les informations à la TSF. L'annonce faite par Jean Roy, l'inamovible speaker de Radio-Toulouse, le soir du 12 mai 1940, d'une percée allemande des divisions de panzers de Guderian dans les Ardennes, les plongea dans l'incrédulité la plus totale.

— Grand Dieu ! Mais comment les boches ont-ils fait pour ouvrir une brèche dans ce secteur ? jeta Rose déconcertée.

— Je ne comprends pas ! répondit Charles en secouant pensivement la tête.

— Ne m'avez-vous pas dit que ce massif boisé était réputé infranchissable ?

— Oui… C'est du moins ce que notre beau-frère Maxime m'a affirmé lui-même à Noël !

— Croyez-vous qu'un officier supérieur comme lui ait pu se tromper ?

— Non ! Il tient cette assertion des plus hautes autorités de l'état-major…

— Du maréchal Pétain ?

— Oui… Et j'ajouterai que ce n'est pas là en effet qu'on les attendait !

— Mais jusqu'où vont-ils aller ?

— Ils vont sûrement chercher à atteindre Paris !

— Vous croyez qu'ils vont nous refaire le coup du plan Schlieffen, comme en 1914 ?

— C'est à craindre, ma chère…

— Mais alors ? Si on ne les stoppe pas immédiatement…

— Eh bien l'armée française sera coupée en deux et nous aurons perdu la guerre !

— Dieu nous préserve d'un tel péril !

Suspendus à l'écoute quotidienne des bulletins d'information de la TSF, à la lecture des communiqués officiels publiés dans les journaux, Charles et Rose assistèrent avec stupeur en quelques semaines à l'effondrement de l'armée française. Tandis que les routes de l'exode s'encombraient de refugiés, le pays plongeait dans le chaos. Dans un réflexe salutaire qui tenait de prescience de la catastrophe, à la fin du mois de mai 1940, Rose chargea Germaine, la cuisinière, de commander à l'épicier ambulant la livraison de trente kilos de sucre, d'un sac de farine, d'un baril de cinquante litres d'huile, de vingt-cinq kilos de lentilles vertes du Puy, de cinquante kilos de haricots secs, d'un sac de café en grains, toutes subsistances pour remplir les placards de l'office et faire ainsi face à toute circonstance.

Une semaine plus tard, dans le désordre général qui gagnait le pays, ces précautions se justifiaient un peu plus chaque jour. Les récits des refugiés relatant les mitraillages de civils innocents n'avaient en effet rien de rassurant. Churchill, dans un discours devant le Parlement retransmis sur les ondes de la BBC, pouvait bien proclamer « Nous nous battrons sur les plages, nous nous battrons sur les pistes d'atterrissage, nous nous battrons dans les champs, dans les rues. Jamais nous ne nous rendrons », peu nombreux étaient ceux qui gardaient espoir. Réunis quatre jours plus tard dans le salon du domaine de Ghuilot, Charles, Rose, Daniel et Camille dégustaient un subtil mélange d'arabica de chez Biec, le maître incontesté de la torréfaction toulousaine du café dans les années trente. Le journal parlé qu'ils avaient religieusement écouté ce 8 juin 1940 n'avait rien de ces analgésiques que le docteur Darexy délivrait quotidiennement à ses patients.

— Lille est tombée il y a huit jours, les Anglais ont rembarqué à Dunkerque et le front se disloque, soupira Charles en tournant le bouton du poste de radio. Cette guerre est foutue !

— Et Mathilde, avez-vous eu de ses nouvelles ? demanda Daniel Darexy, en reposant sa petite cuillère en argent sur le rebord de la soustasse en porcelaine de Limoges.

— Elle nous a téléphoné hier soir, répondit Rose. Maxime avait enfin réussi à la joindre !

— Son régiment est toujours sur la Somme ?

— Oui, il se replie tant bien que mal face à l'offensive des boches.

— Comme beaucoup de Français du Nord-Est, rétorqua Camille.

— À ce sujet, j'ai lu dans la presse que Limoges commence d'ailleurs à être submergée du flot des refugiés, fit Daniel Darexy. Leur quotidien va devenir difficile…

— Par les temps qui courent, les villes ne sont pas sûres en effet, répondit Charles. Regardez Paris… Les bombardements des jours derniers ont fait plus de deux cent cinquante morts paraît-il !

— Le plus sage serait que Mathilde quitte la ville, ne croyez-vous pas ? murmura Camille.

— Oui, nous pouvons facilement les accueillir

ici. Ce n'est pas la place qui manque à Ghuilot, fit Rose.

— Certes, mais vous semblez oublier le handicap du petit René, avec sa poliomyélite, il lui est impossible de prendre le train, soupira Daniel Darexy.

— Et Mathilde ne conduit pas…

— Mon Dieu, Charles, que va-t-elle devenir ?

— Nous ne pouvons pas l'abandonner ainsi, murmura Camille, émue aux larmes devant la situation de sa sœur.

— Je ne vois qu'une solution, coupa Charles. Que je parte demain la chercher à Limoges !

— En voiture ?

— Oui… Prévenez-la. Je vais demander à Adolphe de me préparer la Delage.

— Heureusement qu'il ne conduit plus, soupira Darexy. À son âge et avec la cataracte qu'il a, cela serait dangereux. Il faudrait qu'il se fasse opérer.

— Il se contente de sortir la voiture du garage, de l'astiquer, de la bichonner. Entre ses mains, les chromes deviennent des miroirs.

— Vous êtes bien bon de l'avoir gardé, fit Camille. Le plus souvent, à cet âge-là, on se sépare des vieux domestiques.

— Tu sais, Camille, il taille les rosiers à merveille.

— En tout cas, mon cher Charles, pour l'itinéraire, je vous conseille d'éviter les grandes nationales. Non seulement elles sont encombrées du flot des refugiés, mais le risque d'être mitraillé par la chasse allemande est encore plus grand. Mieux vaut perdre un quart d'heure sur une petite départementale que la vie.

— Votre ravitaillement en essence ne sera-t-il pas plus difficile ?

— Rassurez-vous, Rose, j'emporte plusieurs nourrices dans le coffre. Assez pour faire les huit cents kilomètres de l'aller-retour.

— C'est une sage précaution. Les pompes des garages sont en effet sûrement à sec…

— Téléphonez-moi de Limoges. Sinon, je vais être morte d'inquiétude toute la journée !

Le jour n'était pas encore levé lorsque Charles partit. Bien qu'il connaisse parfaitement le chemin, le pinceau étroit de lumière jaunâtre des phares de la Delage qui éclairait la route de Saint-Sulpice ne lui permettait pas de rouler bien vite. Rose avait tenu à ce que Germaine lui prépare un solide panier-repas. Sur le siège arrière, Charles emportait de quoi satisfaire une famille nombreuse : un thermos de café, deux bouteilles d'eau, une gourde de vin de Fronton, une flasque d'armagnac, tout un assortiment de sandwiches au pâté et au jambon, six œufs durs, une omelette froide, du fromage… Plutôt que d'emporter une vulgaire gamelle en alu et une bourriche, elle avait insisté pour qu'il prenne la luxueuse malle pique-nique en osier qui permettait à quatre personnes en promenade de faire un repas champêtre avec des assiettes en porcelaine de Limoges de chez Haviland et des verres de baccarat.

Empruntant les grands boulevards pour éviter de se faufiler dans le centre de Toulouse à l'heure des balayeuses municipales, Charles traversa sans encombre le quartier des Minimes. De là, il ne lui restait plus qu'à prendre la route de Paris pour traverser les villages de Saint-Jory et de Grisolles et parvenir aux portes de Montauban. Sur les grandes portions de ligne droite, vides de toute circulation à cette heure matinale, Charles poussait la Delage D8. Le moteur huit cylindres avait de la ressource. Il répondait onctueusement aux sollicitations de son conducteur et la grosse limousine noire atteignait les cent trente kilomètres-heure sans difficultés. La lourde voiture était donnée par le constructeur pour atteindre les cent soixante mais sans doute ne fallait-il pas tenter le diable avec les freins Bendix à câbles !

Mené à un tel rythme, le moteur de 4,7 litres de cylindrée se montrait glouton et l'aérodynamisme de la carrosserie dessiné par Chapron ne pouvait guère modérer la consommation. Le châssis Delahaye de la Delage était lourd et Charles fit une halte à Caussade pour refaire le plein dans un garage ultra-moderne. Il préférait garder intacte la précieuse réserve d'essence qu'il avait emportée dans le coffre. Pendant que le garagiste, un quinquagénaire rougeaud, actionnait sans grande conviction la grande poignée en fer de la pompe à essence pour remplir le réservoir, il étudia les cartes Michelin que Darexy lui avait aimablement prêtées. Passé Caussade, la route commençait à devenir sinueuse, mais c'est après Cahors que les difficultés pourraient se corser. Pour éviter tout désagrément, Charles décida donc de couper à travers le Massif central par Gramat et Tulle. Certes cet itinéraire avait quelque chose du chemin des écoliers, mais il avait moins de chances d'y faire une mauvaise rencontre.

Pendant que le garagiste, d'un coup de peau de chamois, lui nettoyait le pare-brise, il s'accorda un sandwich au pâté arrosé d'une tasse de café tiède. La dernière gorgée avalée, il jeta un coup d'œil à la montre-bracelet Omega que Rose lui avait offerte en 1937 pour le vingtième anniversaire de leur rencontre. Il n'était que 9 h 30. Il faisait déjà presque chaud et le soleil promettait d'inonder la terre du Quercy assez généreusement pour transformer les prairies naturelles, où de grands troupeaux de moutons divaguaient, en pampa sud-américaine. Gratifié d'un confortable pourboire, le garagiste le salua, un rien obséquieux, et poussa même la complaisance à lui ouvrir la porte droite de la Delage. Il n'était pas fréquent de voir passer par ici des automobiles et des conducteurs de cette qualité !

Passé Cahors, la cité chère à Gambetta, fondateur d'une république aujourd'hui à l'agonie, c'est à travers tout un lacis de petites routes bordées de murs de pierres sèches que Charles gagna Labastide-Murat, s'enfonçant dans un causse lotois où les nuages de sauterelles jaillissaient sous les sabots des brebis. La Delage demandait d'autant plus une grande adresse dans le pilotage que les virages de la petite départementale, enchaînés les uns aux autres, dissimulaient de possibles traîtrises et ne permettaient pas de faire donner au moteur toute sa puissance. Onze heures sonnaient au clocher du couvent de Notre-Dame-du-Calvaire quand la luxueuse voiture traversa Gramat pour prendre la direction de Saint-Céré et de la vallée de la Dordogne.

Une dizaine de kilomètres plus loin, la limousine aborda la descente vers le cirque d'Autoire. Charles, pour briser la monotonie ennuyeuse du voyage, plongea sa main gauche dans la poche de son veston pour saisir les cachous qui souvent y traînaient. Faute de trouver ses bonbons favoris dont il appréciait le mélange de réglisse et de menthe, il ouvrit la boîte à gants à gauche à la recherche de la petite boîte ronde qui avait fait la fortune du pharmacien toulousain Léon Lajaunie dès 1880. Il effleura la pile électrique Wonder, la trousse de premiers secours et le flacon en verre d'eau de mélisse que Rose lui avait donné avant de partir. Peinant à mettre la main sur les cachous dans les profondeurs de la boîte à gants, il pencha la tête et une fraction de seconde quitta la route du regard.

Cet instant d'inattention lui fut fatal. Tout à sa recherche, Charles donna un imperceptible coup de volant à la sortie du virage du Grélou qu'il venait de négocier et la roue de la limousine mordit le bas-côté herbeux de l'étroite départementale. Par réflexe, Charles appuya désespérément sur la pédale des freins Bendix mais ne put modifier la trajectoire. Il était trop tard pour redresser ! Les yeux écarquillés, il vit surgir la branche basse d'un chêne noueux, il rentra instinctivement la tête dans les épaules. Déséquilibrées, les deux tonnes du véhicule filèrent tout droit dans le fossé qui à cet endroit-là était profond d'une bonne cinquantaine de centimètres. L'instant d'après, sa tempe heurta méchamment le montant du pare-brise de la D8 et Charles s'effondra sur le volant, inconscient.

Sur la banquette arrière de la Peugeot 302, le blessé commençait à reprendre conscience. Les mots naissaient sur ses lèvres pour y mourir aussitôt comme les vagues sur une plage abandonnée un soir d'équinoxe. « Pas plus tard que l'aurore... Pas plus tard que l'aurore... » Un mal de tête lancinant lui broyait le crâne d'un étau monstrueux. Une planche en noir et blanc, jadis entraperçue dans l'encyclopédie de Diderot et d'Alembert, lui revint en mémoire. Ce qu'il éprouvait devait ressembler aux supplices que l'Inquisition faisait jadis subir aux possédés ou aux relaps pour leur faire avouer leurs horribles forfaits, crimes le plus souvent imaginaires. Mais peu importe la souffrance que les malheureux éprouvaient ! La doctrine d'alors voulait que le dolorisme participe activement à l'expiation des péchés...

À chaque cahot de la voiture sur la petite départementale, à chaque virage un peu trop serré, le malaise s'amplifiait. Il avait l'impression que sa tête allait éclater. Aussi, dans un réflexe naturel, esquissa-t-il un geste de la main pour stopper ce roulis qui lui mettait le cœur au bord des lèvres. Dans le minuscule rétroviseur, le docteur Grimal enregistra cette réaction avec satisfaction. L'homme reprenait conscience, c'était bon signe. Néanmoins, seule une radiographie du crâne à l'hôpital pourrait mesurer les séquelles d'un tel accident. Bien qu'elles soient submergées par l'arrivée d'un groupe d'une soixantaine d'enfants juifs évacués de Paris en catastrophe par les Éclaireurs israélites de France, les sœurs de Nevers ne refuseraient pas un malade de plus, il connaissait leur dévouement et leur bonté.

— Pas plus tard que l'aurore… Le Bois des Corbeaux… On ne passera pas, mon capitaine… Les boches… On ne passera pas ! Ils vont nous écraser…

— Alors mon vieux, on reprend ses esprits ?

— Hein ? Mon Dieu ! Où suis-je ? murmura le blessé.

— Dans ma voiture, pardi !

— Mais que s'est-il passé ?

— Vous avez eu un petit accident.

— Un accident ?

— Votre voiture est tombée dans le fossé !

— Ah oui ! Le fossé… Mais où m'amenez-vous ?

— À l'hôpital de Saint-Céré ! répondit Grimal sans se retourner.

Un quart d'heure plus tard, en apercevant les tours de Saint-Laurent dominant sur leur butte à trois cent six mètres d'altitude le clocheton de l'hôpital, le docteur Grimal, qui se méfiait toujours de ces blessures au crâne qui saignent peu, poussa un soupir de soulagement au volant de la 302. Son patient était toujours en vie. S'engouffrant dans le lacis des ruelles étroites de la ville médiévale qui se ponctuait de maisons à colombages, il parvint rapidement à l'entrée de l'hôpital. Le hall était encombré d'une foule d'adultes mêlés d'enfants de tous âges et de vieillards, le regard hébété et hagard, victimes de l'exode qui les avait fait échouer tous ici. Avisant une religieuse qui traversait, le docteur s'écria : « Vite, ma sœur ! Un brancard… » Rapidement pris en main, le blessé fut conduit dans une petite pièce aux murs tout blancs qui servait de dispensaire aux premiers secours.

— Votre nom, monsieur ? demanda la religieuse sur un ton énergique en saisissant une fiche cartonnée.

— Mathieu… Mathieu Pujol ! répondit-il par réflexe avant de murmurer : Oh mon Dieu !

— Ça ne va pas ?

— Si… Si… Tout va bien. Enfin presque…

— Eh bien quoi ?

— Je crois que je m'appelle aussi Charles Marre de Saint-Orens…

— Faudrait savoir ! C'est Mathieu ou Charles ?

— Charles… Inscrivez Charles, murmura-t-il, se souvenant que ce nom-là figurait sur sa carte d'identité tout comme sur son permis de conduire.

— Hum ! Vous avez des papiers ?

— Oui, dans mon portefeuille… Là…

— N'ayez crainte, ma sœur ! C'est moi qui l'ai ramassé sur la route de Thégra… Ce monsieur a sans doute subi un traumatisme crânien. Il est un peu confus mais c'est bien normal, fit le docteur Grimal avant d'ajouter : D'ailleurs, regardez sa blessure… Ce n'est pas du chiqué !

— Vous savez, docteur, avec tout ce qu'on entend sur la cinquième colonne, faut être prudent !

Sa plaie dûment nettoyée à l'eau de Dakin puis saupoudrée d'une pincée de sulfamides pour prévenir toute infection, le crâne bandé façon homme invisible, Charles fut dirigé manu militari par la religieuse vers le service de radiographie au premier étage. Aux rayons X, il apparut qu'en l'absence de lésion détectée, la seule trace clinique que conserverait le patient serait sans doute dans les jours à venir une magnifique bosse. Néanmoins, malgré ses protestations énergiques, dans l'immédiat, il avait droit à un lit en salle commune pour vingt-quatre heures d'observation entre un voisin de droite blessé au genou et à gauche un grand-père qui n'avait plus tous ses esprits. Pour atténuer son mécontentement, une jeune novice au visage assez angélique pour détourner un séminariste des chemins de la carrière ecclésiastique l'assura que Costes, le garagiste, avait bien besoin de ce temps-là pour remettre la Delage en état de marche.

Fermement invité à se coucher dans les draps rêches d'un lit de l'hôpital, Charles, de lassitude, finit par obtempérer et ferma les yeux. Sous le poids des incertitudes qui l'agitaient, sa pauvre tête menaçait d'éclater. Les images du passé lui revenaient intensément avec la force de ces boomerangs qu'utilisent les aborigènes australiens. Il redevenait Mathieu. Ainsi se souvenait-il d'avoir été instituteur en poste à Daumazan, un bourg de la basse Ariège avant la Première Guerre… Il revoyait sa salle de classe, le tableau noir avec le compas et la règle accrochés à un clou sur le côté, l'estrade qui domine la forêt des pupitres, l'odeur de la craie, ces encriers que l'on remplit chaque matin d'encre violette, la carte de France de Vidal de la Blache, les livres soigneusement recouverts de papier bleu dans la bibliothèque vitrée ! Et puis soudain, à ces images de la vie de jadis, vint se mêler une silhouette gracile et une voix de femme… Oh mon Dieu, ce visage ! Comment pouvait-il l'avoir oublié toutes ces années durant ? Cette femme, c'était la sienne… Sa femme… « Jeanne ! Jeanne ! » cria-t-il, éperdu, le cœur broyé d'un spasme violent. Il ouvrit les yeux, incrédule, mais le visage était toujours là. Elle le fixait de ses grands yeux noirs. Il se souvenait de la douceur de sa peau, de ce soir du 4 août 1914 où elle l'avait accompagné au tramway de Pamiers pour rejoindre son régiment, de l'ardeur de ses baisers qui rendaient ses bras si difficiles à quitter au moment des adieux si douloureux. Et Louise ? Sa petite fille adorée, le portrait craché de sa mère, qui n'avait que quatre ans et ne comprenait pas pourquoi son papa partait faire la guerre…

Comme des millions d'autres, Mathieu se souvenait d'avoir été pris dans la tempête d'une guerre qui avait fait de lui un poilu. Au terme d'un rappel d'instruction sommaire, ils étaient montés au front, la couleur garance de leurs pantalons en faisant des cibles de choix pour les mitrailleuses allemandes. Les images de ses camarades lui revenaient en mémoire, fantômes grimaçants d'un passé oublié. Ces monstrueuses années de guerre lui étaient à la fois proches et étrangères. Sous la contrainte, il avait fait son devoir, menant son escouade à l'assaut, baïonnette au canon. Il n'en tirait aucune gloire. Il revoyait leurs visages haves et graves. Grauby, le séminariste défroqué, Cazals, le petit lieutenant qui s'accrochait à ses galons pour conduire ses hommes à la mort, Sentenac, le géant débonnaire et placide qui chialait comme un môme à l'idée de ne pas revoir son Emma... Ah putain ! Pourquoi la guerre ? Quelle folie avait donc saisi les hommes de cet été 1914 ! Où était la fraternité ? Pourquoi l'internationalisme prolétarien n'avait-il pu empêcher cette guerre civile européenne ? Non contents d'avoir tué Jaurès, tous ces marchands de canons, tous ces nationalistes bêlants, tous ces politicards affairistes n'avaient guère été économes du sang des peuples !

Mathieu Pujol referma les yeux pour tenter de chasser ces réminiscences douloureuses. À ces images qui peuplaient ses souvenirs s'en superposèrent brutalement d'autres, plus actuelles dans leur perception chromique. Le lazaret… L'hôpital Larrey… Rose… Leur rencontre au printemps 1917… Mon Dieu, Rose ! Sa femme désormais ! Et leurs enfants, Marie-Élisabeth, Henriette, Edmond… Son existence dorée au domaine de Ghuilot… Les domestiques, Marie, le vieil Adolphe, Germaine… Les parties de chasse avec Daniel Darexy, la belle-famille… Que ses idées politiques d'aujourd'hui étaient loin de celles d'hier ! Mais tous ces socialistes qu'il haïssait, tous ces métèques qui par leur présence sur le sol français étaient responsables du déclin de la France, n'était-ce pas aussi les siens ?

Retrouver son passé n'était ni simple ni confortable, encore moins heureux. Les souvenirs de ses deux vies s'entrechoquaient en une cacophonie baroque et lancinante. Jeanne… Rose… Il était bigame ! Au bord de la folie, Charles mordit le bord du drap à s'en faire saigner les gencives. Il avait envie de hurler. Il ne savait plus qui il était, de Mathieu Pujol ou de Charles Marre… À moins, peut-être, qu'il ne fût en fin de compte le même homme ! Mais non, ce n'était pas possible… Il avait l'impression de devenir fou ! Le visage nimbé de sueur, il gémissait, tremblant de tous ses membres sous le drap d'hôpital, agitant de mouvements désordonnés la mince couverture de bure. Son état d'excitation était tel qu'une religieuse décida de lui administrer promptement un calmant qui le plongea dans un sommeil artificiel.

Comme une masse, Charles Marre dormit dix-huit heures d'affilée. À l'aube du 10 juin, quand il se réveilla, dans la clarté diaphane d'un petit matin qui se promettait d'être tiède, le gouvernement de Paul Reynaud, replié à Bordeaux, venait de déclarer Paris ville ouverte face à l'offensive allemande. Il s'agissait d'épargner la capitale historique de la France des ruines que l'arrivée imminente des premiers soldats allemands laissait prévoir. Éloignée de toute velléité combattante, la ville s'offrait telle une vitrine ouverte à toutes les lubricités et à tous les fantasmes de l'occupant. En émergeant des bras de Morphée, à demi comateux, Charles crut renaître. En cet instant où il ouvrait les yeux, il avait l'impression d'être aux premiers jours du monde. Et pourtant les fantômes du passé étaient toujours là…

Comment chasser de son esprit le souvenir de tout ce qu'il avait aimé, chéri et qui avait été sa vie intime vingt-quatre ans durant ? Les moindres détails de ce temps-là le poursuivaient traîtreusement à chaque pas dans la reconstruction de sa mémoire, telles des flèches de Parthes. Mais ce passé, pour obsédant qu'il fût, ne pouvait lui faire oublier les motifs de son périple en Limousin. Il devait coûte que coûte récupérer sa belle-sœur et ses enfants avant que la marée teutonne ne déferle sur la région. Sautant de l'étroit lit en fer, il s'habilla promptement, négligeant pour le coup de nouer la cravate qu'il arborait d'ordinaire. La liquette de la chemise dépassant du pantalon, sans prendre la peine de faire un brin de toilette, encore moins de boire une tasse de l'infâme jus de chaussette qu'une aide-soignante au regard bovin distribuait chichement à l'autre bout de la salle commune, Charles se rua dans le couloir où une infirmière, le visage encadré d'une cornette immaculée, l'intercepta.

— Monsieur, où allez-vous ?

— À Limoges !

— Mais…

— Merci pout tout, ma sœur ! Merci encore…

Sans laisser à la religieuse le temps de réagir, il sortit, se mêlant au troupeau misérable des réfugiés qui malgré l'heure matinale commençaient déjà à affluer. Mal rasé, le cheveu en bataille, le chapeau à la main, le col de la chemise de guingois, Charles Marre de Saint-Orens ressemblait plus à un trimardeur qu'au maître du domaine de Ghuilot ! Se souvenant du nom du mécano que la jeune novice avait mentionné, il partit à la recherche du garage Costes. Le mécanicien était juste à l'entrée de Saint-Céré. En entrant dans la demi-pénombre de l'atelier qui puait la graisse, Charles vit la silhouette massive de la D8. Installée sur deux chandelles, le capot béant, la Delage résonnait des coups de marteau d'un homme qui travaillait sous son châssis. Il s'avança et, avisant les deux jambes en bleu de travail, il s'agenouilla pour demander :

— Je vais pouvoir repartir bientôt ?

— Ah, c'est vous le propriétaire ?

— Oui… Il y a de gros dégâts ?

— Hé, vous n'y avez pas été de main morte ! L'aile droite est toute cabossée mais c'est que de la tôle.

— Et le reste ?

— La colonne de direction est saine. Le cardan n'a pas trop souffert. Faudra faire vérifier la rotule néanmoins ! Ah, quel dommage d'abîmer une si belle mécanique !

— Je ne l'ai pas fait exprès.

— Enfin, vous avez eu de la chance… Heureusement que le fossé n'était pas profond !

— Vous en avez pour longtemps encore ?

— Encore une petite demi-heure, pourquoi ?

— C'est que je suis pressé !

— Qui ne l'est pas aujourd'hui ? Regardez les routes.

— Justement, je dois me rendre à Limoges le plus tôt possible et redescendre vers Toulouse ensuite. La voiture tiendra ?

— Rassurez-vous, c'est un châssis Delahaye, du solide !

En fin de matinée, Charles récupéra la Delage. Il laissa un substantiel pourboire au garagiste qui pour l'occasion le gratifia d'un obséquieux salut dévoilant un crâne chauve et luisant. La carte Michelin posée sur le siège à côté de lui, Charles prit la direction de Tulle. Pendant que le mécanicien finissait la réparation, il avait eu le loisir d'étudier le meilleur itinéraire. Les refugiés qu'il avait pu croiser dans les rues de Saint-Céré l'avaient conforté dans l'idée qu'aller au plus court n'était pas aller au plus vite. En ces temps où le quignon de pain et le verre d'eau se vendaient à prix d'or, en ces heures où des individus peu scrupuleux n'hésitaient pas à tirer honteusement profit du désarroi et de la misère des populations affamées, il devait éviter Brive et la nationale 20. Cet axe était à coup sûr encombré d'une populace surchargée de valises, de cartons, de baluchons et qui, à pied, à vélo, en charrette ou en voiture, n'avait qu'une idée : fuir les hordes teutonnes et les bombardements. Charles s'était convaincu que couper par Tulle, traverser la haute Corrèze puis rejoindre Limoges en suivant la vallée de Vienne était la meilleure solution. Certes, les petites routes sinueuses de ces contrées froides et boisées n'étaient pas le chemin le plus direct mais elles avaient l'avantage d'être sûres à l'heure où une grande convulsion de l'Histoire jetait sur les routes de France tout un peuple apeuré.

Au terme d'un voyage épuisant où les virages s'enchaînaient à lui donner le tournis, Charles arriva à Limoges en fin d'après-midi, véritablement extenué. Écrasée de soleil, la cité des Lémovices, renommée d'ordinaire pour ses grandes usines porcelainières, était en pleine confusion. Avec le bandeau qui lui enserrait le front, il ne déparait pas la horde des paumés qui grouillaient aux abords de la gare des Bénédictins, épuisés, le regard hébété. Fort heureusement, sa belle-sœur habitait rue des Pénitents-Noirs, dans une charmante maison pourvue d'un délicieux petit jardin embaumé de roses, à deux pas des bords de la Vienne, dans un quartier assez facile d'accès pour une grosse voiture comme la Delage.

— Mon Dieu, Charles ! Mais que vous est-il arrivé ?

— Ce n'est rien…

— Vous êtes blessé…

— Un regrettable accident de voiture.

— Rose m'a téléphoné deux fois ce matin. Elle est folle d'inquiétude !

— Les lignes téléphoniques fonctionnent mal, répondit-il en tournant la tête pour éviter de croiser son regard et dissimuler un trouble mal maîtrisé depuis qu'il avait renoué les fils de ce passé perdu.

— Je devine qu'après de telles épreuves, vous devez avoir besoin de vous reposer.

— Ce n'est pas mon souci premier. Vos affaires sont-elles prêtes ?

— Oui, nous avons quatre valises, mes deux cartons à chapeaux et nos bagages à main.

— Ma chère Mathilde, lui répondit Charles en esquissant un pâle sourire, je crains de ne pouvoir tout prendre !

— Pourtant je n'emporte que l'essentiel.

— À vous de choisir mais inutile de traîner davantage ici ! Il est préférable de se mettre en route le plus tôt possible.

— Dès ce soir ?

— Les Allemands ne sont qu'à quelques heures de route et peuvent arriver d'un jour à l'autre.

— Prenez quand même le temps de venir vous rafraîchir quelques instants au salon.

Dans la pénombre bienveillante d'une petite pièce style Art déco où le mobilier privilégiait les formes épurées et géométriques, il entreprit d'une voix monocorde de lui conter sa mésaventure lotoise autour d'un verre de limonade tout en grignotant quelques biscuits LU. Si Mathilde était avide de connaître les détails de son voyage, Charles n'avait, lui, guère envie d'être disert. Bouleversé par l'irruption brutale de son passé dans la vie qu'il avait construite avec Rose depuis leur rencontre en décembre 1916, il luttait pour contrôler les bouffées d'émotion qui telles des bulles de champagne remontaient du fond de sa mémoire pour venir éclabousser son présent de la culpabilité des souvenirs enfouis. Qu'il était difficile de faire preuve de sérénité quand, sous le poids des images d'autrefois, les mains moites, la suffocation le gagnait !

Deux heures plus tard, le plein de la Delage refait, le pare-brise nettoyé des minuscules salissures des moucherons, le coffre de la voiture outrageusement rempli, quitter Limoges et partir fut pour Charles un vrai soulagement. Cette hâte n'avait pas pour seule origine l'arrivée prochaine des troupes allemandes. Oh, certes, il craignait comme tout un chacun les débordements de la soldatesque mais la cause de son empressement était ailleurs… L'attention soutenue qu'il devrait porter à la conduite de nuit sur des routes tortueuses détournerait ses pensées d'une situation intenable. Pris au piège d'un passé qui ne passerait pas, l'ancien instituteur socialiste Mathieu Pujol, devenu Charles Marre de Saint-Orens, bigame par la force du destin, n'était-il pas condamné à être déchiré entre la fidélité à ses engagements d'hier et celle à ceux d'aujourd'hui ?

9

Pour l'amour des nôtres...

Vers 2 heures du matin, après un bref arrêt à Montauban dans une France tout entière plongée dans l'obscurité à cause du black-out, Charles parvint au terme d'une longue ligne droite à la hauteur des deux moulins de la Garde, édifices en ruine qui servaient autrefois à broyer le pastel. Leur silhouette fantomatique se dressait sur le pech dominant le bourg de Lézat-sur-Lèze, petite ville assoupie en ce mois de juin 1940, siège jadis d'une importante abbaye de Cluny et bourgade réputée dès la première croisade pour ses guérisons du feu de Saint-Antoine. La Delage se faufila dans les ruelles étroites du petit bourg, terme de leur interminable périple. Il était temps d'arriver car l'aiguille de la jauge à essence de la D8 avoisinait le zéro. Dans cette nuit de pleine lune donnant un aspect spectral à la bourgade ariégeoise, la voiture obliqua à droite, pour prendre la direction du domaine de Guilhot, cherchant sa route dans l'étroit pinceau des phares.

Charles avait hâte d'arriver. Les deux mains accrochées au volant, une mortelle fatigue lui faisait ployer les épaules. Sa belle-sœur l'avait longtemps distrait par son babillage mais depuis Toulouse, il devait faire de sérieux efforts pour garder les yeux ouverts. La voiture franchit la grille du domaine de Ghuilot et s'engagea dans l'allée cavalière. Les couronnes des platanes se découpaient dans la nuit claire, telles des ombres chinoises. Les cahots du chemin réveillèrent les enfants endormis et la Delage s'anima de leurs pépiements cristallins. Parvenu au pied du double escalier de l'entrée, Charles coupa le contact. Le moteur huit cylindres de la puissante limousine mourut dans un feulement onctueux. Soulagé d'être arrivé à bon port, Charles inclina son front sur le volant et soupira. À cet instant, un rai de lumière filtra d'un volet du premier étage. Le temps que petits et grands descendent de la somptueuse voiture noire, une silhouette en chemise de nuit, apparut sur le perron. C'était Rose.

— Ah, c'est vous !

— Ma pauvre Rose, quel voyage ! Quel voyage ! fit Mathilde, réajustant son chapeau en descendant de la voiture.

— Charles, j'étais folle d'angoisse, s'écria-t-elle en courant vers lui, éperdue.

Tandis que les enfants se précipitaient à l'intérieur de la maison, Charles se contenta de la serrer très fort dans ses bras, incapable de prononcer une parole, tout aussi épuisé par cet interminable voyage que bouleversé par l'obsession de ce passé retrouvé. La gorge nouée, les mains tremblantes, il demeura un long moment la tête nichée au creux de son épaule, le souffle court, le nez enfoui dans la masse de ses cheveux qui se parsemaient désormais de quelques fils d'argent. Comment, au-delà du simple récit de l'accident, lui avouer qu'il avait retrouvé la mémoire sans lui révéler l'existence de Jeanne et de Louise ? La vérité sur sa vie d'avant ne risquait-elle pas de ruiner son existence d'aujourd'hui ? Et il avait trop peur de la perdre ! Et puis, d'ailleurs, ce n'était ni l'heure ni le moment...

Les journées suivantes, dominées par la tragédie politique et militaire dans laquelle le pays s'enfonçait, ne furent guère propices pour Charles à faire de difficiles aveux. Tandis que le gouvernement fuyait à Tours puis à Bordeaux, que les partisans et les adversaires de l'armistice s'affrontaient, les Saint-Orens, comme la plupart des Français, assistaient impuissants et apeurés à l'agonie d'un pays plongeant dans le chaos. Une sourde angoisse leur taraudait le ventre aussi douloureusement que la roulette du docteur Labat, le dentiste du boulevard de Strasbourg. Même les enfants perdaient le goût de jouer. En ces heures où les plus folles rumeurs couraient, véhiculées par la mythique cinquième colonne, Mathilde, l'oreille suspendue aux informations contradictoires données par la TSF, perpétuellement dans l'attente tous les soirs d'un appel téléphonique de Maxime, errait dans la vaste demeure comme une âme en peine.

Si ces jours de la mi-juin 1940 étaient sombres, tout autant l'était l'humeur de Charles. Miné par ce qu'il n'osait avouer à Rose, torturé par le poids des souvenirs de sa vie passée, il s'enfermait des heures durant dans le bureau, interdisant d'être dérangé, prétextant rechercher la quiétude pour mener à bien l'étude historique sur l'abbaye de Lézat qui occupait ses loisirs d'ordre intellectuel depuis l'hiver. Les repas, servis par la petite Marie dans la salle à manger, devenaient oppressants, empreints de lourds silences. Les conversations tournaient court. Charles se contentait de hocher la tête, limitant ses paroles à de vagues considérations politiques quand ce n'était pas de simples banalités météorologiques.

Confortablement installé dans les fauteuils du salon, les Saint-Orens suivaient les dernières heures de la IIIe République à l'écoute du Pathé 10 mais Charles paraissait curieusement détaché des ultimes soubresauts de ce que l'historien Marc Bloch nomma une « étrange défaite ». Ainsi, le soir du 16 juin, l'annonce de la démission de Paul Reynaud et l'appel du président Lebrun au maréchal Pétain pour former le nouveau gouvernement ne suscitèrent chez lui que peu de réactions, à croire que toute espérance l'avait quitté. Tout juste le lendemain manifesta-t-il comme beaucoup un « lâche soulagement » en entendant le vainqueur de Verdun prononcer les mots qui sonnaient le glas d'une guerre perdue : « Je fais à la France le don de ma personne pour atténuer son malheur… »

— Heureusement que le maréchal est là ! fit Rose.

— Puisse-t-il réussir à sauver le pays ! lui répondit Charles, d'une voix monocorde.

— Vous semblez en douter, mon ami, répliqua Mathilde.

— Ma chère belle-sœur, j'ai appris à mes dépens qu'on croit mourir pour la patrie et qu'on crève pour des marchands de canons !

— Charles, vous me surprenez ! Voilà une bien étrange et nouvelle conception du patriotisme…

— On voit bien que vous n'avez pas fait la guerre !

— Moi, je suis persuadée que Pétain est l'homme de la situation. D'ailleurs, il l'a prouvé en 1917 !

— Et puis, d'un malheur naît parfois un bien, commenta Mathilde.

— Oui, il est grand temps en effet de faire cette révolution nationale et d'en finir avec toutes ces vieilles institutions républicaines, ajouta Rose, se faisant l'écho des idées d'une large partie de la droite nationaliste française regroupée en différents cénacles autour de personnalités comme l'académicien Abel Bonnard, l'écrivain Henri Pourrat ou le général Weygand, pour prôner la transformation des mentalités.

Mais en dehors de cette vague approbation, somme toute assez conjecturelle au regard des jours derniers, il ne fallait pas être grand clerc pour s'apercevoir que Charles n'était plus tout à fait le même homme : aucun sourire ne venait plus éclairer son visage aimable, il affectait un air lointain et préoccupé, le front barré de rides soucieuses. Rose ne comprenait pas les raisons de son mutisme. Pourquoi le dialogue se heurtait-il à un mur de silence ? N'aurait-elle pas involontairement dit ou accompli quelque chose susceptible de lui déplaire ? Un rapide examen de conscience l'avait assurée de sa propre innocence. D'ailleurs, Charles manifestait toujours envers elle des marques d'affection sincère. Aussi en venait-elle à se demander si, dans son périple, il n'avait pas croisé quelque créature féminine maléfique, à moins que des idées noires n'eussent germé dans sa tête ? N'osant le pousser dans ses retranchements, ne sachant ce que ce changement d'attitude laissait présager, Rose choisit de s'en ouvrir à Daniel Darexy, son beau-frère, venu à Ghuilot le dimanche suivant.

— Charles m'inquiète…

— Sait-on jamais tout de celui dont on partage l'existence !

— Tout de même, depuis presque vingt-cinq ans…

— Même s'il a fait sa vie avec vous, n'oubliez jamais que vous avez épousé un grand blessé, quelqu'un qui a totalement perdu la mémoire en 1916.

— C'est le médecin qui parle ?

— Rose ! Vous savez combien Charles est mon ami… Mais l'ancienne infirmière que vous avez été pendant cette Grande Guerre ne peut ignorer le traumatisme que ce pauvre garçon a subi !

— Oh Daniel ! Dans l'inquiétude que je traverse, je ne sais plus quoi penser.

— Charles a reconstruit une vie, mais ni lui ni vous ne savez rien de celle d'avant.

— Que voulez-vous dire ?

— Simplement que les circonstances présentes peuvent réveiller inconsciemment des rémanences douloureuses qui le rendent triste…

— Ne pouvez-vous pas…

— Le confesser ?

— M'éclairer tout au moins… À vous, je suis sûre qu'il parlera. Vous êtes si proches ! Oh Daniel, aidez-moi !

— Je vous promets d'essayer cette après-midi même.

Comme tous les dimanches, ce 23 juin 1940, le repas les avait réunis dans la salle à manger autour de la grande table ovale nappée d'une immaculée blancheur où l'argenterie brillait de l'huile de coude dépensée par Marie pour l'astiquer durant la semaine. Dans deux carafons en cristal de Dôme, un vin de Fronton au parfum de framboise reprenait du volume et retrouvait par sa puissance et sa rondeur les caractères capiteux d'un cépage du Sud. À contempler cet ordonnancement, le temps ici à Ghuilot semblait avoir suspendu son vol. Pourtant, même si la guerre était désormais finie et si le conflit paraissait bien loin de cette aimable réunion familiale, l'armistice que Pétain venait de demander était naturellement au centre de toutes les conversations. Mathilde, qui avait appris que son mari Maxime regroupait tant bien que mal les débris de son groupe de reconnaissance dans le Lot, affichait un visage plus serein. On avait certes perdu la guerre, mais la vie continuait…

Tout au long du repas dominical, malgré les efforts d'amabilité bien visibles de Charles devant

Daniel Darexy avec qui il partageait la passion de la chasse, Rose avait bien du mal à retrouver le comportement habituellement enjoué de celui qui était dans sa vie depuis vingt-cinq ans. Les joutes oratoires qu'il affectionnait d'ordinaire, l'esprit caustique et la repartie moqueuse dont il faisait preuve pour amuser la galerie semblaient bien éteints. Marie, la petite bonne, respectait à la lettre un cérémonial bourgeois bien rôdé mais l'ambiance n'y était pas. Pourtant, ce repas avait de quoi enchanter les papilles et mettre de bonne humeur les convives les plus exigeants comme le montrait Daniel Darexy qui lisait le menu calligraphié comme de coutume sur un bristol blanc.

Hors-d'œuvre variés
Truite aux amandes
Aiguillette de caneton
Daube à notre façon
Salade du moment
Fromages
Pouding au chocolat
Café

— Cette daube était un pur délice, conclut Camille ! Hum, j'aimerais bien en connaître la recette.

— Oui, comment faites-vous donc ? renchérit Daniel dont la gourmandise était proverbiale.

— Je n'y suis pour rien, mon cher Daniel. C'est Germaine qu'il faut féliciter !

Vers 3 heures de l'après-midi, alors que le chaud soleil de cet été 1940 ralentissait les conversations, après un café Biec et un délicieux armagnac hors d'âge, Daniel proposa à Charles d'aller faire une promenade, histoire de voir comment se comportaient les couvées de perdreaux nées quelques semaines plus tôt. Coiffés d'un chapeau de paille, abandonnant le veston pour ne conserver que leur gilet, la manche de chemise relevée sur l'avant-bras, les deux hommes laissèrent les femmes deviser sous la ravissante tonnelle ronde couverte de clématites roses pour prendre la direction de la ferme de Nartus où Émile Loubes, le métayer, avait signalé les couvées la semaine précédente. Sur la carretière herbeuse, Daniel et Charles, les mains dans les poches, marchaient de front, faisant s'envoler sous leur pas des nuages de sauterelles grises en colère. Soudain, en se retournant, contre toute attente, Charles lui demanda :

— Dites-moi, Daniel… Un praticien n'est-il pas astreint au secret par le serment d'Hippocrate ?

— Au secret professionnel ?

— Oui, quand un de vos malades vous confie quelque chose de grave.

— Certes, la déontologie interdit de le divulguer mais entre nous, je ne vois pas de quoi vous voulez parler.

— C'est au médecin que je m'adresse.

— Auriez-vous besoin d'une consultation particulière ?

— Appelez cela comme vous voulez.

— Eh bien, je vous écoute, vous m'intriguez !

— C'est la conséquence de mon accident de voiture dans le Lot.

— En dehors d'une vilaine bosse, vous ne semblez pourtant pas en avoir gardé de séquelles.

— Je… Je vais vous faire une confidence… Mais… Comment dire, c'est si…

— De grâce, parlez Charles !

— J'ai… J'ai retrouvé la mémoire !

— Vous voulez dire…

— Je sais qui je suis ou plutôt qui j'étais en 1916 avant que les Allemands ne me fassent prisonnier au Bois des Corbeaux !

— Voilà une bonne nouvelle ! On construit toujours son avenir en regardant d'où on vient.

— Daniel, vous n'avez pas compris ?

— Eh bien quoi, vous savez désormais votre vrai nom !

— Oui, je m'appelle Mathieu Pujol. Mais s'il ne s'agissait que de ça…

— Où diable voulez-vous en venir ?

— Je sais tout de ma vie d'avant, lâcha Charles.

— Qu'y a-t-il de si terrible là-dedans ? Vous n'avez pas été comme ces anarchistes de la bande à Bonnot, un de ces bandits de grand chemin qui rançonnent les voyageurs pour une poignée de billets de banque ?

— Certes non !

— Que faisiez-vous alors qui semble tant vous chagriner ?

— J'étais instituteur à Daumazan-sur-Arize, pas très loin d'ici par un curieux hasard…

— C'est une noble profession que d'instruire les enfants. Où est donc le problème ?

— Je… Je crois me souvenir que j'étais marié, balbutia Charles en baissant la tête.

À ces mots, Daniel Darexy resta interdit. Il fronça les sourcils comme s'il avait l'impression d'avoir mal entendu et fixa Charles, interloqué. La bouche légèrement entrouverte, il demeurait sans voix. Lui qui était naturellement d'un caractère affable et que sa profession avait habitué à maîtriser ses émotions ne savait plus que dire. Marié ! Ah s'il s'était attendu à une telle révélation ! Un pesant silence s'installa entre les deux hommes. Tout à la fois pantois et bouleversé, il essayait d'appréhender la situation. Marié… Mais alors… À moins que sa première femme ne fût décédée, Charles était donc bigame ! Bigame ! Le mot prenait une résonance qui avait la puissance d'un tremblement de terre. Dans la chaleur quasi estivale de cette fin du mois de juin, Daniel sentit une sueur glacée ruisseler dans son dos.

— Qu'attendez-vous de moi ? demanda-t-il finalement à Charles, qui avait l'air totalement accablé.

— Je... Je... Je ne sais plus. Cela fait quinze jours que je tourne ce problème dans ma tête ! Par moments, j'ai l'impression de devenir fou.

— Il faut tirer tout ça au clair... Peut-être votre mémoire vous joue-t-elle encore des tours en imaginant un vécu fictif ?

— C'est le médecin qui parle ?

— Le fonctionnement du cerveau est si mystérieux !

— Vous comprenez bien qu'il m'est difficile de m'en ouvrir à Rose !

— Certes, mon ami, dit Daniel en le prenant affectueusement par le bras. Mais vous ne pouvez par ailleurs demeurer dans une telle situation. La loi française interdit la bigamie, même si c'est le fantasme de nombreux hommes ! Si votre première union est avérée et n'a pas été dissoute, non seulement votre mariage avec Rose est civilement nul mais de plus vous êtes justiciable du tribunal correctionnel. Et je n'évoque là que le point de vue juridique !

— Daniel, aidez-moi !

— À votre décharge, vous pourrez toujours plaider que du fait de votre amnésie, vous avez pu vous croire libre...

— Que dois-je faire ?

— La première chose est d'abord de vérifier discrètement l'existence réelle de cette personne.

— Vous me voyez en ce moment prendre la Delage et aller pointer le bout de mon nez à Daumazan ?

— Nous irons la semaine prochaine avec ma voiture. Ma traction 15/6 est moins voyante que votre D8.

— Rose et Camille ne vont-elles pas poser des questions ?

— Nous trouverons bien une excuse.

— Mais Daniel, tous vont me reconnaître là-bas…

— Vingt-cinq ans ont passé, vous avez changé, comme nous tous… Sinon, grimez-vous…

— Ce n'est pas carnaval !

— Des lunettes de soleil suffiront…

Le dimanche après-midi suivant, le 30 juin, alors que le gouvernement français transitait par Clermont-Ferrand, étape avant son installation définitive à Vichy, Charles et Daniel s'éclipsèrent en voiture, prétextant une jolie paire de fusils Purdey de calibre 20 à voir dans le secteur. Charles, vêtu d'un costume de toile légère, avait la gorge nouée. Le visage décomposé et empreint d'une pâleur maladive, il ne répondait à Daniel que par monosyllabes, étranglé d'émotion. Au menu du repas, pris comme à l'accoutumée dans la salle à manger, il n'avait guère fait honneur. Comme tous les dimanches, il y avait là de quoi satisfaire des gastronomes. Les aiguillettes de canard de Barbarie au foie gras étaient une pure merveille pour combler les papilles d'un gourmet exigeant. Mais miné d'angoisse, Charles n'avait pas d'appétit et ne songeait pas à faire bombance. Jeanne était-elle encore au village ? La perspective de se trouver face à elle le bouleversait…

Après avoir suivi la vallée de la Lèze sur une dizaine de kilomètres jusqu'au bourg de Sainte-Suzanne, la traction 15/6 avait coupé par de petites routes tortueuses à travers les coteaux pour atteindre Daumazan dans la chaleur insupportable d'un été torride. Passé Lagraouce, la voiture emprunta la départementale 19 qui, en suivant la rue du Barry, franchit l'Arize. La petite rivière était à l'étiage, coulant, paisible et éternelle, entre les piles d'un pont de brique immémorial sous lesquelles des gosses désœuvrés taquinaient le goujon munis d'une gaule de bambou. Avec ces couverts que l'on nomme ici « capérades », ces maisons à colombages, ce village médiéval, pétri d'humanité, transpirant le labeur des hommes, exhalait l'histoire, celle d'une France de toujours. Tout comme au domaine de Ghuilot, dans ce décor qui aurait pu inspirer Charles Trenet pour écrire en 1943 sa chanson *Douce France*, que la guerre semblait loin !

— Je ne sais où cette voie va nous mener, fit Daniel en empruntant à gauche une rue plus étroite pour mieux accéder au cœur du petit bourg.

— À la halle…

— Vous vous reconnaissez donc ?

— Oui, répondit Charles, dans un souffle, brisé d'émotion.

— Comment comptez-vous procéder pour tenter de retrouver sa trace ?

— Procéder ? Moi ? Je… je ne sais pas, répondit Charles, le timbre de voix altéré, paniqué à l'idée de redevenir au grand jour Mathieu Pujol.

— Le mieux, Charles, si vous voulez mon avis, c'est encore de demander si votre première femme est encore ici.

— Demander… À qui ?

— Au café par exemple. Il y en a sûrement un d'ouvert.

— Mais… Ils vont me reconnaître ! Je… je ne peux pas, murmura Charles en proie au mal-être de sa double identité.

— Dans ce cas, restez donc dans la voiture et attendez-moi. Je vais essayer de me renseigner.

Daniel gara la Citroën à l'ombre, à proximité de la halle. Trois gamins aux genoux sales et écorchés, assis en tailleur, y disputaient une partie animée de carré magique à l'ombre d'un pilier. Les cheveux coupés très court, un béret vissé sur le crâne, avec leur bouille rieuse et farnousse des derniers reliefs du repas, un éternel filet de morve au nez, on devinait bien que ces héritiers directs de Petit Gibus, tout juste sortis de *La Guerre des boutons*, experts en « tustets » et autres « tours de con », étaient de la race de ceux qui font des coups pendables. Sans doute n'avaient-ils pas leur pareil pour aller tirer les sonnettes ou chiper une poignée de cerises dans les jardins. À voir leurs vêtements rapiécés, les parents de ces petits vauriens ne devaient pas rouler sur l'or. Daniel s'approcha d'eux, se voulant décontracté. Parvenu à leur hauteur, il s'accroupit et leur demanda :

— Dites-moi les enfants, vos instituteurs, à l'école, comment ils s'appellent ?

— Les maîtres ?

— Oui, ceux qui vous font la classe.

— Pourquoi vous demandez ça, m'sieur ?

— Eh bien, je cherche à retrouver un ancien camarade qui a fait la guerre avec moi en 1914. On m'a dit qu'il était instituteur ici, répondit Daniel, avec un sourire sympathique à faire avaler les mensonges les plus éhontés.

— Ben, ici ils sont trois… Y a m'sieur Laborde qui fait les grands, m'dame Blazy pour les petits et puis m'dame Esquirol pour les autres.

— Il n'y a pas un M. et Mme Pujol, des fois ?

— Mme Pujol ? Ah non…

— Vous êtes bien sûrs ?

— À l'école, on y va tous les jours, m'sieur…

— On m'aura mal renseigné alors, fit Daniel en se relevant.

— Pujol… Pujol… Attendez m'sieur, je crois que j'ai entendu mon père dire que c'était son institutrice.

— Et il est où ton papa ?

— Chez Fourroux.

— Fourroux ?

— Au café pardi ! Vous avez qu'à demander Caillou.

— Roger Pons, qu'y s'appelle, son père, expliqua un des jeunes galapiats.

— Merci les enfants. Tenez, allez vous acheter des caramels, répondit Daniel Darexy en leur jetant une pièce de cinq francs.

Dans la chaleur qui écrasait le petit village, le café Fourroux offrait un indiscutable havre de fraîcheur. Point de retrouvailles des joueurs de cartes, il se peuplait aux heures des repas des amateurs de petits blancs et autres assoiffés de la mominette qui y refaisaient le monde à grand renfort de tournées. Darexy n'eut guère de mal à trouver le dénommé Caillou. Assis à une table au fond, un bock de bière à portée de main, il disputait avec trois acolytes une énième partie de belote. Usant du même artifice qu'avec le gamin, il se présenta comme un ancien combattant de la guerre de 14 qui cherchait à avoir des nouvelles de Mathieu Pujol, autrefois instituteur à Daumazan, qu'il avait croisé jadis dans les tranchées de Verdun. D'abord un peu sur ses gardes, l'homme se mit à parler ensuite, rendu affable par l'offre d'un nouveau demi.

— Madame Pujol ? Oh je l'ai bien connue ! C'était mon institutrice... Et même qu'elle avait la main leste !

— Faut dire qu'il n'était pas le dernier à faire des conneries, rigola un petit vieux arborant un bleu de travail aussi délavé que la couleur de ses yeux.

— Vous savez ce qu'elle est devenue ?

— Elle fait toujours l'école. Mais maintenant c'est Mme Esquirol qu'elle s'appelle.

— Esquirol ?

— Oui, son mari a été tué à la guerre et l'année de mon certif, elle s'est remariée avec l'un des menuisiers du village, Vincent Esquirol.

Darexy le remercia chaleureusement pour ces renseignements et rejoignit Charles qui l'attendait dans la traction avant. Usant de la voix douce qu'il prenait parfois avec ses patients, Daniel raconta à son beau-frère ce qu'il avait appris. Ébranlé par ces révélations, Charles, la tête baissée, écoutait, en silence. Les mots ricochaient dans son esprit comme ces cailloux plats que les gosses jettent au bord de la rivière. En ces instants, Charles ne savait plus qui il était vraiment, écartelé entre ce qu'il avait été et ce qu'il était devenu, à l'image de ces marécages noyés de brouillard vers lesquels Daniel l'avait parfois entraîné pour chasser les bécassines. Aux limites du malaise, il ferma rapidement les yeux pour dissiper l'impression de faire un mauvais rêve. Cette escapade à Daumazan était bien loin d'avoir éclairci sa situation !

Les jours suivants, à Ghuilot, Charles fut aussi peu loquace que lors du voyage de retour de Damazan dans la Citroën 15/6 de Daniel Darexy. Lui qui était d'ordinaire d'un naturel plutôt enjoué se révélait désormais pour le moins renfermé et taciturne. Même les domestiques chuchotaient à voix basse, spéculant sur les ragots les plus incertains. Dans cette ambiance maussade, Rose avait beau faire des efforts d'amabilité, c'est à peine si certains jours Charles desserrait les lèvres. La situation dans laquelle il était plongé l'obsédait. Mais comment et avec qui pouvait-il partager les sentiments qui l'assaillaient ? Il y avait pire encore ! Si Rose était tout autant sa femme que Jeanne, son grand amour de jeunesse, tout aussi grand était le trouble politique qu'il ressentait en ces heures où le destin de la France était indécis. Là comme ailleurs, ses contradictions s'entrechoquaient avec la violence des éclairs dans un ciel d'orage du mois d'août.

Trois semaines après cette discrète reconnaissance, le dimanche 21 juillet 1940, toute la famille des Saint-Orens s'était retrouvée à Ghuilot dans une atmosphère caniculaire. Délaissant pour quelques jours son régiment en cours de démobilisation, clauses de l'armistice oblige, Maxime était venu passer le week-end au domaine où les siens, toujours refugiés, étaient dans l'attente d'un retour à Limoges. Hier au cœur de l'action, aujourd'hui chargé de rendre à la vie civile les forces vives de la nation, Maxime de la Jonchère, accroché à sa particule comme à une bouée de sauvetage, essayait de faire contre mauvaise fortune bon cœur. Et à l'ombre de la tonnelle de clématites, un verre de Lillet à la main, les derniers développements de la guerre animaient logiquement le cours des conversations qui filaient bon train entre les hommes à l'heure de l'apéritif.

— Avez-vous écouté la BBC ces jours derniers ?

— Mon cher Daniel, vous savez bien que je n'ai pas l'habitude d'écouter la radio des rosbifs.

— Ce sont pourtant nos alliés.

— Les Anglais, nos alliés ? s'étrangla Maxime. Des alliés qui ont massacré le 3 juillet nos marins à Mers el-Kébir !

— Drôles d'alliés, je vous l'accorde, mais hier encore, ils combattaient néanmoins à nos côtés.

— À nos côtés ? Nos soldats auraient aimé voir leurs avions plus souvent dans le ciel de ce pays !

— L'Angleterre est une île. Sa puissance est surtout navale. La Home Fleet, voilà sa force. Elle peut continuer la guerre. N'avez-vous pas à ce sujet entendu parler de Gaulle ?

— Ah, ce secrétaire d'État dans le gouvernement de Paul Reynaud qui, si je ne me trompe, a appelé depuis Londres à poursuivre le combat.

— Lui-même…

— Un officier félon qui déserte la France quand le pays a besoin de lui ! Ne me dites pas que vous croyez en lui !

— La France ne se limite pas à l'Hexagone. Vous savez bien que nous avons derrière nous l'Empire.

— Qu'essayez-vous de me dire ?

— Que la guerre continue.

— C'est une question de semaines, mon cher Daniel. Hitler ne va pas tarder à envahir l'Angleterre.

— Vous oubliez que depuis Guillaume le Conquérant, personne n'a jamais réussi à y prendre pied, même pas Napoléon !

— Voyons, mon cher Daniel, soyez lucide ! Il faut être beau joueur. Nous avons perdu. Le maréchal incarne la voix de la sagesse : autant être en bonne position pour négocier le futur traité de paix. Et puis, cette défaite a quelque chose de salutaire…

— Que voulez-vous dire, Maxime ?

— Cette défaite est l'occasion inespérée de remettre ce vieux pays sur les rails, de refonder l'État autour des valeurs de travail, de famille et de patrie. Les parlementaires l'ont bien compris en donnant le 10 juillet les pleins pouvoirs à Pétain.

— Quand je pense que c'est la chambre du Front populaire, celle qui a porté Blum au pouvoir !

— Eh bien pour une fois qu'ils font preuve de bon sens !

— Et vous, Charles, qu'en pensez-vous ? Vous ne dites rien… Le sort de ce pays vous laisse-t-il indifférent ?

— Heu… J'attends de voir !

— Mais c'est tout vu, assena Maxime avec force de conviction. Avec Laval et Pétain, le redressement de la France est assuré !

Daniel Darexy avait hoché la tête, non pas en signe d'assentiment ou d'une quelconque approbation mais simplement pour prendre acte d'une opinion qu'il était au demeurant bien loin de partager, et puis l'homme de dialogue qu'il était ne voyait nul intérêt à la polémique. S'il appréciait la droiture de Maxime, son désintéressement, sa probité, son sens de l'honneur, s'ils avaient des idées et des valeurs communes forgées par le moule social de leur naissance, Daniel n'en partageait pas l'obéissance étriquée. Non que cette vertu lui fût étrangère, mais sa lutte quotidienne contre la maladie l'avait amené par habitude à ne jamais accepter l'inacceptable, à se battre jusqu'au bout, à cultiver l'espérance que rien n'était perdu tant qu'il y avait un souffle de vie.

À l'image de ces grands malades qui constituaient à l'hôpital son pain des jours ordinaires, la France lui paraissait certes mal en point, mais il ne pouvait se résoudre à en accepter la défaite. Aussi avait-il secrètement fait siennes les idées de cet inconnu de général de Gaulle qui, depuis Londres, exhortait les Français à continuer le combat. Mais ne valait-il pas mieux éviter de les afficher ouvertement pour ne pas troubler ce havre de paix qu'était le domaine de Ghuilot ? À quoi bon déclencher une discussion politique stérile qui pouvait dégénérer en conflit familial ? Sans doute aurait-il pu convaincre plus facilement Charles de ses positions. Ils étaient très proches et la révélation de ses engagements politiques passés allait bien dans le même sens que les siens aujourd'hui. Mais le mal-être de Charles n'était-il pas présentement trop grand pour qu'il lui prête une oreille attentive ? Ne devait-il pas d'abord chercher à exorciser les fantômes de son passé ?

À le voir ainsi coincé entre son passé et son présent, pris en otage entre deux logiques de fidélité, Charles n'était-il pas l'illustration de l'air du temps ? En cet été 1940, à l'heure où la bataille d'Angleterre faisait rage dans le ciel de Londres, à celle où les colonies de l'Empire se fragmentaient entre celles ralliées à de Gaulle et celles fidèles à Pétain, la famille des Saint-Orens, tout aussi partagée, s'adaptait aux contingences du moment. Face aux premières difficultés du ravitaillement, sur les conseils de Daniel Darexy, Charles avait fait l'acquisition d'une nouvelle voiture : une Peugeot 302 achetée fin août 1940, moins voyante que la luxueuse Delage D8 qui autant par sécurité qu'à cause de sa gloutonnerie en carburant, rationnement oblige, avait été mise à l'abri des regards indiscrets dans une grange, en attendant des jours meilleurs. Équipée d'un gazogène sur le toit, la petite Peugeot brisait ainsi leur isolement campagnard à Ghuilot.

Pour les Darexy, bien que Toulouse fût en zone libre, la vie quotidienne devenait chaque jour plus difficile. Les boucheries étaient déjà fermées trois jours par semaine, les fameux jours sans viande. Certes, en cette fin d'été 1940, les cartes d'alimentation nominatives n'avaient pas encore formellement fait leur apparition mais un système de rationnement s'était mis progressivement en place depuis mars, aggravant les pénuries causées par le ralentissement des échanges et du commerce avec les colonies de l'Empire. Le lait, le beurre, les œufs se faisaient plus rares et les prix au marché noir flambaient. À Ghuilot, on souffrait peu de ces désagréments. Grâce aux métairies, la table restait bien garnie et le domaine faisait figure d'une île heureuse. Aussi, en utilisant ses bons d'essence que son statut de médecin lui procurait, Daniel Darexy trouvait-il bien commode de venir s'y ravitailler chaque semaine.

Tout au long de cet été 1940, le praticien avait constaté la persistance du trouble qui tourmentait son beau-frère. Comme s'il était étranger au monde qui l'entourait, Charles semblait lointain, comme déconnecté du réel, répondant évasivement aux questions. Muré dans ses lourds silences, la guerre et ses rebondissements ne semblaient guère l'intéresser. Ainsi, l'annonce du bombardement de Berlin par la RAF le 25 août, puis celle de ralliement du Tchad à de Gaulle, le lendemain, le laissèrent de marbre. Le 22 septembre, dans la tiédeur des derniers rayons du soleil aux portes de l'automne, profitant de la fin d'une longue promenade pour pallier la fermeture de la chasse décidée par Vichy, le docteur décida de parler à son beau-frère pour l'aider à trancher le nœud gordien qui lui pourrissait la vie aussi sûrement que s'il avait eu la gangrène.

— Charles, vous devriez revoir votre première femme…

— Jeanne ?

— Oui, croyez-moi, c'est le seul moyen de sortir de cette situation et d'apaiser le conflit qui vous consume aussi lentement que le « mal des ardents » !

— Le feu de Saint-Antoine ?

— Oui, cet ergot du seigle que soignaient les moines de Lézat…

— De quoi me parlez-vous ?

— De ce qui vous ronge et que vous refusez d'admettre !

— Au risque de vous paraître lâche…

— Ce n'est que reculer pour mieux sauter, et vous le savez…

— Vous imaginez une seconde ce face-à-face avec elle, vingt-cinq ans après ?

— Et vous ? Croyez-vous pouvoir continuer à vivre ainsi ? À quel équilibre pouvez-vous prétendre, désorienté que vous êtes entre elles deux ? Votre sérénité passe par un seul et unique chemin, celui de la vérité !

— Vous me demandez de choisir…

— Oh non, de faire la lumière, plus simplement. Je vous en conjure, Charles. Si vous ne voulez pas encore en parler à Rose, rencontrez alors celle que vous appelez Jeanne !

— Daniel, vous me torturez ! Si vous saviez

combien je regrette tous les jours d'avoir retrouvé cette mémoire que j'ai tant cherchée !

— Hélas mon ami, quand le vin est tiré, il faut le boire ! soupira Darexy.

— Même s'il se révèle être un vulgaire vinaigre ?

— Les contraintes ne sont-elles pas à la base de nos libertés ?

— Croyez-vous qu'elles conduisent au bonheur ?

— Assurément, à condition de les accepter…

Charles avait hoché la tête, accablé d'une évidence qui s'imposait à lui avec la force de l'inéluctable. Au fond de lui-même, il savait que Daniel avait sans doute raison mais en paraître convaincu, n'était-ce pas aussi faire preuve de faiblesse ? L'idée fit néanmoins son chemin dans sa tête les jours suivants. Le vendredi 27 septembre, prétextant une visite au mécanicien de Lézat pour mieux régler le moteur de la voiture encore en rodage, Charles sortit la 302 du garage en début d'après-midi. Il alluma le gazogène, attendit que le gaz fût à bonne température puis prit secrètement la route de Daumazan. Tout au long du chemin, il essayait de construire le scénario de leurs retrouvailles. Où allait-il la retrouver ? Comment allait-il l'aborder ? Qu'allait-il lui dire ? Assailli de questions, Charles tentait tant bien que mal de se concentrer sur sa conduite. Inutile de rater à nouveau un virage !

Ce vendredi-là, à l'école de Daumazan, Jeanne Esquirol et ses collègues étaient beaucoup plus préoccupés par les préparatifs de la rentrée scolaire fixée traditionnellement le 1er octobre qu'à la signature à Berlin du pacte tripartite. Certes, comme à chaque rentrée, leur fallait-il étiqueter les livres, vérifier les cahiers… Mais désormais, ils étaient aussi en charge de faire connaître à la jeunesse ignorante la personnalité du sauveur de la France. Si, dans le commerce, les parents trouvaient buvards, protège-cahiers, plumiers, porte-plumes à l'effigie du maréchal, à eux, les maîtres d'écoles, de porter la bonne parole, selon les recommandations édictées par Jacques Chevalier, le ministre de l'Instruction publique. Avaient-ils ainsi bien veillé à expurger leur bibliothèque de ces manuels scolaires désormais interdits ? Avait-on reçu assez de ces abécédaires fraîchement édités où chaque lettre de l'alphabet s'illustrait d'une photo de la vie du chef de l'État français ? Où installer la série d'affichettes réalisées par Alain Saint-Ogan, intitulées « La France que nous aimons » toutes à la gloire du « héros de Verdun » ? L'inspecteur primaire, qui ne manquerait pas de venir leur rendre visite, y serait sûrement attentif.

Jeanne Esquirol achevait de garnir la rainure du tableau de bâtons de craie quand une voiture noire stoppa devant l'école. Instinctivement, elle leva la tête et d'un revers de main elle écarta le rideau pour jeter un coup d'œil par la fenêtre. En une fraction de seconde, elle eut juste le temps d'entrapercevoir la silhouette d'un homme qui en descendait, le visage dissimulé par un chapeau mou de style Borsalino, très en vogue dans l'immédiat avant-guerre. Qui donc pouvait venir ainsi en voiture à l'école ? Les parents d'élèves, ici, allaient à pied ou à vélo… Quelque peu intriguée, elle se hâtait de terminer ses préparatifs pour la rentrée scolaire quand elle entendit un conciliabule dans le couloir qui menait à sa classe. Jeanne fronça les sourcils. Elle n'attendait pas de visite.

Une minute plus tard, la porte de sa salle de classe s'entrebâilla avec la lenteur souvent hésitante que prennent les choses au seuil du théâtre de la vie. En la sentant s'ouvrir, Jeanne se retourna d'un coup. La silhouette qui se découpa dans l'encadrement lui coupa le souffle. Jeanne demeura quelques secondes interdite, à l'image de ces poissons que les pêcheurs saisissent par les ouïes et qui cherchent inutilement leur respiration dans l'agitation vaine de leurs branchies. Le temps semblait avoir suspendu son vol. Puis le voile du ciel paisible de son histoire se déchira pour laisser la place à un chaos dantesque où tout se mélangeait en une cacophonie à la fois baroque et angoissante. Tétanisée à la vue de la silhouette qui venait d'apparaître à quelques mètres d'elle, Jeanne demeura immobile comme une statue de sel. Aussi brutal qu'une charge de hussard de l'Empire, le passé lui sautait au visage. Une douche glacée ne l'eût pas paralysée davantage. Ne vivait-elle pas un mauvais rêve ? La bouche sèche, elle articula péniblement :

— Ma… Mathieu ?

— Jeanne…

— Toi ?

— Mon Dieu ! Jeanne… Jeanne… bredouilla Charles en faisant un pas vers elle, le cœur étreint d'une émotion violente, indicible.

— Non… Non ! Ce n'est pas toi… Ce n'est pas…

— Je… Je…

— Mais… Tu…

À ce moment, Jeanne Esquirol sentit le sol se dérober sous ses pieds. Le décor familier de sa salle de classe chavira brutalement. Tel un fétu de paille, elle fut emportée dans un maelström qui la submergea. Dans un mascaret furieux, déchaîné, elle crut faire naufrage tout comme les personnages du tableau de Théodore Géricault, *Le Radeau de la Méduse*. Totalement désorientée par la tempête intérieure qui la secouait, comme hallucinée, en proie à un tremblement nerveux qu'elle n'arrivait pas à contrôler, Jeanne se raccrocha instinctivement à un pupitre d'élève. De toutes ses forces, elle voulut résister à cette folie et ferma les yeux pour surmonter le malaise qui la faisait vaciller. La devinant prête à s'évanouir, à s'effondrer telle une vulgaire poupée de chiffon, Charles s'avança vivement vers elle en lui tendant le bras.

— Jeanne ?

— Ça va aller… Ça va aller, fit-elle en reprenant peu à peu ses esprits.

— Tu es sûre ?

— Oui… répondit-elle en le repoussant légèrement pour ne pas céder à la tentation de se jeter dans ses bras.

Puis Jeanne redressa fièrement la tête et son abondante chevelure s'éparpilla alors sur ses épaules. Un grand silence suivit. Ils se regardaient, incrédules, déconcertés. Ni l'un ni l'autre n'osait faire un geste, esquisser un mouvement. Submergés à la fois par les souvenirs et par un flot d'interrogations, l'un comme l'autre ne savait que dire, ni comment commencer. Charles regardait Jeanne et n'arrivait pas à se rassasier de son image. Elle était toujours aussi belle qu'en cette après-midi du 4 août 1914 lorsqu'il l'avait quittée pour monter dans le tramway et rejoindre ce 259e RI qui l'entraînait vers le front. À peine si les ans avaient marqué son visage de quelques rides au coin de ses yeux. Seules les mèches de fils d'argent qui irisaient la masse de ses cheveux auburn trahissaient les années passées. Puis, finalement, Charles baissa la tête, la gorge nouée d'émotion, vaincu par le temps.

— Il y a trois mois que j'hésite à venir, finit-il par murmurer en relevant les yeux vers elle, vers celle qu'il avait follement aimée.

— Mais, Mathieu, d'où viens-tu ? D'où viens-tu ?

— Pendant vingt-quatre ans, j'étais mort.

— Mort ?

— Amnésique, si tu préfères ! Je n'ai retrouvé la mémoire qu'en juin dernier, à la suite d'un accident de voiture…

Dans un même élan, Charles lui raconta en un long monologue qui tenait de la confession comment les Allemands l'avaient récupéré après l'attaque du Bois des Corbeaux, à demi hagard, au milieu d'un no man's land où les trous d'obus s'encombraient de cadavres encore tièdes. Sans doute éprouvait-il le besoin impérieux de parler car les mots se bousculaient à ses lèvres, en une logorrhée confessionnelle qui prenait l'aspect ininterrompu de chutes du Niagara. Par moments, Jeanne posait une question précise. Avec force détails, il s'efforçait d'y répondre du mieux possible. Il lui raconta comment il était devenu ce Charles Marre, étranger au Mathieu Pujol qu'il avait été, sa vie au lazaret en Allemagne, son transit en Suisse, son retour en France et finalement son arrivée à l'hôpital Larrey à Toulouse à la fin de l'année 1916. Toutefois, parvenu à ce stade de son récit, il glissa sur la place que Rose avait tenue dans sa réinsertion sociale. Sa vie d'alors ne pouvait se résoudre à la transparence de celle d'avant. Tout au plus évoqua-t-il brièvement le rôle réconfortant des infirmières sur les chemins de la guérison.

— Mon pauvre ami, fit Jeanne, en lui touchant la main. Que de souffrances ! Tu n'as pas à rougir de ce vécu. La gloire, c'est aussi d'en revenir…

— Certes, mais contrairement à beaucoup d'autres, je n'ai ramené ni Croix de guerre ni citation.

— Quelle importance ! Tu as fait une guerre honorable…

— Laisse-moi rire ! Il n'y a pas de guerre honorable ! La guerre, c'est un voyage au crépuscule de la vie qui détruit autant les vivants que les morts.

— Tu t'en es quand même sorti…

— Sorti ? Oui, mais à quel prix ? Regarde-moi ! Je ne suis plus moi-même. Je ne m'appartiens plus… Et puis, quelle gloire y a-t-il à avoir fait partie de « ces deux millions et demi de fous héroïques déchaînés » comme l'a écrit Céline, pour recommencer vingt ans plus tard ? Mes idées sur ce point n'ont pas changé. Ne va pas en conclure que je suis un lâche. Si je ne comprends pas toujours pourquoi je me suis battu hier, je sais pourquoi je me battrai demain !

— Et cette femme que tu appelles Rose ?

— Ma femme ?

— Mais, ta femme, c'est moi !

— Oui… enfin, celle d'un instituteur socialiste qui se nommait Mathieu Pujol et qui a disparu à Verdun dans l'enfer des tranchées du Bois des Corbeaux !

— Une femme qui est devenue veuve à vingt-quatre ans !

— Pardonne-moi cette longue absence…

— Oh, je ne te reproche rien, Mathieu ! D'ailleurs, moi-même, je me suis remariée après la guerre avec Vincent.

— Vincent ? Un brave garçon, assurément.

— Oui, Vincent Esquirol, c'est le menuisier du village…

— Tu as eu des enfants avec lui ?

— Un fils, Marc… Il est né en 1923.

— Que fait-il aujourd'hui ?

— Mon fils ? Il prépare le baccalauréat…

— Et… Et notre fille, Louise ? bredouilla Charles, la voie cassée d'émotion en prononçant son prénom.

— Tu te souviens d'elle ?

— Pourquoi ne m'en souviendrais-je pas, maintenant que j'ai retrouvé la mémoire ? Dis-moi, Jeanne, qu'est-elle devenue ?

— Louise s'est mariée, il y a trois ans de ça. Avec son mari, ils sont instituteurs à Bélesta.

— Elle a des enfants ?

— Non, pas encore… Mais tu aurais pu les voir cet été… Pourquoi t'a-t-il fallu tant de temps pour renouer le contact avec ta vie passée ?

— Tu crois que c'était facile ? De Mathieu ou de Charles, je ne sais toujours pas encore qui je suis. J'ai l'impression de danser sur un volcan. Ma tête est si pleine de doutes que j'ai hésité plusieurs semaines à revenir vers toi… Jamais je n'aurais imaginé être dans une telle situation juridique !

— Que veux-tu dire par là ?

— Te rends-tu compte, ma pauvre Jeanne, dans quel embrouillamini nous nous trouvons ? Nous sommes l'un et l'autre légalement bigames et vis-à-vis de la loi, le seul mariage qui vaille est celui qui nous unit toujours !

— Tu es sûr de ce que tu avances ?

— Oui, j'ai consulté un homme de loi !

— Mon Dieu…

— C'est aussi pour cela que je suis revenu. Certes, j'aurais pu faire semblant d'ignorer ton existence, continuer à vivre ainsi. Mais je n'aurais pas eu l'âme en paix pour autant ! Du jour où j'ai retrouvé la mémoire, j'ai pensé à toi. T'oublier était impossible. Et quand bien même, par-delà notre amour, ton souvenir m'aurait poursuivi comme une sorte de culpabilité.

— Moi, Mathieu, je n'ai jamais cessé de t'aimer !

— Moi aussi Jeanne ! Si tu savais combien tu m'as manqué pendant tous ces mois où j'étais dans l'enfer des tranchées ! Voilà pourquoi au nom de l'affection profonde que j'ai toujours pour toi, je dois te demander aujourd'hui si tu aurais l'intention de reprendre la vie commune.

— Tous les deux ensemble ? Comme autrefois ? Mais Mathieu… Ta femme ? Et mon… Mon Vincent ?

— Depuis trois mois, jour et nuit, ces questions me torturent aussi ! J'en suis arrivé à penser que, faute d'abjurer le présent, la mort tragique de Mathieu Pujol en 1916, au Bois des Corbeaux, était peut-être la meilleure solution pour tous les deux.

— Mais Mathieu, tu es là… Tu es vivant…

— Un vivant qu'il faut peut-être savoir oublier !

— Mathieu, j'ai l'impression que tu cherches à me fuir…

— Peut-on jamais échapper à soi-même ?

— Crois-tu que moi je puisse oublier ne serait-ce que le bruit de tes pas ? Comment pourrais-je te ranger au magasin des souvenirs ? Oh, Mathieu ! Je ne sais plus où j'en suis ! Tu me troubles… Tu me déchires… Tout se mélange dans mon esprit, cette vie d'aujourd'hui et celle d'avant… Au nom de quoi sommes-nous condamnés à nous renier ?

— Pour l'amour des nôtres, murmura Charles à voix basse. Pour l'amour des nôtres !

À ces mots, Jeanne ne put retenir plus longtemps un bouleversement qui la torturait. Cachant son visage dans ses mains, la tête baissée, elle fondit en larmes, le corps agité de spasmes nerveux. « Pour l'amour des nôtres » ! Sans doute Mathieu avait-il raison… Mais profondément bouleversée, victime d'un désarroi qui faisait vaciller ses certitudes les plus établies, Jeanne ne savait plus en cet instant quoi croire, penser ou décider. Charles posa sa main sur son épaule. Tel un petit animal blessé à la recherche d'un peu de réconfort, Jeanne fit un pas en avant et vint blottir sa tête contre son épaule. Le visage rempli du parfum de sa chevelure, Charles dut faire un effort sur lui-même pour demeurer impassible. Il raidit ses muscles, serra les poings et pensa très fort à Rose pour ne pas succomber à la tentation qui le dévorait de refermer ses bras sur elle.

Ils restèrent ainsi en silence deux ou trois minutes, le temps que Jeanne reprenne un peu contenance. Elle s'écarta lentement de lui, sécha ses larmes d'un doigt maladroit et, rejetant la masse de ses cheveux en arrière, elle le regarda. Charles sentit une profonde tristesse au fond de ses yeux noirs. Sans doute était-il difficile pour elle de faire son deuil pour la deuxième fois ! Ne lui avait-il pas ainsi brisé le cœur ? Comment ne pas se reprocher de lui avoir fait si mal ? Lui-même ne savait plus trop quoi ajouter, ni quelle attitude adopter. Retrouver Jeanne avait parfumé sa mémoire des bonheurs d'hier mais, à l'évidence, la roue de la vie avait tourné, inexorable. Leur passé commun, désormais ravalé au rang des souvenirs, d'un hier révolu, prenait l'apparence de ces images d'archives couleur sépia où les personnages sont figés, leurs silhouettes délavées par l'écume des jours ordinaires.

— Mathieu… Mathieu… balbutia Jeanne, la voix altérée d'émotion.

— Je dois partir, maintenant, parvint-il à articuler péniblement.

— Tu reviendras ? Ne pourrions-nous pas nous revoir ?

— Nous revoir ?

Surnageant tant bien que mal sur l'océan de regrets de leur amour impossible, Charles baissa la tête, en proie lui aussi à une véritable tempête, celle des vents contraires du destin. Dans la rue, une automobile au gazogène mal réglé pétarada sans qu'il y prête attention. Comme absorbé par un gigantesque trou noir, Charles était plongé dans l'abîme d'une profonde confusion où les mots, telles des boules de billard, ricochaient les uns sur les autres en gerbes d'étincelles avant le feu ravageur. Accepter de revoir Jeanne, n'était-ce pas renouer avec cette mémoire perdue et courir le risque de cultiver une blessure ouverte ? N'était-ce pas enraciner ainsi durablement le mal qui les rongerait ou, pire, laisser la porte ouverte à une possible relation extraconjugale ?

Telles ces bouées qui signalent les récifs, l'image de Rose émergea du désordre de ses pensées contradictoires. Oserait-il la regarder en face s'il revoyait Jeanne ? Malgré ce mal-être qui l'accablait, cette nausée qui portait son cœur au bord des lèvres, Charles réussit à faire lentement un pas en arrière. Tel un automate, il traversa en silence la petite salle de classe où Jeanne demeura immobile, sentinelle hiératique des bonheurs perdus. Que cette séparation était difficile ! Serait-il capable dans les semaines et les mois à venir de résister à la tentation de revenir la voir ? Il n'en était pas du tout sûr…

Épilogue

En sortant de l'école, Charles voulut faire un détour par le cimetière du petit village. Ses parents y reposaient. Quatre ans après le décès de son père, victime d'une mauvaise fièvre en 1908, sa mère l'y avait rejoint, usée par le labeur sur une terre avide de sueur. À l'écart des mausolées des notables, une simple tombe, surmontée d'une Croix de fer, avait alors accueilli leurs dépouilles. Sans doute entretenue par les mains dévouées de Jeanne, la sépulture, ornée d'un modeste bouquet de fleurs des champs, avait échappé à l'abandon et à l'herbe folle. Il s'y recueillit un long moment, en silence. Puis, pour atteindre la grande allée et retrouver la voiture, il contourna l'obélisque du monument aux morts. Levant la tête sur la litanie des trente-sept patronymes gravés en lettres d'or sur les plaques de marbre blanc d'Italie, Charles parcourut la longue liste où les noms s'égrenaient en se répétant parfois d'un écho lugubre. Il les connaissait tous ou presque. Soudain, il éprouva un choc en y découvrant le sien. Oui, le caporal Mathieu Pujol du 259e RI était bel et bien mort !

Charles, qui aimait tant d'ordinaire conduire les automobiles, ne prit aucun plaisir à enchaîner les virages de la petite route étroite qui le ramenait vers le domaine de Ghuilot où Rose l'attendait. Son esprit émergeait à grand-peine de la confusion qui l'habitait. En un quart de siècle, le cours de sa vie avait tellement changé. À l'image de ce petit train de Daumazan et de ses wagons vert olive qui rythmaient la vie du village quatre fois par jour jusqu'en 1938, tué par la concurrence d'autobus moins pittoresques que ce monstre bon enfant des jours de joie et des jours de peine, les choses disparues étaient légion. Et tous les monuments aux morts ne pourraient jamais porter témoignage de ce que la guerre avait brisé !

De retour à Ghuilot, Charles s'efforça, les jours suivant la rentrée des classes, de chasser la morosité qui le revêtait d'une gangue de langueur. Comme ces brouillards tenaces qui planent au creux des vallées en novembre, elle l'enveloppait d'une opacité qui lui rendait le monde extérieur lointain et nébuleux. Certes, revoir Jeanne, celle qui avait été son grand amour de jeunesse, l'avait quelque peu apaisé. Il vaquait l'esprit plus libre à ses occupations habituelles mais, dans les moments de solitude, son image revenait, récurrente, pesante de souvenirs. Elle hantait fréquemment ses nuits, fantôme d'une vie qu'il avait bien du mal à oublier. Pour mettre fin à ce lancinant harcèlement, à ce passé qui ne passait pas, que d'efforts au plus profond de lui lui faudrait-il faire !

Et les chemins de la paix intérieure promettaient d'être aussi longs que ceux de la paix mondiale… Suspendu à la TSF, Charles suivait tous les jours, assis dans un des confortables fauteuils du salon, les derniers développements d'un conflit où l'Angleterre, en refusant de s'avouer vaincue, avait finalement échappé à l'imminente invasion allemande, ouvrant la voie à la mondialisation de la guerre. Moins convaincu du bien-fondé de l'État français que sa femme Rose, pétainiste farouche et impénitente, l'orientation de la politique intérieure du régime de Vichy en ce mois d'octobre 1940 était bien loin de recueillir son assentiment. La suppression des conseils généraux et des conseils d'arrondissement, remplacés par des commissions sous l'autorité des préfets, le laissait perplexe. La promulgation du nouveau statut des Juifs, assortie de l'abrogation du décret Crémieux, lui paraissait plus inquiétante encore. Daniel Darexy, son beau-frère, était le seul avec lequel Charles pouvait échanger en toute liberté.

— Ne vous laissez pas influencer par les idées de Radio-Paris. Ouvrez les yeux, Charles… Avez-vous entendu le discours de Pétain ?

— Celui où il se dit favorable à une politique de collaboration avec l'Allemagne ?

— Oui, celui de vendredi dernier…

— Vous savez bien, Daniel, que je n'approuverai jamais cette voie-là ! Mais c'est peut-être là un coup de bluff.

— Hélas…

— Croyez-vous donc à cette éventualité ?

— Oui, il se murmure même que Pétain pourrait bientôt rencontrer Hitler.

— Grand Dieu ! Nous boirons donc la coupe jusqu'à la lie.

— Et vous, que pensez-vous de l'inculpation hier de Léon Blum par la cour de Riom ?

— Vous savez que je n'ai jamais eu guère de sympathie pour lui.

— Et celle de Paul Reynaud et de Georges Mandel ?

— Je crains, mon ami, que le pire ne soit à venir.

— Charles, seriez-vous donc prêt à agir ?

— S'il le fallait, oui…

— Pourtant vos idées, hier encore…

— Mon patriotisme passe au-dessus de convictions politiques dont je vous avoue être désormais moins sûr.

Quelques jours après cette discussion, le mercredi 30 octobre 1940, après avoir avancé l'heure du dîner pour profiter des dernières clartés du jour d'un automne bien entamé, Charles et Rose s'étaient installés dans le salon pour écouter la radio. Depuis que *La Dépêche* et les journaux nationaux avaient relaté à grand renfort de manchettes l'entrevue à Montoire entre le maréchal Pétain et le *Reichsführer* Hitler, les Saint-Orens, comme nombre de Français, étaient suspendus aux informations. Bien souvent, ils écoutaient Radio-Paris. Sa programmation distrayante et ses émissions musicales de qualité lui conféraient une aura culturelle faisant oublier que sous la direction d'Alfred Böhfinger, cette antenne était en réalité la station de la propagande allemande sur le territoire national. Le radio-journal, diffusé sur les ondes moyennes et longues, avait la réputation non usurpée d'être la voix du gouvernement de Vichy.

L'annonce par le speaker d'un discours de Pétain leur fit tendre l'oreille. Charles augmenta le volume, cherchant le meilleur accord possible pour écouter le chef de l'État français. Dans un silence de cathédrale abîmé par le crépitement des parasites dus à une médiocre réception depuis l'émetteur de Bordeaux Sud-Ouest de 219,6 mètres, la voix chevrotante du vieux maréchal remplit la pièce : « Français… j'ai rencontré jeudi dernier le chancelier du Reich. Cette rencontre a suscité des espérances et des inquiétudes. Je vous dois à ce sujet des explications. C'est dans l'honneur et pour maintenir l'unité française… que j'entre aujourd'hui dans la voie de la collaboration… » À l'issue de ce discours, Radio-Paris crut bon de diffuser en point final le chant du parti nazi. « *Die Fahne hoch…* »

À l'écoute du *Horst Wessel Lied*, paralysé dans son fauteuil, Charles sentit son sang se glacer. Tous les muscles de son visage prirent soudain la dureté de l'acier. Une boule lui bloquait la gorge, l'empêchant de déglutir, et la sueur lui nimbait les tempes. À l'opposé d'une petite partie de la bourgeoise française, avide de revanche sur un Front populaire mal digéré, envoûtée par cet hymne barbare dont elle ne comprenait même pas les paroles abjectes, jamais il ne pourrait accepter cette idéologie qui méprisait l'homme. Tout ce qu'il avait connu dans les tranchées, quand il était encore Mathieu Pujol, cet instituteur socialiste chantre de Jaurès, s'opposait à cette négation des valeurs fondamentales de l'humanité. Et les principes du christianisme qui étaient devenus les siens ne pouvaient que confirmer cette aversion profonde. En aucun cas, il ne pourrait adhérer à cette révolution nationale qui, installée sur les décombres d'une République défaite, se lançait ouvertement dans la voie de la collaboration avec l'ennemi.

Sans un mot, Charles se leva, les lèvres pincées. À voir son visage ombré d'un masque glacé, Rose se garda bien de lui poser des questions ou d'esquisser un quelconque commentaire. Mécaniquement, il marcha jusqu'à une console en marqueterie qui supportait une élégante coupe en faïence décorée du célèbre ibis, l'oiseau mythique de Martres-Tolosane. D'un tiroir secret dissimulé dans le galbe du bandeau en bois précieux, il sortit une petite boîte de cigares coronas Romeo y Julieta que Daniel Darexy lui avait rapportée en 1937 d'un voyage à Saint-Sébastien. D'ordinaire, Charles ne goûtait au tabac qu'à de très rares occasions, mais après ce choc émotionnel, il éprouvait le besoin de calmer la rage sourde qu'il sentait monter au tréfonds de lui-même avec la puissance d'un tsunami. Sagement assise dans son fauteuil, Rose avait fait semblant de ne rien voir, histoire de ne pas jeter de l'huile sur le feu.

Daniel Darexy avait téléphoné le lendemain en milieu d'après-midi, ce qui n'arrivait que rarement. En l'absence de Charles, parti faire des courses à Lézat, c'est Rose qui avait pris l'appel au salon. « Une affaire urgente... », lui avait précisé son beau-frère, sans vouloir s'étendre davantage sur les motifs de son coup de fil. Rose avait trouvé à sa voix un air bizarre. Confronté aux interrogations de sa belle-sœur,

Daniel avait éludé les questions, s'enveloppant d'un subit voile de mystère que n'aurait pas renié Gaston Leroux. Curieusement, ce samedi-là, le 2 novembre, les Darexy étaient arrivés plus tôt que d'habitude, vers les 3 heures de l'après-midi. Daniel, au demeurant d'un naturel calme, semblait préoccupé. Les sourcils froncés, son visage, d'habitude ouvert, était empreint d'une gravité inhabituelle. À peine débarqué de la traction avant, délaissant les femmes, avec un air de conspirateur, il avait saisi Charles par le bras pour aller s'enfermer dans le bureau. Surprise et quelque peu interloquée par ce comportement, Rose n'osa pourtant les suivre.

— Charles, avez-vous entendu le discours de Pétain à la radio ? lança Daniel sitôt la lourde porte du bureau refermée.

— Comme tout le monde…

— Qu'en dites-vous ?

— Jamais je n'approuverai cette lâche politique d'abandon. La France mérite mieux !

— Vous êtes donc toujours prêt à vous battre pour la liberté ?

— Je crois vous avoir déjà dit que oui ! Mais pourquoi toutes ces questions ?

— Je pars pour Londres…

— Pour Londres ? Grand Dieu !

— Oui, Charles… Ma décision est prise. Je vais rejoindre de Gaulle.

— Daniel, pour autant que je partage votre sentiment, vous n'avez plus l'âge de jouer au petit soldat !

— On peut être utile autrement.

— Mais pourquoi justement maintenant ?

— L'ultime possibilité de franchir la frontière avant que les cols ne soient fermés avec l'arrivée de l'hiver… J'ai rendez-vous avec un passeur à Ax-les-Thermes.

— Et après ?

— J'ai l'intention de traverser l'Espagne pour atteindre le Portugal. À Lisbonne, je trouverai bien un bateau afin de m'embarquer pour l'Angleterre…

— Et Camille ?

— Je ne lui ai encore rien dit.

— Ne me dites pas que vous comptez sur moi !

— Je ne vous en demande pas tant ! Mais elle aura sûrement besoin de votre soutien, à moins que vous ne vouliez venir avec moi ?

— C'est une invitation ?

— La refuseriez-vous si c'en était une ?

— Daniel, vous seul connaissez mon dilemme ! Depuis ce maudit mois de juin où la mémoire m'est revenue, je suis partagé entre deux vies, entre mon passé et mon présent, entre les deux femmes que j'ai aimées.

— Rester dans cette situation ne va pas vous conduire sur les chemins du bonheur !

— Les chemins du bonheur ! Nous savons tous que le bonheur n'est pas un but mais une récompense.

— Mais Charles, pourquoi voulez-vous avoir à choisir entre une fidélité à un passé qui vous torture et la félicité de votre couple d'aujourd'hui ?

— Pour trouver la paix intérieure. Regardez-moi ! Vous avez devant vous un homme qui est aux abois !

— N'existe-t-il pas d'autre solution à ce choix cornélien ?

— J'aimerais bien la trouver.

— Soyez simplement maître de votre destin !

— Mon destin ! Hum, présentement j'ai plutôt l'impression de le subir !

— Raison de plus pour le forcer ! Vous savez, Charles, moi j'ai toujours refusé de subir. Et ce n'est pas aujourd'hui, à l'heure où les boches occupent le pays, que je vais commencer. D'ailleurs, la France ne mérite-t-elle pas mieux que nos pauvres existences ?

— Que voulez-vous dire, Daniel ?

— Des combats plus importants que le dilemme sans fin où vous vous enfermez nous attendent !

— Un tel départ ne va-t-il pas ressembler à une fuite ? murmura Charles, l'esprit débordant d'un trop-plein de remords.

— Moi, je vous parle de combattre, pas de fuir ! Je suis persuadé que pour vous, rester ici serait la pire solution, l'assurance d'enraciner durablement le mal qui vous ronge, avec au bout peut-être des troubles neuropsychologiques.

— Vous parlez en médecin ?

— Oui, c'est mon diagnostic…

— Et quand comptez-vous partir ?

— Mardi, au petit matin. Je prendrai à la gare Matabiau l'omnibus de 7 h 37, ce qui me fait arriver à 10 h 07 à Ax-les-Thermes, largement à temps pour être au rendez-vous avec mon passeur au bar de l'hôtel du Parc, à 11 heures.

— Êtes-vous sûr de ce type ?

— Comme de moi-même ! C'est le frère de notre Louise, la lingère que nous avions à Pamiers.

— Un tel passage n'est-il pas risqué, surtout après le cataclysme que la Cerdagne a connu il y a quinze jours ?

— Certes mais une tempête aussi épouvantable a bien peu de chance de se reproduire !

— Néanmoins, Daniel, nous savons tous qu'à cette saison, la montagne peut réserver de mauvaises surprises. Votre homme connaît-il bien les passages ?

— Personne ne peut les connaître mieux que lui ! Il est douanier à L'Hospitalet ! Je ne préviendrai Camille de mon départ que la veille au soir.

— Au dernier moment ?

— Oui, inutile de faire durer la cérémonie des adieux ! Laissez-vous convaincre, mon ami…

Venez chez de Gaulle avec moi, l'exhorta Daniel en lui serrant fiévreusement les mains.

— Eh bien… Soit ! balbutia Charles, le timbre de la voix cassé d'une émotion qu'il peinait à contrôler. Mais que vais-je dire à Rose pour expliquer mon départ ?

— Ce qu'elle peut comprendre, lui répondit son beau-frère. Que l'honneur vous pousse à poursuivre le combat !

— Mais vous, Daniel, vous savez bien que ce n'est pas l'unique raison.

— Personne ne vous demande d'en faire état ! Est-il toujours bon de dire toute la vérité à ceux qu'on aime ? Permettez-moi d'en douter. Mon métier m'a appris que la sérénité de l'esprit comme la paix des cœurs s'accommode parfois de louables omissions !

À une soirée passée à bavarder mollement au coin d'un feu de bois, où ni l'un ni l'autre des deux hommes n'osait se regarder en face par peur de trahir le secret projet qui les liait, succéda un dimanche gris et monotone. Dehors, le vent frisquet déplumait, par courtes rafales, les arbres de leurs feuilles jaunies, annonçant une mauvaise saison précoce. Par chaque porte entrouverte, de frais courants d'air s'infiltraient, contrariant le tirage des cheminées où des feux de bois brûlaient, mélancoliques. À l'image de ce temps automnal, une étrange langueur semblait avoir saisi les Saint-Orens, à Ghuilot, ce week-end-là. Même la mort en exil à Montauban de Manuel Azaña, que Radio-Toulouse avait complaisamment annoncée, n'avait guère suscité de commentaires. L'ancien président de la république espagnole, assimilé hier encore à un Belzébuth bolchevique par les tenants de l'ordre nouveau, n'appartenait-il pas à une autre époque ?

Après un copieux déjeuner à peine marqué par les rigueurs des temps de guerre, laissant le vent de l'automne mugir, Daniel et Charles s'étaient installés dans les confortables fauteuils du salon. Bien calés, laissant leurs femmes bavarder à voix basse, ils avaient lentement dégusté un vieux cognac Rémy Martin, un millésime 1916, l'année même où le caporal Mathieu Pujol avait disparu dans le secteur de Verdun, du côté du Bois des Corbeaux. L'alcool avait l'onctuosité puissante et savoureuse des ultimes instants d'un monde appelé à disparaître. Dans le tic-tac métronomique de la pendule, les yeux mi-clos, le verre ballon rempli de liquide ambré chauffant sous leurs doigts, l'un comme l'autre avaient laissé le temps courir. Il les rattraperait toujours bien assez tôt… Au moment de remonter dans la traction avant, vers les 5 heures du soir, Daniel Darexy se contenta de murmurer discrètement à l'oreille de Charles :

— N'oubliez pas ! Rendez-vous à l'hôtel du Parc à 11 heures…

— J'y serai, lui répondit Charles à voix basse, conscient qu'il écrivait sans doute ainsi une nouvelle page de son destin.

Et Charles Marre avait tenu parole. Quand il se retourna pour regarder derrière lui, dans l'aube glacée de ce matin du 6 novembre 1940, un vol tardif de palombes sous le timide soleil revenu se hâtait de franchir la chaîne des Pyrénées avant l'arrivée du mauvais temps. Comme ces oiseaux bleus qui faisaient battre le cœur des « paloumayres », Charles avait pris les chemins de la liberté, affirmant un autre choix que celui du primat des Gaules, le cardinal Gerlier, déclarant quelques jours plus tard : « Pétain, c'est la France et la France, c'est Pétain. » Il savait par avance que la route serait longue et les dangers multiples avant d'atteindre Londres. Une folie assurément à son âge, avait jugé Rose sans parvenir toutefois à le faire changer d'avis, avant de l'étreindre en pleurant. Une folie qui lui évitait d'avoir à choisir entre les deux femmes de sa vie… Une folie qui était dans la logique rebelle de Mathieu Pujol, cet instituteur socialiste pétri d'humanisme dont le destin avait basculé un soir de mars 1916 par l'ordre donné au capitaine Dumont : « Pas plus tard que l'aurore… »

T.D. O Éditions, SARL
tous droits réservés
Composition, mise en page : TDO Éditions
ISBN : 978-2-36652-504-5

Dépôt légal septembre 2024
Achevé d'imprimer en france septembre 2024
Sur les presses de CPI France (2080546)